中国专业作家小说典藏文库

中国专业作家小说典藏文库

杨英国卷

秉性

杨英国 ◎ 著

中国文史出版社

1

这几年坐惯了小汽车，今儿乍爬上个体户的大客篷，说实话，祢清还真有点儿不习惯。由于临近麦收，许多从乡下来城里打工的农民都急着回家，这破旧的大客篷里，便人挤人货压货，显得异常拥挤、异常喧闹了。加之有人抽烟，有人吐痰，有人为使自己的屁股能够占领一块舒服地盘而争执吵架，车内就哄哄乱乱，很有些乡下赶会时闯进了牲口交易市场的感觉。特别是那些从不同方位暗暗冒出来的汗味、馊味、狐臭味，更让人难耐——但也只能耐着。

绝对不是心血来潮，也并非有什么故弄玄虚微服私访的想法，祢清只是不忍让那位母丧在身的小车司机再来接他，所以市里召开的会议刚刚结束，他就瞒了上级与同事们，和秘书小程悄悄跑到了汽车站。不想，他们误了每天两趟的班车，只好坐这个体户的大篷车了。

车主是一对年轻夫妇。男的明眸大眼很英俊，坐在驾驶位上和声细语脸带微笑，那种文静潇洒春意荡漾的神采，天生一副和气生财的面色。专管售票收钱的女子虽也不失为乡下美人，但那与脸庞不太和谐的浓眉以及明显上翘的嘴角，标志着这是位可看不可动的辣货。"辣货"果然货真价实，瞧着车里的人已经塞成鱼罐头，便开始很严厉却也是恰到好处地安排她的乘客。

自然界的动物，由于种类的关系，有的温良驯顺，有的残忍暴虐；人类由于秉性的原因，有的蛮横狭隘，有的和善豁达。眼前，车内的乘客并非全部和善豁达，就有那么几个人，为了维护自己已经占有的势力范围，对车主的"调整"坚决反对。碰到这种茬，"辣货"绝不生气也不着急，她先是瞪了一双勾人魂魄的杏眼冲他看，直到把对方看得醉了、蔫了，这才半嗔半娇地说："您行啊，人大腔大牌子大，身下占着，手里攥着，人不敢动，神不能戳。可是，咱姊妹也得问问，为人在世都不易，你就能保证以后出门不给人挤到车门外吗？"无论人的秉性好赖，终究还是人，是人就得多少顾脸皮。"辣货"这么一顿也抬也摔也奚落，对方即使心中一百个不情愿，也得黑着脸子让出一方地界。当然，也有极少数泼皮赖子软硬不吃的，任她百般抢白，只是扭过头去装作没听到。"辣货"仍然不着急，撇撇嘴慢声细语地说："好啊，你不迁就，我也不照顾，这车一快一慢可就是几百米，到时过了你的下车点，可别怨咱姊妹不义气了！"对方不傻，十分明白她话中含意，害怕彼时腿脚吃亏，只好把那到了嘴边的气话脏话就着唾沫咽回去，发狠地朝旁挤一挤，这就腾出了空儿。

大篷车里的人终于全部就位。

"辣货"大功告成，侧脸冲了驾驶座上的丈夫发威："开车吧，还抻着干吗？"紧跟着又添一句，"烟熏！"

车内立时爆起哄笑。

所谓"烟熏"，是这一带的"黑话"，专指在持家、行事特别是夫妻生活上都不怎么在行的男人。一般来说，男子汉对此是很忌讳的。但是，女车主的丈夫听了并不恼怒，只是轻轻地朝女人涮了一眼，便满脸笑相认真麻利地发动了汽车。

笑声和着汽车发动机的轰轰声慢慢离开了车站，驶出了市区。随着车速的加快，车内的喧闹声渐渐小下去，原来拥塞的人们通过这一阶段的筛晃，就像装满了玉米的麻袋经过蹾实之后，里边又有了些许空余。这里不妨将古人的一句话做些篡改——"空间足而显礼仪"，当然，也可能是笑声冲走了刚才的阴郁，车厢里的气氛已不再紧张，似乎人与人之间都产生了一种理解、一种既能意会也能言传的快意，从而也就诱导出相互扶助相互谦让的亲密。人们开始交谈、递烟、插话、让座，彼此帮助安排行李、包裹、小孩、工具什么的。汽车内的容量好像扩大了，此刻纵使再有三五人，恐怕也能盛下。

2

祢清侧着半拉屁股坐在一张备用小凳上，他的左边是一个二十多岁的小伙子，小伙子头发直立，面孔黝黑，两道拧着的浓眉透着一股子犟劲。一件不太合身的旧白褂裹在厚实的肩背上，一看就知道是个刚强憨实的青年农民。祢清心中一动，这小伙子好面熟，似乎在哪里见过。他又侧身看了看，忽然发现，小伙子的皱纹也与众不同，别人的皱纹横着，他的皱纹竖着。那立刀式的皱纹令他眼前一亮，真是山不转水转，水不转人转，原来是他呀。

小伙子右腿架在左腿上，膝盖头恰好顶住祢清的左肋。秘书小程掏出手绢擦汗，很不耐烦地盯着小伙子嘟囔了几句。祢清用肘尖捅捅他，示意不要多说话。他们的前边就是通道，一位膀大腰圆的汉子坐在马扎上，极舒服地倚住祢清一条腿，肥实的后背如同一组暖气片，锲而不舍地散发着热。祢清有些忍不住，然而看看前后形势，也只好继续忍着。因为胖汉的前边照样依葫芦画瓢，祢清一动，必是连锁反应，倘如此，刚刚稳定下来的大好形势，岂不又得乱了套吗？

忍吧，在许多情况下，忍字还是重要的、必须的、很有琢磨头的。人言"小不忍则乱大谋"，如此看来，倒也不是什么疯话。

祢清正在自我安慰，汽车忽然慢下来，就听女车主冷不丁地喊了一声，很麻利地打开了车门，眨眼间半搀半拽地拉进一位"瘦高个儿"。"瘦高个儿"手提一把保温壶，皱眉和笑颜很不协调地同时显现。女车主见状，热情更浓，将那人让在车门旁自己坐的小凳上，然后偏着身子挤到车门后的角落里。新乘客过意不去地望着她并做起身谦让状，肩膀头给女车主那软而细腻的手捏了一下又摁住："您坐，您坐，我站着，习惯了。"新乘客领情就座，随之将手插进衣袋，样子极像掏钱买票，女车主眼睛一溜，很麻利地摁住了他的手："啧啧，见外了吧？以后说，以后说……"一种婉约谦和并且极富情韵的嗓音在推让赔笑中流溢开来，若非亲眼所见，祢清无论如何也不敢相信这就是刚才那位柳眉倒竖的"辣货"。

"瘦高个儿"意味深长地点点头，手像闪电一样将尚未露面的钱塞回到兜里，心安理得地闭目端坐。是熟人、亲戚，或者……祢清盯着那"瘦高个儿"猜测了一百个可能又一一否定，忽然一咬嘴唇，暗笑自己天真得可以，自古以来，愿打愿挨的事多着哩，替人家操这许多闲心，费这许多脑筋，不是犯傻吗？

车到一个镇子上，停下了。有上车的也有下车的。下车人中就有那位"瘦高个儿"。车门关上后，"瘦高个儿"立在外边，像送部下出征般冲着车内慢慢挥手，女车主隔着玻璃也挥手，同时脸上堆满着诚恳而留恋的笑，那情景很有些依依惜别的味道。可是，汽车开出十米远，她马上换了面孔变了颜色，杏眼突立，上翘的唇角也树叶一样地抖动、抽搐，紧接着，一句不像出自女人之口的脏话喷出来。

祢清很惊奇，欲问，不知从何开口；不问，又闷得难受。终于憋得挨不住了，便赔着小心问女人："大嫂，刚才那位'高个儿'是你什么人？"

"俺儿！"对方回答很干脆。答毕，就极迅速地恢复了原来的活泼面容，有说有笑，又收钱又卖票，好像刚才什么也没发生过。

一车的人陪着她笑。

汽车在人们的笑声中驶出了镇子，可能是由于气氛热烈，也可能是坐累了，一直靠在祢清腿上的大汉这时终于直起了腰。他回过头来，像报恩似的向祢清解释："我说年轻人，那人是谁你甭问，总而言之，反正当儿的不能比娘大。这年月，还不都是图个相互照应吗？啊？"

祢清点点头，好像明白了个中蹊跷。车内本来就热，窗外的热风又

5

不停地刮进来，他越发觉得烦躁憋闷，终于憋出了一身汗，一身大汗，赶紧掏出手绢来擦。他刚擦了几下，女车主忽然又叫起来："日你妈的，通道里坐着的，趴下，快趴下！"那变音变调的紧张劲，像电影里的难民在途中遇到了敌机轰炸。

随着女车主的吼骂，通道上坐小凳子的乘客像割倒的麦子，先后不齐地伏下了。前边两个动作慢了点儿，被女人咬着牙摁在了腚底下。车速渐渐慢下来，慢下来，尚未停稳，一个在路旁值班的"大檐帽"就急匆匆地走上来，一边望着后面相继跟上来的汽车，一边粗着嗓子朝车里吼："超员了，是吧？"

"哪能呢，哥们儿。"女车主的笑音连同媚眼一起送到窗外，"改天到市里去，我可得捎着你呀！"

"大檐帽"不屑地一侧头，汽车就如出笼的狼，呜一声跑了。跑出挺远，祢清前边的胖大汉子实在受不住，冒险犯禁地先自直起了腰，大脑袋意外灵活地环顾前后，腆脸冲女车主喊了句"平安无事哦！"女车主神秘地挤了挤眼睛，发出一声车铃般的脆笑。笑声未停，人们便相继抬起头，直起腰。

汽车继续前进，胖汉没话找话："我说大妹子，这'大檐帽'是不是也常免费搭你的车啊？"

女车主没回答，她此刻正望着窗外远方的麦田，脸上一副半欣慰半伤感的神色。胖汉尴尬了一阵，只好自找台阶，回头找祢清拉起话来："我说年轻人，看到没，现下就这样，与人方便，自己方便，图个相互照应嘛。你说对不对？"

祢清还没来得及回答，他身侧的青年农民忽然间抢上来："话也不能这么说，在外边跑的人凑巧相互照应，乡下，乡下可就他娘那个驴壳子的两回事了。"

胖汉听了咧咧嘴，朝对方瞥过一种话不投机半句多的眼神，便将目光投向窗外，吹起了口哨。

车内，空气一下子又显得沉闷了。

6

祢清好像耐不得这种沉闷，他仔细地看了看身旁的青年人，这才发现他左臂上吊着一条白绷带，明显的是硬伤。小伙子的口气和特殊形象引起了祢清的好奇心，就问他胳膊是怎么伤的。小伙子语气挺随便，说是跟一头半吊子驴怄气弄伤了。祢清笑嘻嘻地摇头说不信，再追问，可小伙子再不理他，却转而冲了刚才有意冷落他的胖汉找话茬儿："我说老大哥，在乡下只有老百姓照应老百姓，没有像'大檐帽'那样当官还照应老百姓的。你信不信?"

胖汉一脸的假笑，只是不予回答。显然，胖汉人胖心虚，是个尽量避免惹是生非的人。然而，祢清却对小伙子的话感兴趣，他侧过身去，以赞许的眼光看着小伙子，很明显是鼓励他继续说下去。

以往，同事们常说祢清的眼睛有种特殊的魅力，他如果想让你说心里话，用不着刨根问底死死追，只消眼神柔和地望你一会儿，你就会对他有什么说什么。有人问他有何奥秘，他说沾了《情绪心理学》的光。是真是假，无人深究。说来倒也灵验，这霎，小伙子侧过身来只和他对视了几秒钟，竟就高喉咙大嗓门地打开了话闸。他说村里搞提留老百姓没意见，可气的是村干部从中抽份子榨油捞好处，把人们坑苦了。他说挖河修沟谁都赞成，兴修水利造福人民嘛，让人气恼的是带工领工的从中贪污吃回扣，要知道这些钱物可是人们指头缝里挤出的水利款血汗钱哪。

祢清冲他点点头，表示深以为然。小伙子受了鼓舞，也可能说顺了口，便要继续讲演，那边女车主却发了怒："三子，你还嫌惹的祸小是不是？有这么胡撅乱喷的，就不能留着唾沫暖暖心吗？"

哦，原来是一家人。听女人的口气，至少他们是近门亲戚。祢清心里想着，很遗憾小伙子的话给打断。

汽车在沉闷的空气中行驶着，麦香与热风不断地从窗口涌入，让人一时分不清是享受还是难受。被女车主称作三子的青年人可能终于憋不住，冷不丁又冒出一句说："嫂子，事情到了这份儿上，我还怕他娘个壳子，反正是一锤子买卖了，走到哪里说到哪里，争不过他也落个嘴上痛快。"

"那也不能乱说。"

"我想说，就愿说，看谁能把我扛起来戳戳！"

"你愿说，人家可得愿意听啊。"

"谁不愿听也好办，薅把驴毛塞上耳朵。"

三子话音刚落，车厢里就乱成一片，有笑的，有骂的，还有皱着眉头做沉思状的。混乱中，祢清用漫不经心的口气问明了三子的家乡住址，正要和小程说几句，不想前边的胖汉又开口了："我说小兄弟，家里是家里，外头是外头，家里的事你说得再玄乎，谁也没见着是不是？这就叫收麦子别拉谷子的呱，是黄是白，秋后见成色。为人行事嘛，得看个节令。对不对啊？"他转着脑袋问大伙，大伙不知他话中的真实意思，所以回话的不多。胖汉觉得挺扫兴，喷喷两下伸伸懒腰道："我 × 他个破车，把个人来活活颠煞！"

胖汉只顾嘴上痛快，不想一下捅了马蜂窝。因和三子拌嘴一直怒气未消的女车主终于有了发泄的茬口，她柳眉倒竖，口角吊起，那声音那话语就像戳麦个子的禾叉，既快又狠："哎哟，我说那位压死骡子撑死驴的大哥哎，也是的，你要大小当个官，即便指头肚这么大的，也不用在俺这破车里挤出一身白毛子汗了吧？没听说吗，今春咱县里来的县长，怕前任县长的肝病传上他，硬是各乡镇敛起一两万买了辆外国进口的小轿车。那多舒服、多排场，出出进进，就跟躺进水簸箩里似的。人

8

就是这样，有那个块头，还得说有那个派头；有那个派头，还得说有那个福分才行哪——嘁！"

女车主的嘴就像打机关枪，一顿扫射把个胖汉打蒙了。

车内一片唏嘘，人们不知是同情胖汉，还是惊叹这女人的嘴茬。

而祢清呢？祢清的心此时正在唰唰地打着旋儿，喉管也像给人捏住，憋闷又难受。他想，俗话不俗，真是哪个坟上也有屈死的鬼呀！

祢清是今年春天调到平南县的，来时前边冠以"代"字。在随之召开的人代会上，经过代表们投票，他正式成为县长。

女车主刚才关于县长买新车的话，说的无疑就是他祢清。然而，事实的真相讲出来，却一定让你哭不得笑不得。去年祢清调到这里时，县里派车到市里去接他，也怨祢清生性诙谐，上车伊始就和原任县长开玩笑，说你老小子得过肝炎病，这一走，就把满车的病毒全留给我了。尽管这是句再普通不过的玩笑话，尽管因是老熟人信口开河习惯了，然而同车来的办公室主任却把这话记在了心里，并且相当负责。回到县里后，主任便吩咐部下整治车。其实，并没换新车，只是把车厢里头的"下水"都改成了新的。这些，祢清当时并不以为意，他哪里想到竟会传得这么邪乎呢？倘若今天不坐这趟大篷车，他是永远也不会知道自己背着一口"黑锅"的。当然，此时此情下，祢清绝对不敢争辩也不能争辩，他唯一能做的仍是那个"忍"字。

仓颉造出这个字来，伟大！

一路的顺风，一路的颠簸，一路的嘈杂，一路的欢乐。汽车停停站站历时两小时又四十七分钟，终于打着呵欠进站了。

1

从汽车站到县政府，有一段不近的路程。祢清和小程恰好又与三子同路，所以就没叫出租车。他们一路走来，说话拉呱，很是投机，不知不觉，祢清就把三子刚才没说完的话套了出来。

三子是这平南县李庄乡的农民，因为果园种植的承包合同问题和村主任打了架。其实，过程并不复杂，承包合同的签订是主任一手搞的鬼，主任自己填好了合同内容又自己按上了手印，秋后算账，却说是大伙当时让他代办的。主任是个大家族，既有权也有势，人们害怕村主任的权势，也不齐心，犟不过，明显地没有完成合同规定，只好认罚。罚就罚吧，谁让咱是小民呢，上当挨宰只一回，说不出，心中有数就是了。不料，这位主任见大伙头皮软，好捏巴，便得势不饶人，今春在果园续包合同上又要来那么一手。人们有了教训，早已瞪大了眼盯着，探得了消息，便公推三子这位胆大心直敢说话的去找主任讨公道。三子很痛快地去了主任家。当时，主任在家正陪着乡长喝酒，主任听他说明来意，倒也没有发怒，还很客气地让他陪着喝了两盅。可是，到了下午，主任睡了一觉好像醒了酒，提着根拌草棍子找到门口来，说是三子有意在乡长面前掰他的面子出他的丑，声言要教训教训他。以三子的脾气，这种情况下当然不服软，就和主任闹翻了。闻声而至的村民中有几位实在捺不住，便大着胆子上来帮腔说话。主任大怒，喝骂他们是聚众闹事扰乱社会治安，在人群中抡起拌草棍子当头劈下，三子首当其冲，躲避不及，被他手起棍落砸在脖子上，左侧的锁骨就生生地砸折了。他疼痛

10

难忍，去本乡派出所告状，派出所里的邱所长认识他，笑着摸了摸他的锁骨说大不了只是一条缝儿，不碍事，回家吃顿牛肉就好了。他只好先去乡医院里治伤，乡医院的医生仔细查了查，给他拍了张片子，骨头果然给砸了道缝。可是，医生只管看病，不管别的，什么也没说，只是皱着眉头给他上了夹板，一夹就是两个月。他带着夹板告到县法院，县法院也说不碍事，还说硬邦邦一个小伙子，这点儿小伤算得了什么。不是有句话叫作"轻伤不哭，重伤不下火线"嘛，回家抻抻筋骨运运气，照样能干活。三子见告状不成，走出那个大铁门骂了句，到饭店吃了顿包子也就忍了。回到家后多方打听，才知主任早到乡里和县里找熟人垫了话，说承认他打了三子，但那是在歹徒围攻下的正当防卫。恶人先告状！

前些日子，三子看了场电影，大意是一位年轻妇女因为丈夫的胸骨被村主任踢伤而到处打官司，末了居然还打赢了。他这才明白，即使骨头给打出个缝儿，也是犯法的，也是要判刑的。主任是不是正当防卫，自有在场的许多人做证，只要盯住理，准胜。于是，他这才又乘了哥嫂的车到市里去告状。不料，法院里说要立案、取证、调查，同时让他先找律师写状子，还要交一笔数目不小的什么费。他算了算，光这费那费的，少说也得五百麦子钱。就想，这也不能保证打得赢，可别赔了夫人再折兵啊！眼睛一酸，心里一扑腾，脱口说去他娘的呱嗒嗒吧，不告了。

在离县政府不远的一座小桥上，他们要分手了。祢清想了想叫住三子，问他的官司是不是还想打。三子一愣神，拧着脖子斜眼看他。他就告诉三子，要是还想继续告状的话，他可以从中帮忙。三子像遇着了天外来客，张着大嘴喘粗气，半天勉强吭出一句："你发烧吧？"

祢清没回答，只是很认真地摇摇头。

"那么，你准是想从里头捞一把，告诉你，我现今可是屌蛋净光的主儿。"

三子说这话并非云山雾罩，现今社会上出现了一种人，像以前的讼师一样，利用自己的特殊社会关系，专门包揽词讼，一旦胜诉，便从中收取数目惊人的好处费，名曰"劳务操心费"。三子见祢清与自己无亲无故，却对他的案子这么关切，很自然就产生了疑心。

祢清笑了笑："老弟，你想邪了，你看我像那种人吗？"

三子疑惑地看着他，跌进了五里雾中。四目相对足足两分钟，三子终于憋不住，冷不丁问道："你是谁？"

这话把祢清和小程都问乐了。你是谁？可世界上谁又说得清自己究竟是"谁"呢？到底祢清脑子转得快，接口说："我谁也不是，只是想帮你出口恶气。"三子像审贼一样上下打量着这位口气很大的人，撇着嘴说："就凭你吗？"

"只要你说的都是真话。"

三子大约记起了传说中的刀笔先生一类的厉害人物，终于认真起来："大哥，我还真是不死心，只是怕你有这个好心没这个能耐。"

"不一定。"祢清口气很硬，更让三子觉得他高深莫测。

"闹不好，你可是蹚了浑水陷住腿。"

"陷住就不会再拔出来吗？"

"大哥义气人，现下少有。"三子有些激动，他拉了拉祢清的手，接着从贴身的兜里掏出一沓纸说，"你看看证据。"

祢清将那沓纸打开看时，里边有医院的诊断书、病历，还有村里十几个见证人按着手印的证明信。祢清仔细地查看了这些东西，心中暗道，事实如此确凿、如此清楚，竟然打不赢这场官司，真他妈的怪事。

三子见祢清看完材料皱着眉头不说话，像忽然间茅塞顿开一样拉住祢清的手说："哦，知道了，你是记者。"不等对方回答，又坚定不移地做出判断，"没错，你准是记者。听说他们谁都不怕，就是怕记者。要不，谁敢口气这么大。"

祢清看着这位孩童一样天真的小伙子，点了点头，又摇了摇头，像是承认了什么之后又否定了什么。他安慰三子，说是就凭这些证据，官司已经赢了七成，剩下的那三成，就看他自己的决心了。三子脸上放出雨过天晴的光彩，马上问他是直接上告还是先求人写状子。祢清沉吟片刻，用很有把握的口气说："我给你写封信。"

三子一听，竟然立时蔫了半截。

祢清从包里取出纸笔，趴在小桥栏杆上写了几行字，封好后交给三子说："去县法院找李院长，让他亲自看看这封信，你的官司兴许就能处理了。"

三子接那封信时，脸上的肌肉鼓涌了几下，他眯起眼睛瞧着祢清，似是漫不经心地问道："大哥热心肠，大哥你贵姓？"

祢清犹豫片时："祢。"

"你是哪里的？"

"县政府。"

"哦！"三子恍然大悟，"你是县政府里那位看门的大哥吧，听说过，听说过，这个姓挺少，都在咱县东边那个村。哎，看门也挺累吧？"

"是挺累！"祢清咧咧嘴，他明白，三子把他当成县政府门口管保卫的小祢了。

三子将信摆弄了好一会儿才装进口袋，然后辞别祢清和小程，晃着身子疲疲沓沓地顺着小河岸走了。走出好远回过头，见那两人已经拐过街角去，就掏出那封信来三五下撕个粉碎，随手塞进了路边的一棵树根下。

5

　　三子的举动祢清当然不会看到，更何况他这时已和小程朝着相反方向的县政府走。小程一路无言，这时到底捺不住了，他很不自然地问祢清：“祢县长，你整天忙得脚不沾地一样，咋还有空管这些鸡零狗碎的事呢?”

　　祢清看看比自己年轻五岁的秘书，口角动了动，想说什么却终于没有说出来。他望着河里的潺潺流水，半晌若有所悟地说：“这趟车，没白坐……”

　　祢清认识三子，是在菜市场。

　　祢清虽是干部，却经常与卖菜的打交道。从县里到市里，又从市里到县里，自从结婚成了家，他总是亲自到集市上去买菜，也从不讨价还价。他很明白，自己之所以不讨价还价，一是身份所致，最重要的是收入稳定而且高。他也相信，如果自己像一般职工那样入不敷出的话，不见得就这么豪爽大方，把不准也是锱铢必较。回过话来讲，既然现在并非拮据，那就不要在庄户人身上撕布片了吧。他每次买菜付钱时总有种异样的感觉，当卖菜人接过菜钱时，眼里流露出的不像是天经地义的交易，倒好似在接受别人的施舍。因此，祢清每每买完菜把钱递过去，等着对方找钱时，总不敢看人家的眼睛，不是转身瞧着别处，就是低下头去做沉思状。有时少个三毛两毛，干脆就不要了。

　　祢清来平南不几天，那是个阳光和煦的中午，他下班后没有直接回家，直奔县政府东侧的菜市场去了。祢清生活在外，这些年来工作之余勤于观察，勤于实践，竟也烧得一手好菜。对于蔬菜的选购很内行，也很讲究。农村推广塑料大棚种植后，时新菜蔬经年不断，市场上花样迭出，青葱满目。祢清的目光在一个个小菜摊上停一下越过，越过又停一下，耳旁是嗡嗡嗡的嘈乱声和时而激烈时而和缓的讨价还价声，几个菜贩子人分远近，遥相呼应。"哎——打价不如随价挑，识真货的快哈腰。""咦，你这菜里掺水了？""哎——大婶大婶说得对，俺这菜里使了水。俺若菜里不使水，你这买菜的光咧嘴。""嗯？刚才还是八毛一斤，一会儿咋就一块了？""呵呵，大哥大哥长傻了，没听说好马撑不上青菜行吗……"购买也是一种欣赏，欣赏也是一种享受。祢清一路走下去，脸上笑眯眯的，心中也被那种轻松舒怡的味道滋润着。走到一家茄子摊前，他立住不动了。好嫩的茄子哟，几步之外，就见茄皮亮光光的，黑红之下，透着一种淡淡的微蓝色。祢清蹲下身子摸摸茄子，细腻而滑润，像触到绸缎似的。这茄子品种优良，生长期长，需水肥适度，光照充足，还要种于大棚，把式侍弄。这茄子肉质鲜嫩，稍有韧性，只能用手撕，不能用刀切，红烧茄条，最出味道不过了。

"多少钱一斤？"祢清有点儿爱不释手。

"一块五。"卖菜的口气有点儿迟疑。

祢清拣两个中等大小的茄子放进秤盘里："称称吧。"

"一斤半，高高的。"卖主放下秤盘，"一块八。"

"错了，这么算账，你有宅子连地也得赔上。"祢清把茄子装进塑料袋里说，"应该是两块二毛五。"

"一块八！"卖主口气硬硬的。

祢清抬头看了他一眼，是个二十几岁的棒小伙儿。面孔黝黑，头发直立，显得挺倔。不只头发直立，额上的几道皱纹也别扭，像一道道扇骨，支棱着。祢清笑了，一是笑他长相有趣，二是笑他卖菜算账糊涂："你不会算账吗？一斤一块五，一斤半……"

"我本来是卖一块二。"

"可我并没跟你还价呀？"

"你是唯一买菜不还价的，我就更不能糊弄你，更得要说实话。"小伙子仍旧面无表情。

"嗯，好人！"祢清咂咂嘴，掏出两块钱递给他。

"嗯，好人？"小伙子嘴里嘟哝着，从兜里往外找零钱，"一个是你，再一个是我。"

祢清摇摇头，起身走了。走出不远，随着身后一声大喝，卖菜的小伙子拽住了他："找你两毛钱啊！"祢清连忙推他的手："算了算了，两毛钱！"小伙子死活不让，硬将两毛钱塞进他兜里。

"哎，地里种地里出的，你买俺的菜就算照顾俺了，哪还能占你的便宜呢？再说，你们吃工资的，挣点儿钱也不易啊！"小伙子说着，转身跑回摊上去了。

这是真正的菜农。祢清心里话。经常买菜，时日长了，祢清凭眼神就能看出菜农与菜贩的区别。菜农接钱时眼含感激；菜贩接钱时眼露虚光，脸上同时显出又赚了你一家伙的得意之色。

个性决定命运。大概是一位德国哲学家说的。多年后，美国的一位著名作家在自己的小说里多处引用，而中国的一位外交天才对此也是佩服得五体投地，所以临终前还再三给朋友重复这句话。

其实，一个人的命运并非全部决定于个性，甚至包括"个性"本身在内，大都源自他（她）最初的经历，特别是某件曾经使他刻骨铭心的经历。祢清个性的树立，就与他少年时一次不同寻常的遭际有着重要关系。

那年他正读中学，一个星期六的下午，他和本村同学祢磊一块儿回家，刚进村头，就被一个意外的情况惊呆了。祢磊的父亲倒在路边不能动，浑身是土，嘴角和头上还流着血。乡邻们有的唉声叹气，有的忙里忙外地整担架。祢清从人们的片言只语中弄明白，祢磊的父亲是让本村的民兵连长给打了。原因很简单，民兵连长家的马啃了祢磊家的麦子，祢磊的父亲打了民兵连长的马。民兵连长说是打狗还得看主人哩，更何况是马。于是跑上来将祢磊那体弱多病的父亲打伤了。

祢磊的父亲被乡亲们抬着去了乡医院，祢磊却从家里找了把尖刀揣在身上，说是要找那个民兵连长算账。祢清问他此行能否成功，祢磊回答说成功与否关系不大，他心里只有一个想法，父亲绝对不能让人白白打了。祢清把他叫到一边，开导他并给他出主意，让他先去乡里告状，如果告不赢再来硬的，说这叫先礼后兵。祢磊也算聪明孩子，一听就明白祢清所言有理。他和祢清商量着写了张简单的状子，仍旧揣着刀子，先去医院看了父亲并问明了父亲的伤势，然后就径直去找当时的乡党委书记于书诠。

祢清当然得跟着他。

其实，此时的于书记已经知道了这一消息，正和司法助理老刘商量处理办法。因为打人的民兵连长是本乡出了名的年轻干部，民兵工作在全县也是挂了号的。此人是于书记一手提拔的"样板"，乡领导一班人对他也特别看重。此人敢说敢干，性子有些暴烈，可能缘于这种暴烈性子，村民们都很怕他，所以他在村里基本上是说什么算什么，故而，村里的工作也显得特别好做。于书记之所以再三"树"他，就是为了让他锻炼一段时间，接年已花甲的村支书的班。如今，自己一手培植的爱将出了麻烦，能不左右为难吗？当然，他们的想法很传统，尽量大事化小、小事化了。

两人正在踌躇不决的当儿，祢清和祢磊敲门进来了。祢磊可能被愤怒和悲痛激蒙了头，见了书记竟然说不出话。祢清也同样慌乱了一阵儿，最后就只好做代言人了："于书记，我们是来告状的！"

按说告状要去法庭，可那时期的人们已经养成了习惯，只要出了官司，先到当地党委或行政部门讨公道，还想不到什么法庭法院的。所以，地方上也养成了这样的习惯，有事就接，有案就管，既要管民事，又要管断案。

人人都有直觉，只是程度不同罢了。于书记凭直觉意识到，这俩孩子就是来告那个民兵连长的。一问，果然如此。老刘因为是司法助理，就自动接过话茬儿问："你们告他，他犯了什么罪？"

"故意伤害罪。"祢清回答的同时，递上了他们的状纸。

老刘接过来看了看，在递给老于的同时朝两个孩子瞥了一眼，问这状子是谁给他们写的。祢清回答说是他们自己写的。老刘疑惑地追问他们上告的理由有什么根据，回答很坚决，说是根据1979年7月1日第五届全国人民代表大会第二次会议通过的《中华人民共和国刑法》第134条。

两个成年人同时瞪圆了眼睛，他们压根不会想到，这个有着一双细长眼睛的小子竟然如此精通刑法。在得知他们都是本县重点中学的学生时，这两位乡干部更加不敢小觑他们，忙说："你们沉住气，目前不做结论，还得到医院里现场察看一下。"谁知细长眼睛的小子还真是得势不饶人，轻轻哼了一声说："我们其实很沉得住气，因为如果乡里不做处理，就去县里告嘛。不过，我以晚辈的身份告诉两位领导，到时候，那就免不了要拔出萝卜带出泥（你）来了。"

于书记用了很长时间紧盯着面前的这个孩子，那情形好像要永远记住他似的。是啊，这个孩子给他的印象太深太重了，近乎刻骨铭心般的印象。在那以后的许多年里，他之所以处处支持并信服他，大约就是源于这一刻吧。

被伤者肱骨骨折，这是不争的事实。打人凶手不但被逮捕判刑，祢磊的父亲也得到了赔偿。村民们胆子大了，纷纷到乡里反映这个民兵连长的恶行，于书记这才如梦方醒，连呼当局者迷。

这件事处理完之后，老于名声大震，有位自感几十年来一直怀才不遇的乡下文人激动万分，自出经费给书记送了块"再世青天"的匾。老于接过那匾说不出话，他只想哭。文人等了半天不见书记有特别"青睐"的意思，翻着白眼出门去。老于对着那匾出了会儿神，这才反身进屋把它插进床后的夹壁缝里。

在学年考试的作文《我的志愿》里，祢清和祢磊异曲同工，开宗明义第一句就是——将来我要做官，做个像于书记那样为民做主的好官……

6

祢清和小程走进县政府大门时，办公室齐主任正从楼里往外送客人。祢清的突然出现，弄得齐主任有些紧张，本来对客人热情洋溢春暖花开的脸上，蓦地变得生冷僵硬像下了一层霜，以致客人向他辞行道谢他都忘了回礼作答。当齐主任弄清他俩是乘客车返回到县里时，瘦瘦的黄脸竟出人意料地泛起了红色。他低头、抬头又低头，架在鼻梁上的眼镜滑下、托上又滑下，口中连连说着"失职，失职，我太失职了"。祢清看他那悔愧难当的样子，心里很是过意不去，忙拉着他的手，像哄小孩似的轻轻摇着，解释说会议内容重要，自己又一贯地心急火燎，所以就和小程风风火火地赶回来了。他还说有许多材料仰仗他老齐整理，以便常委会上做汇报。齐主任见祢清这么谦和诚恳，脸上的红色渐渐褪去，他长长地舒了一口气，含义模糊地说："这我就放心了。"

祢清性情随和，言谈话语间还常带几分幽默，没听说他训过谁，也几乎没见他在公开场合发过脾气，可是，两个多月之后，县政府大院内，副县长以下的干部没有不怕他的。有人说怕就是恨，可放在祢清身上，人们却并不这么想，在怕他的同时，又有很大成分的尊敬、信服或者是一种不明所以的顺从心理。说到底，是敬畏。以往，平南县机关两派人员明争暗斗、相互挤对、相互攀比，工作作风的松懈，已是积习成癖。当时祢清初来乍到，两派的人摸不清他的底细，很有些怕他上任后的"三把火"烧着自己。为了给新头头留个好印象，有段时间相当规矩，不迟到，不早退，也不再小事自由走、大事请长假。上班时宁肯喝茶吹牛看报纸，也不再像以前那样下棋串门打扑克了。然而，时日不长，看到祢清整天笑眯眯的，全无"整饬纲纪"的意思，一个个心中有了底——祢县长来平南是镀金的，人家这么年轻，过两年还不得飞黄腾达往上升吗？既是走过场的事儿，当然犯不着跟部下较真儿。于是，一个个长舒一息，卸了戏妆，摘了面具。

平南的情况，祢清早有耳闻，初时看到干部们处事认真、工作严谨，喜不自胜。心想，古话不古，墙上的泥，抹一茬新一茬，这不，同志们对我这个刚刚上任的县长，还真是鼎力拥戴，密切配合。可是过了半个月，情况变化，按部就班者越来越少，有时日高山寺，大门口来上班的人仍旧迤逦不绝，而各科各局电话铃声此起彼伏，不是某人知会迟到一会儿，就是某君今日请假有事不来了。有的科局委办胆大妄为，上班时间又开始打麻将做游戏，祢清端着茶杯走进屋时，他们不惊不怕，反而要拽着县长摸一把。祢清摇头轻叹，终于明白了故态复萌这个词的真正含义。他叫来政府办公室主任，问他工作何以会如此没有规矩，主任咧嘴一乐，说是习惯成自然。祢清让他抓抓工作作风，别弄得太不像话。主任说，抓！怎么抓？说着，主任学了外国人的样子，两肩一耸，双手一摊，表示作难。祢清吹了吹杯中的茶叶，打量了一下主任的胖脸，眼中掠过一丝不易察觉的愠怒，摆摆手让他走了。作为干部，拿着国家的工资，吃着农民种出的粮食，上不为国家效力，下不为百姓做事，却要冠冕堂皇地在上班时间去搞"第二职业"，天理何在，良心何在？祢清将一片浮上来的茶叶叼进嘴里，慢慢地嚼碎了。

平南县的机关干部人分两派，本地派和外来派一向不和。本地派以地头蛇自居，外来派却偏又不服气。两派你争我斗，谁也不让谁。祢清目光如炬，观察细微，这些问题当然逃不过他的眼睛。自从发现了这一现象，他就下了首先整顿机关作风的决心。他没有能力立即消除两派隔阂，却有办法让两派人员都能按部就班地做好本职工作。只有工作做好了，整个机关才能产生向心力和凝聚力，彼时找准机会，敲掉专门无事生非的头头脑脑，两派之间的隔阂自会消除。

祢清不生气，不着急，每天早晨七点五十分，他准时站在楼门台阶上，来一个上班的，他看一下手表。认识的，点点头；不认识的，就问问对方是哪个科局的。八点一过，他便回到自己的办公室，照例端起茶杯到各处转一转。如此三五日，再不见迟到晚来者，一个毛病不断的机器似乎又恢复正常运转了。

祢清性情温和，喜怒不形于色，人们从他的言谈举止中也看不出什么来。岂料，一个星期后，他主持召开了县长办公会议，撤换了三名科局负责人，而人们惊奇地意识到，这三个科局恰恰是机关工作秩序最差的。那位学着外国人耸肩摊手的办公室主任，随后降职使用，调往区域规划办公室担任第四把手。被人们戏称为"周武郑王"的办公室副主任老齐官升一级。一般干部中，许多人提心吊胆了很多天，最终却没有一人遭受处罚。于是，在某一天，机关里一位向来以说废话而出名的老兄各处串游着说："这位祢县长呀，他绵里藏针，嚼骨头不吐渣。嗯，小心了，得夹住尾巴……"

平南县政府的机关工作作风，于无声处变得越来越严谨、越来越务实了。

晚间一席酒，白天一杯茶。这似乎已成了一些单位约定俗成的事情。这不，祢清走进办公室洗了把脸，刚刚坐下，一杯芬芳氤氲的热茶就摆在他的面前，那诱人的清香霎时在空气中弥散开来，让人嗅到，不渴也想喝。

祢清有两大嗜好，饮酒和喝茶。

祢清之所以喜欢饮酒，他爷爷是"罪魁祸首"。祢清的爷爷是位退休老教师，每日三餐，两顿有酒。老头虽有酒癖，但档次不高，只饮本地产的老烧酒。祢家家规很严，从不许后生晚辈饮酒吸烟。故此，祢清虽然自小被爷爷娇宠得几乎横着走，直到高中毕业却还不知酒是什么味道。

那年祢清考上大学，他爷爷乐得在院里蹦高儿，说这抵得上早年间的举人，得此功名，一定是祢家祖坟冒了青烟。老头儿兴奋得不能自已，举着孙儿的录取通知书绕村跑了三圈，随之用半个月的退休金买来一瓶好酒，开禁除戒，与孙儿对饮以示庆贺。说真的，虽有爷爷的解酒令，祢清对酒也毫无兴趣，以往他只听说酒是辣物，呛嗓子，为了不让爷爷扫兴，只得拗着心性用嘴唇沾了一下。咦，味道不错嘛！这么想着，一杯酒早吸进嘴里去了。咂摸着滋味，柔而润，绵而醇，很觉爽口，不由得抬头望了望爷爷，暗道：怪不得老头儿三餐两次，原来酒是好物啊。心里想着，自己给自己又斟满了杯，爷爷喝一杯，他喝三五杯，竟就留不住口，一瓶酒他喝了大半，仍是意犹未尽。老头子大惊："孙儿，孙儿，没承想你小子还是英雄海量哪！"说着话，慌忙把余下的酒藏了，从桌底下摸出本地老烧，并屈尊给孙儿斟上。祢清疑惑地看了看老头儿，端起杯子倒进嘴里。酒刚入口，随之吐出，他擦了擦嘴："爷爷，爷爷，这不是酒，是辣椒水。"爷爷叫苦不迭："毁了，毁了，头一回沾酒，让这小子口味喝高了！"

果然，从那以后，祢清爱上了酒，但再不能喝劣质酒。

祢清爱茶，也是受人影响。当年，他在市政府办公室任职，办公室一位资深老主任是个出名的"茶博士"。处世有学问，喝茶更有学问。这位老主任无论上班还是出差，手边总离不开一只让人为之咋舌的大号玻璃杯。不管是天山春毫，还是江南碧螺春，每次四指一撮，姿势优雅地投入杯中，80℃左右的开水冲下去，然后就坐在位上，像欣赏艺术品般静静地看杯中茶叶的升降浮沉。老主任观茶的同时，脸上神色随着茶叶的活动，时而松弛时而紧张，时而阴郁时而开朗。约莫一刻钟，茶叶泡透下沉，茶水于明澈之中泛出微黄，他这才如同了却一桩心事，长舒一息，慢慢地啜饮、品尝，双目渐渐眯起，似乎进入了美妙的梦乡。"要的是这种乍透犹韧、温而稍烫、呷之煞口、爽而不利的感觉。"老主任每每品茶品到妙处，总要抒情。

祢清初时不以为然，后来和几个生性好奇的青年人偷喝老主任的泡茶，滋味果然非同一般，既爽口又利喉，且又清脑子长精神。于是，近朱者赤，相继弄来茶杯，纷纷向老主任学习。时间一长，成瘾了，饭可以不吃，茶不能不喝，偶尔耽搁一两回，就头昏脑涨的。"这是毒，喝茶跟吸毒差不多。"一个染上茶瘾的青年恨恨地说。老主任听了嘻嘻地笑："不要怨天尤人嘛，你只是成瘾，并没有成道。听说过茶道吗？那可是饮茶的程序，品茶的最高境界。茶以人论，从茶品中可以窥出人的品位与性格，你们信不信哪？"祢清问他何以言之。老主任点着头说："凝神观察，仔细琢磨，反复品评，必有所得。"说完呷一口茶水，笑嘻嘻地眯起眼睛仰在椅上，又步入自己营造的温柔乡里去了。

这话让祢清有些云山雾罩，又不好深问，只是把老主任的话暗暗记下。不承想，这听来像是调侃的几句话，却是老主任几十年的经验心得，既有原则的内涵，又有世事人情的衍化。祢清日后偶有所遇，细细回味，竟不能不佩服老主任"茶以人论"的准确。

室内开着空调，温度高低适中凉爽怡人，祢清呷口热茶伸伸腰，靠在藤制沙发背上舒服地眯起了眼睛。想想刚才大篷车里的拥挤闷热，身有所感，心有所悟，不禁脱口道："真是两个天地！"

源于只有他自己明白的缘故，祢清心中忽然产生了一种近乎迷茫、怅惘、酸楚与惶悚交相混杂的感觉。这种感觉难以描述，难以排解，像一坨子软泥在胸口上糊着。这种异样的感觉在以往也曾有过，有过多次，只是现在比以往重，重得多。他很清楚，这种心境是反差极大的环境和心理所造成，长此以往，可能要患上忧郁症。这样不行，他自己对自己说，理智必须战胜情感，刚强不能让位于脆弱。冷静的头脑、稳定的心理，是完美处理永远也难以终结的纷繁事务的前提。否则，壮志未酬身先衰——非要垮掉不可。他仰在沙发上，尽量将四肢伸开，尽量让全身松弛，尽量让心跳减缓，尽量让大脑呈现空白。

齐主任像猫儿一样走进来，轻声细唤："祢县长。"

祢清睁开眼睛，看着齐主任并未出声，似乎还没从"神游八极"中转回来。齐主任迟疑了一下，又趋前半步，口气有些紧张："祢县长！"

"咦咦！"祢清如梦方醒般坐起来。

"你怎么了？"齐主任抬抬手又放下，想摸祢清的额头。

祢清赶紧将身子坐直："哦，没事，我歇歇，歇歇。"

"吓死我了，寻思你是中暑了呢。"齐主任说着抹了抹自己额上的汗，瘦瘦的黄脸上又泛起一片红色。

祢清乐了，他告诉齐主任，这是他自己独创的精神体力恢复法，效果相当好。要是累了烦了，只消如此姿势待上十分钟，就可以体力充盈，精神焕发。他让齐主任坐下，齐主任并没坐，反而从旁边拿过一块海绵，擦拭着本就一尘不染的茶几，声调沉稳地汇报着这几天县里发生的事情，其中有一件是本县工业联合厂的工人又集体来县政府上访要工作、要饭吃、要钱花。齐主任心细眼也尖，瞧着祢清皱起了眉头，赶忙打住并立即转移了话题："哎，祢县长，你的自家兄弟来了。"

祢清好像还在听他往下说，冷不丁没转过弯来，口中喃喃道："民为邦本啊！"

"祢县长……"

"哦，你是说——"

"你的自家兄弟来了。"

"自家兄弟？"

"是的，叫祢磊。前天来的。"

"在哪里？"祢清口气挺急。

"我把他安排到了招待所里，派了刘副主任陪着。"

"嗨，送到我家里去不就得了吗？"

齐主任迟疑片刻，意味深长地一笑。祢清马上明白了，点点头说："没问题，千真万确，祢磊是我的自家兄弟。走，咱们去看看他。"

齐主任用手一挡，他让祢清先喝了那杯水，自己摸起旁边的电话拨了号码："喂，老刘吗？按既定方针办。"

7

中学毕业那一年，祢磊"背叛"初衷，报考了财经学院。毕业后，他先是分到银行里当会计，两年后转到财政局当了计财科长。祢清义无反顾，他在第一志愿里就填写了政法干部学院。然而，政法干部学院看来是学子们一心向往的理想学府，录取分数线高得让人瞠目结舌，祢清的分数不够那么高，顺理成章地给刷了下来。他十分懊丧，一时间竟觉得天地昏暗前途无望。所幸，不幸中又有万幸，他被省里的干部管理学院录了。这使他心中稍稍得到些安慰，不管怎么说，干部管理学院毕业后意味着仍旧有"官"可做，只要做了官，昔日的夙愿就可慢慢实现。如此看来，这个祢清还真是有了官瘾了。

世界这个庞大的整体，就像它本身的内涵一样复杂多变，总是让人捉摸不透。有人一生一世梦想干这干那，可每当他信心百倍精神专注于自己的意愿时，却又常常是节外生枝，眼看快要成功的事情，一场意外事故突然降临，他的理想也就随之成了梦想，如同气泡般刹那间消失。他懊悔，他沮丧，他咒骂，他疯狂，他甚至想到自杀和杀人，然而一切都无济于事。当他好不容易从失望的深渊中爬上来，重新振作，继续坚忍不拔地进行奋斗时，到头来结局仍旧和以往一样。他就这么孜孜不倦锲而不舍，有的甚至老死不辍却终究一事无成。大约，这就是人们常说的事与愿违吧。然而，有的人却相当幸运，常常是福至心灵地想干什么或者一生想要成就什么事业时，虽不能说总是一帆风顺，但经过努力、

25

经过奋斗、经过一些挫折或者坎坷之后，不一定就有个什么天缘巧合的机遇突然来到他身边，他的理想马到成功，就像命中注定他必须走这条路似的。大概，这也是人们常说的天遂人愿，或者是如今人们口头流行的所谓"心想事成"吧。

祢清就属于后者。

祢清在干部管理学院毕业时，原先乡里的于书记这时已是县委书记了，于书记一直没有忘了这"小孩"，所以祢清回到县里就被安排到县委组织部工作。当然，这个地方的工作也不好干，因为眼下凡是在县里工作或在各级政权部门当差的，大小都有个所谓的靠山，这些靠山们以自己的地位、位置和权力，不断地找组织部的人从中"做工作"，让他们尽量从旁给部长们"施肥浇水养好花"，以使自己的亲朋好友鹏程万里。你办好了，他就高兴；办不好或者不给他们办，他就怨恨，说不定什么时候找个茬口整你一家伙，让你打掉牙还得当糖咽下去。祢清运气好，组织部长是昔日他们乡里的于书记的副手，为人挺正直，敢说真话。况且有县委书记撑腰，胆子大。这位部长体谅下属的难处，常是李代桃僵，把些责任自己担着。祢清到组织部两年的时间，尽职尽责却也机动灵活。两年中，他就像电视剧《便衣警察》里的主题歌里写的——历尽苦难痴心不改，工作之余大量读书，特别钟情于各门类的管理学和心理学。部长看他是个可塑之材，不忍心让他待在机关里年复一年地荒废了，于是寻个机会，把他调到下边当了乡长。部长用心良苦，祢清是何等聪明的人，能不心领神会吗？

祢清调任地方的两年头上，于书记调到市里任组织部长，这又是近水楼台先得月，三年换届之际，市里一纸调令下来，祢清成了市政府办公室的副主任。

过了几年，组织部提名祢清到平南县任代县长，市委常委会讨论通过了。因为是派往自己家乡任父母官，虽是晚辈下级，于书记（祢清仍然这么称呼他）还是特别备酒给他饯行。席中，于书记口气轻松地说：

"好好干，下一步这个县委书记的位子就是你的了。"就在祢清到平南任代县长后不长时间，组织部长于书诠升为市委副书记兼常务副市长。"我们是同时起步，同时提拔。"那次祢清到市里开会时拜访自己的老上级，于副市长笑呵呵地如是说。

8

祢清见着祢磊时，祢磊正坐在房间里看电视。这房间是招待所里规格最高的，整洁舒适，设施全面而又现代化。两人见面相互擂了一拳算作握手问好，祢清打量了整个房间，戏谑道："哟嗬，成贵宾了。"

祢磊摇摇头："我是逐步升级的，二十分钟前还住在前边平房里，这房间是刚刚调进来的。这不，刚打开电视，机子还没热呢。"

祢清看看齐主任，笑着"哦"了一声，明白了。

祢清和祢磊扯了一会儿，就要拉着祢磊回家。祢磊说："你刚从市里开会回来，一是疲劳，二是肯定有许多事情下午要安排处理，改在晚上吧。"他说自己这次来找他，还肩负着一项重要使命，晚上说话方便，时间也允许。祢清以为他故弄玄虚，就问他是何使命，他眨眨眼摇摇头，表示天机不可泄露。祢清见他神神道道的，也不勉强，说了声"你这家伙"，也没陪他吃午饭，就和齐主任急匆匆地走了。

祢磊有头脑，因为下午的确有许多棘手的事情等着祢清去"发落"。

正是热风遛麦的时节，黄昏时忽然刮起了凉风。入夏以来一直闷热难耐的城中居民区里，街旁巷口很快坐满了乘凉者。人们不再赤膊，不再摇扇，尽情享受着天赐神风，舒服得直哼哼。

小车开到县政府家属院的大门口停下了，因已电话约定，祢清早在门口等候。车门开处，第一个下来的并不是祢磊，但祢清却看着面熟。

28

他正要询问司机，祢磊笑嘻嘻地探出了头，一边迈出车门一边指着那人："记得吗？刘玉振。"

刘玉振迟疑着走到祢清跟前，祢清刹那间忆起，与此人确有一面之交。相处时间不长，印象挺深。他赶忙和对方握手，连说"想起来了，想起来了"。说完仍恐意犹未尽，转而问道："原来，你家就是这平南县的？"

刘玉振笑意微露，不卑不亢："对，早想过来拜访，只恐县长政务繁忙，有失打扰，务请原谅。"

读大学时，有一次同乡聚会，祢磊把他的同班好友刘玉振也带了去。相互交谈时，祢清看出这个其貌不扬的大学生非同一般。他既没有当时很普遍的霉味十足的迂腐气，也无那种江湖味很浓的说大话使小钱的奸邪油滑。他说话有快有慢，张弛结合，给人的印象真实而富于内涵。刘玉振对当时许多问题的看法很独特，有自己的认识、自己的见解。当时议论最热火的话题是企业改革，刘玉振对此的精辟分析和独到看法令祢清至今记忆犹新。他从政治经济学的角度来讲企业改革，说这是关系到国家命运的大事，不能眉毛胡子一把抓。大型的重点的企业，暂时还要牢牢掌握在国家手里才行，既要市场调控，还得有计划有步骤地投入。对于那些无碍大局的企业，特别是县乡两级的小型企业，则必须立即放手甩开去，或兼并或拍卖。这样，既可腾出资金搞重点，又可激发个体创业的积极性，肥了私人，也增加了地方财政收入。他特别强调，这是由中国的社会制度和生产资料所有制所决定的，不这么办，不行。因为工业上的问题不同于农业，农民承包了土地，虽说仍是生产资料公有，其实他已经把土地视为自己的了，所以越种越有劲，土地越种越肥沃。工业承包则另当别论，无论是厂房还是机器，国有资产明摆着的，承包人只是要借着这些生产资料尽快发财赚钱，有的甚至杀鸡取蛋，让机器超负荷运转，产量可以上去，利润可以增加，后果呢？打个比方，有位司机承包了一辆汽车，三年上交九万元，他自己至少要赚十万元，承包期满，九万元是交上了，可汽车也报废了。一辆汽车多少钱？二十万。那么，这生产力是发展了，还是倒退了？社会财富是增加了，还是减少了？有趣的是，刘玉振的宏论后来竟然被一一印证，十分符合国家出台的"抓大放小"的企业改革政策。而他那工业承包不同于农业承包的论断，从现实生产中出现的种种矛盾来看，同样正确。

这是个人才。两人握手的同时，祢清心中暗说。

从大门进到祢清的三合院，短短的几分钟，祢清已经弄清了刘玉振现在的情况。他在财政学院毕业后，先是分到本县农业局做会计工作，两年后便毅然辞职经商，如今是本县小有名气的私人企业家。他的企业名叫"利源食品集团总公司"，是从一所小小织布厂起家的。无怪乎人们常把吃穿二字联系到一起，看来还真是内涵深刻。

要发展地方经济，必须放胆支持这样有头脑的人，重用这样有魄力的人。在走到屋门口之前，祢清已经下了这样的决心。

9

三间北屋，两明一暗，东首是一跨屋专做饭厅，东屋西屋分别是厨房和储藏间。小院不大，倒也宽绰；居室不多，倒也整洁。祢清的爱人刘洁是省公安学校的毕业生，一个多月前才调过来，安排到城区公安分局工作，是穿警服挎手枪的女中豪杰。城东出了抢劫案，刚才和同事们坐着摩托车出发了。今晚来客，祢清只好挽起袖子扎起围裙，亲自动手掌勺。

祢清烧菜，算得上行家。他沏上茶水让刘玉振喝着，转而对祢磊说："你来当个跑堂的。"祢磊说："到你家了还让我受累。"祢清说："你爱来不来，反正这样的学习机会不多。"祢磊听说还能学两手，就乐滋滋地去了。

西屋是厨房，祢磊和刘玉振到来之前，各种菜料已经备齐，煤气灶一生火，用祢清的话说技术是现成的，剩下的工作就是如何搭配了。祢磊知道祢清从小心灵手巧，但烧菜这活还从没见他干过。说话间，他见祢清将碗里的肉馅加入姜末、酱油、花椒面，又加上些油、盐、味精、葱花，一个鸡蛋打进去，转手递给祢磊，让他用筷子不停地搅，说是越匀越好。他自己呢，则麻利地在平底锅上摊出几张鸡蛋饼，取一张铺在案上，然后接过祢磊手里的碗，将肉馅在上面摊平，又取一张盖在上面压实了，切作斜块，盛进盘里。祢磊问："这就是你的手艺吗?"祢清说："弱智了吧，你等着。"这时，刚才摊鸡蛋饼的锅里菜油已经冒了烟，祢清把切好的斜块放入冒烟的油锅里，滋啦啦一阵乱响，少顷捞出装盘码好，黄灿灿闪亮亮，小金山似的。祢清用筷子夹起一块送到祢磊嘴边，说："你先解解馋吧。"祢磊大咧咧一口咬住，咝溜溜嚼了再嚼，焦酥香嫩，味道极美，美得祢磊竟舍不得下咽了。

就在祢磊赞不绝口的当儿，祢清已将其余的鸡蛋饼切成了长条细丝，他把蛋丝拌上盐水味精和姜末，呈辐射状地装入一只盘的周匝，紧贴蛋丝摆上一圈早已切好的香辣牛肉片，盘的中央则放了一撮青葱葱的韭菜花。整盘菜肴由外到里黄红绿，真可谓色味俱佳。

看来，祢清做菜还真是轻车熟路老行家，也就半个时辰，四荤四素便已备齐。跑堂的祢磊一边啧啧称奇，一边将菜盘一趟接一趟地送到东跨间的餐桌上。祢清解下围裙洗洗手，学着乡下办喜事时红总大老爷的口气："喜宴开始，贵客入座！"

"将来要是做不成官，你可以开饭庄。"祢磊说。

"你来当跑堂的？"

"保证给你揽得住客。"

"赚了钱咱平分。"

"笑话吧。"

"江湖险恶，有备无患。"祢清语气郑重，分不清是真话还是戏谑。

三人坐定，祢清从柜子里取出酒来，是平常人无福享受的五粮液。祢磊的嘴总是不闲着："你可真是清官。"他反话正说。

"至清无鱼，你枉读圣贤书了。"祢清边启瓶盖边反驳。

"收礼受贿的成果？"

"没错。"

"来者不拒吗？"

"大体如此吧。"

"有无原则？"

"内外有别。"

祢磊听罢，哈哈大笑，说是明白了。

刘玉振一直插不上嘴，当然他也不想插。这时有了机会，便试探着开了句玩笑："祢县长，我早就想来拜见你，只是害怕衙门口的门槛高，进不来。"

祢清拍拍他的肩头，也开了句玩笑："你可以扛着锯来嘛，把门槛给锯了。"说着笑着，酒宴开始，仍是本地老规矩，照例每人先干三杯酒。酒能乱性，酒能壮胆，酒能让人无话不说，酒能让人缄口沉默。酒的神奇，因人而异。祢清酒量很大，但他喝酒越多，说话越少。祢磊不然，三杯下肚，这世界就是他自己的了。刘玉振虽说与祢清有一面之交，毕竟初次到此，有些放不开。所以半个小时之后，这屋里就只能听到祢磊在演说。他说的内容题材很广，从人类到动物，从天上到地下，从远古到今日，从刘玉振与他的交往到今日为何找他——用"口若悬河"形容他，一点儿也不为过。祢清看着他笑，刘玉振看着他乐，他根本没有察觉。他醉了？他没醉！他只是像某人所讲的那样，酒精的作用已使他觉得自己高于一切而别人低于一切了。

话多也有话多的好处，祢清在祢磊口齿不清但层次分明的酒话中，已经明白他这次来平南的目的，也就是他在招待所里吹嘘的所谓"使命"。他的使命很滑稽也很简单，是专为刘玉振来牵线搭桥的。刘玉振既然认识祢清，自己为何不来找他呢？这就看出了刘玉振的理智、心计和涵养。因为他需要祢清的帮助，也明白只有祢清才能帮助他。他追求的是效率，是把握，他不能干那种瞎驴撞槽的事，否则，他就不是刘玉振了。况且，"人一阔脸就变"的格言，一个通读过鲁老先生作品的人能不记得吗？能不防患于未然吗？所以，趁着酒酣耳热，他找个缘由引出这段话题，终于点明了前来拜访祢清的目的。他请求祢县长从中帮忙，在他企业的邻居——平南工业联合厂的闲置区域里，租借几处厂房……

"焖上白条鸡，待会儿吃饭时正好熟了。"这件事不好直接答应，祢清瞧准祢磊说话间断之际，找个借口起身朝外走。祢磊短着舌头说是来不及了，拉了一把没拉住，祢清已经到了门外，回头又说："高压锅，快着呢。"

刘玉振看得清楚，祢县长在台阶上晃了一下勉强站稳，他今晚同样喝得不少，分明也是"带"了酒了。

　　祢清从厨房里回来时，又一瓶五粮液被祢磊启开。这种酒不上头，味道绵软而柔和，由于口感很好，诱人贪杯，很多酒徒都是在不知不觉中大醉。刘玉振酒量大，且是酒场老手，有把握可也撑不住。祢磊本是性情中人，干什么也喜欢一竿子捅到底，喝酒同样也不例外，心里告诫自己忖着忖着，然而，酒到嘴边留不住，就像《三国演义》《水浒传》里写的，三通鼓罢，已被"挑"落马下。不禁说话舌头发硬，开酒瓶的手也哆嗦别扭，像抽筋似的。在这样的场合中、这样的氛围里，祢清自制力再强也没用，因为是在他家，按照当地习惯，他非但要劝客人喝，自己还得带头喝。酒量再大也有个限度，祢清今儿确已到了"度"。他感到身子有点儿发飘，头脑晕乎乎的，这在他来说很是罕见，他只好硬挺着。他也明白，今日之所以过量，一是好友祢磊的到来让他高兴，二是逢着刘玉振这样一个人才让他心里痛快。喜酒闷茶肮脏烟嘛，怎能不过量呢？过量就过量，大不了等刘洁回来后给我们做一锅醒酒汤。这醒酒汤可是刘洁的拿手戏，是她那位一辈子嗜酒如命的祖父教给她的。祢清曾经多次受用，很有效果。祢清这么想着，又是三杯下肚了。

　　醉酒不醉心，这话不假。三人虽然都像练气功的"入"了进去，毕竟脑子还清楚，耳朵还灵聪，西厢房里传来咝咝咝的响声，祢清站起身往外走，说是白条鸡炖熟了。到得台阶处仍旧一趔趄，稳了下步子踅向西去。

　　北屋里，两个人坐等吃鸡。

　　灯光下，刘玉振瞧着祢磊的脸道："伙计，你可是喝大了。"

　　"什么？"祢磊盯着刘玉振斜眼看了一会儿说："你还敲打我呢，你自己都两个头了。"刘玉振扑哧笑出声来，他想劝祢磊就此罢杯，祢磊却凑到他的脸上叮嘱，让他尽管放开量来喝，说是只要他兄弟俩凑一块儿，从来都是不醉不休，更何况今日喝的又是五粮液呢。刘玉振眯起眼

34

睛问："祢县长酒量如何？"

祢磊快活地眨起小眼睛："他嘛，嗯，三两斤不在话下。"刘玉振吃惊咋舌的当儿，祢磊却又加一句，"可是老同学哟，从来都是淹死会浮水的。"

这里二人谈兴正浓，忽听西屋里砰的声响，显然是什么东西突然爆炸了。这巨大的响声吓醒了醉酒人，两条汉子霍地跳起蹿出去，只见西屋里雾气白烟冒作一团，祢清抖着两手傻傻地站在门口，很像是在琢磨什么。两人跑到门口看时，天哪，高压锅滚落到墙角处，地上洒满了鸡汤、鸡头和鸡腿，一只鸡翅膀糊在天花板上，正滴滴答答地向下淌水。祢清见二人失魂落魄的样子，笑了笑："甭慌，我忘了减压就启开锅盖了。"

"没事吧？"刘玉振紧张地察看祢清全身。

"启开锅盖也醒过来了，立马闪电般跳出来，没烫着。"祢清镇静地说。

"万幸，万幸！"祢磊嘘声连天，以手加额。

几乎在这同时，刘洁执行任务后返回，离家不远，听得院里一声爆响，特殊职业的灵敏性立即展现，她拔枪在手，起脚踹门而入……

早晨醒来，祢清首先想到的就是昨晚刘玉振提出的要求——请他帮忙在工业联合厂里弄到厂房。他很重视这件事，所以直到上班后走进办公室里，仍在反复地思谋这个问题。

对于工业联合厂，他已经不陌生了。在他上任之初，就遇上了一件关系到工联厂的事。那天上午，他正坐在屋里批阅文件，大门外忽然间吵吵嚷嚷，从窗户里望出去，是一群工人在县政府门前集体上访。百十口子，问了问办公室，说是县工业联合厂的工人。工人们举着牌子，上写"厂长要享乐，我们要工作""厂长要发财，我们要吃饭"什么的。人越聚越多，看热闹的也纷纷挤过来，就像春节赶年会。祢清刚到平南不久，对这里的情况还谈不上了解，同时，他在市里时经历过这种情况，当然不会露面了。他让办公室派人出去处理一下，办公室主任一副

35

见惯不怪的样子，说是抻着吧，抻一阵不予理睬，他们也就讨没趣自个儿走了。不料这样抻了一会儿，工人们非但没被抻走，有的干脆挤进大门，席地而坐，非要个答复不可。有个文化馆的摄影师路过这里，牛哄哄地装成外地报社记者，戴着墨镜举着相机，这里拍一下，那里照一下。县政府办公室里的保卫人员发现后，冲上去夺了他的相机，拧着胳膊搡进传达室里去了。这下子人们闹得更欢，连过路的人也跟着起哄架秧子。这样一直僵持到中午，最终还是管工业的副县长打电话叫来管工业的副书记，两人合计后一起出面，答应一个星期后解决工人们的吃饭问题，人们才三步一回头地相继散去。

工人们的吃饭问题的确解决了，在县委、县政府的干预下，银行行长睾着鼻子再次贷款给工业联合厂，每人每月一百五十元的生活费，不够的自己另想办法。眼前的矛盾是消解了，今后呢？

祢清是从基层上去又下来的干部，明白地方上的事情千头万绪、错综复杂，他没有着急生气，而是悄无声息地对工联厂进行了调查。他从调查中了解到，工联厂是全县负债最高的工业单位，由于管理不善，大部分项目已经停产。这是当前地方工业的普遍现象，祢清并不觉得奇怪。可是，按理说管理不善是单位领导无能，应该负责，或是降职，或是撤换。然而，这个县里的领导机关对厂长林以得存有一种奇特而微妙的心理——不能撤，好像也撤不了。原因同样奇特而微妙——撤了他，谁来偿还他所欠下的债务？撤了他，在市里那位大人物面前怎么交代？不是太不给他面子了吗？大人物是何许人？祢清从县委书记老艾那里才知道，原来就是自己的恩人于书诠副市长。他们是铁哥们儿、把兄弟。"人是有感情的，感情有时说不定就能代替原则。"老艾言出肺腑，祢清咬着嘴唇哦了一声，表示理解。

今日不成明日行，权且放他一马，问题总是得解决的吧？祢清感到别扭，但也不说，心里有数就是了。况且，对目前有些企业头头的撤换他也有些看法。他常常想起昔日农村里的生产队长，生产队搞穷了，弄乱了，生产队长却富了。于是，反他的贪污，反他的无能，上边来人，一个大会把队长撤了；慷慨激昂地再撮上一个去，也可能一两年，也可能三五个月，把个生产队弄得更穷、更乱，这队长却乱中取胜，借机狠狠地捞上一把。于是，再撤，再换……越弄越穷，越弄越乱。还是后来一个联产承包责任制，问题迎刃而解。

　　当然，工业不同于农业，光承包不行，因为承包人对于生产资料的态度，是一个决定性的问题。祢清每每想到这里，就忆起当日刘玉振所说过的话，也就更加钦佩这家伙对于社会问题的精辟分析和独特见解。所以，他决心帮助刘玉振。他想，说不定刘玉振打进工联厂后，由于他的影响和推动，工联厂还能起死回生呢。

10

那年刘玉振辞职后，承包了本县一家集体所有制的小小织布厂。当时，棉纺业行情极好，不到两年的时间，刘玉振就赚了大钱。紧接着，在亲朋们的资助下他毅然买下了这家织布厂，成为本县有史以来的首位企业家。还真是天有不测风云，刘玉振刚要大展宏图，棉纺行业却又哗啦啦大厦倾倒，各地的棉纺厂织布厂就像这大厦上的砖头瓦块，一个个相继垮掉，坠落。

见风使舵，这在世事人情中断不可取。这种个性与行为，代表着一个万物之灵的道德、品行和人格。这是卑鄙的代号，油滑的缩写，龌龊的见证，奸诈的别名。这种德行的人，八面来风处世玲珑，一生大抵总是"穿花鞋走高道"，因为他总是能在某个关键时刻拿朋友的几磅血换一杯酸奶喝。人们对此往往蔑视、鄙薄但又无可奈何。说到底，这种人有头脑，有能量，翻手为云覆手为雨的本事太高强了。

然而，这种本领要用在商界，那就应该另当别论了。可以说，在商界有这种眼光、这种头脑、这种能力的人为数不多。否则，也不会有那么多企图下海寻宝的人因为翻船呛水而弄得半死不活了。

刘玉振具有这种眼光、头脑和能力。

那年，棉纺市场的颓象刚刚显露，刘玉振就心有灵犀地觉察到了。他的意识性很强，随之便瞒天过海地悄悄卖了织布机和织布原料，却意味深长地保留了空无一物的厂房。他将数目可观的资金入股到一家前景看好的造纸厂里，成为该厂举足轻重的股东。同时又和厂里合同议定，

38

他可以根据情况每年按比例抽股。这步棋他看准了，走对了，在以后的两三年里，印刷业像拔节的高粱，一天一个样，纸张也就因此而特别走俏。印刷大户托着钞票买不到纸，常是派了专人到各处"厂门立雪"。那几年，造纸厂的人最牛气，每每年底分红，刘玉振的红利数目最大。多数股东贪心过重，常将红利复转为股，以图在厂里占得更多。刘玉振暗笑，说这纯粹傻蛋一个。他的红利绝不转股，非但不转，每年还以三成的比例往外抽。他将这些资金购置了锅炉、蒸器、真空机，在织布厂的原址上办起了本县第一家食品加工厂。就在国内纸张市场行情达到顶峰时的那年年底，刘玉振已将自己在造纸厂的股份全部抽掉。合同在先，他这么办厂方也说不出什么。况且，当时的纸张走俏得很，有些股东还巴不得他这么做呢。

就像南风转为北风，北风又忽然倒为东风一样，变化莫测的市场行情总是不以人们的意志为转移。就在某些人春风得意马蹄疾的当儿，纸张市场如同那年的棉纺市场，在短得让人瞠目结舌的时间内蓦地下跌，随之便是一落千丈了。各造纸厂里里外外都是纸，库里装不下，就在库外空地上用篷布苫着。为了尽快将纸卖出去，造纸厂派出大量推销员奔赴大江南北，白河黑水，费尽唇舌，终是卖不动货。不知这是市场规律，还是存心报复，各印刷大户的当权者就如喊着号子"一二三"，全是端着架子绷着脸，一副"当初我求你你不睬，如今你求我我也不搭理"的神色。"三年河东，三年河西"，整个儿局面蓦地倒过来了。

造纸厂傻了眼，造纸厂的股东们也傻了眼，再想抽股，有门吗？即便抽了股，也是空头支票，去哪里弄钱？而此时的刘玉振，不但完善了食品加工厂，还修建了储量千吨的冷库，设立了全国性的销售点。他又比别人先行一步，成为本县个体企业中的纳税大户。只要能纳税，地方就对你另眼相看，刘玉振被增补为县政协委员。

有人问刘玉振，他何以会有如此超前的眼光，就像未卜先知似的。他笑笑说是碰准了。再追问，他便有点儿故弄玄虚了，说：你没看过《易经》吗？你没研究过里边的六十四卦吗？六十四卦中最要紧的是两个字，一是"损"，二是"益"，人在世间要想把握机会，先得弄清这两个字间的辩证关系。

去年开春，刘玉振的利源食品集团公司想要扩大规模，而他的可动用资金只够买机械设备的。有机械设备就得有厂房，没有厂房就如活人没穿衣裳，无论如何不能在光天化日之下露着。可是，修建厂房需要上千万元的投入，他虽然可以贷款，但他又不愿意贷款，他认为贷款对一个企业来说是难以摆脱的物质压力和精神负担。他是个有心计的人，他看上了县工业联合厂的几座旧厂房。这些厂房很宽大，是以往工联厂里的铸造分厂。铸造分厂垮了好几年了，闲着也是闲着，或租或买，弄过来稍加修整就可利用，这样可以节省百分之八十以上的资金。工联厂是他的邻居，他提着礼物去找工联厂的头头，委婉地向对方讲出自己的打算。岂知事与愿违，对方一口回绝，根本没有商量的余地。工业联合厂的厂长林以得是平南县的"茬子"人物，没有多少人敢去惹他，刘玉振虽是纳税大户、政协委员，面对此情也只能是英雄气短。再说，有钱难买不卖，特别是在小地方小企业，屁大一点儿事也得厂长点头吐口。看着对方那拉得很长的驴脸，刘玉振这位在商界一直纵横捭阖的人物，一时间竟显得冷手难抓热馒头。

刘玉振并没就此罢休，他想到了"巴结"——巴结工业联合厂的厂长林以得。这时的联合厂已是日暮途穷，急需能够适应市场赚到银钱的工业项目。而刘玉振手头就有项目，这项目他又可上可不上，因为以刘玉振的眼光看来，这样的项目赚钱再多，也只能像六月天下雨，说来就来，说去就去。这种短期行为，他刘玉振是不屑一顾的。

刘玉振有个远房亲戚在国外，那时他还念大学，就想法跟这位亲戚进行联络。那位亲戚回国探亲时，与刘玉振进行了一番长谈，认定这小子将来能干大事，就将自己的几位商界朋友介绍给他。此后几年，他一直和这几位外商保持联系。毕业经商后，这种联系更直接更密切。说真话，他之所以创业有成，一是自己的卓越才干，另外与这几位外商朋友的启发帮助也是不无关系的。他手头的这个项目，就是其中一位所提供，很简单——将棉线织成粗布再进行细加工，然后便可出口。刘玉振将这项目献给林以得，正在黔驴技穷的林厂长"龙颜大悦"，立即组织，立即生产，第一笔买卖成功后，给了刘玉振两万元作为酬谢。

刘玉振当然不图这点儿谢金，他把钱原数送回，趁着林以得高兴，再次提出厂房的租借问题。他原以为自己有功于对方，对方肯定应允。不料林以得听了，嘿嘿儿笑着说："兄弟，兔子还不吃窝边草呢，你咋就打起了工联厂的主意了？我要是把铸造分厂的厂房租给你或卖给你，这工联厂不就一下子解体了吗？这关系到工联厂的整体形象问题，关系到我这个厂长的面子问题，你就别做梦搂着嫦娥睡，光想好事了。啊？"

刘玉振碰了一鼻子灰，窝了一肚子火，发恨要断这厮的财路，然而已经晚了。林以得心黑手也黑，早就抢在前头和对方签了贸易合同，那位外商虽是刘玉振的朋友，也不会为了虮子烧棉袄的。撕毁合同就意味着赔偿损失，能这么办吗？刘玉振又气又悔，心想还不如留下那两万元买茄子吃呢，这真是他妈的哑巴让狗日了！

关门挤住鼻子，也有巧的时候。刘玉振正在犯愁，祢清恰好调来平南。打听清楚确是昔日见过面的祢磊的那位同学，刘玉振禁不住喜上眉梢，连说老天助我。这样的条件、这样的机会，精明过人的刘玉振岂能放过？他清楚地意识到，官大一级压死人，有时候他们的一句话，比送一块狗头金都管用。工联厂头头的茬子再硬，他可以不理他刘玉振，可以不睬县里的一般干部，他却不敢违拗县长。只要县长发了话，或租或买，那将是一溜大顺茬。

为把握起见，他搬来了祢磊。

为慎重起见，他和祢磊走进了祢清的家。

本来，他们都不想喝醉。

可是，都醉了！

11

　　第二天下午，县里召开了常委会议，除了传达市委扩大会议的内容之外，还布置强调了本县下半年的重点工作计划：抓紧经济开发，扩大招商引资，搞好夏收夏种，进一步解决地方工业的颓败现状和严重滞后的局面。会议由县委书记老艾主持，祢清通揽并实际操作。

　　县委书记老艾在平南已是第三任，五十几岁的人，健康状况也不好。这人是个急脾气，由于一些搞不清理还乱的人际关系，与前几任副手弄得很僵。在几名可提可不提的干部问题上，甚至与人动过拳头。

　　艾书记是个好人，为平南县干部群众所公认。他是二十世纪六十年代初从外地分到平南来的农校毕业生。学历风最盛的那几年，又自学了农大的全部课程并且考试合格，加之有着丰富的实践经验、老牛一样的工作精神，在那个真正注重人才的几年里，很快就被提升为局长、副县长、县长。他的擢升过程和在邻县的于书诠大体相仿，只是于书诠提升为市委组织部长时，他仍是平南县的县委书记。于书诠提升为市委副书记兼常务副市长后，他还是县委书记。

　　老艾的第一位副手是个农学院的毕业生，因为提升又总是比他慢一步而常常耿耿于怀，那副手说他老艾是个半路和尚，懂不了几本经，自己正牌大学毕业，倒成了跟在老艾腚后扇蝇子的了。这话传到老艾耳里，老艾说不能吧，这位同志一向挺厚道的，还从没见他在工作上不配合过。唉，谁没有个不顺心的时候，谁又没说过几句怨言呢？老艾大度，不以为然，这是他的长处，也是他的悲哀。

就在老艾春风得意马蹄疾的时候，却十分意外地跌了个大跟头。不知从哪年起，这个县里忽然分成两股势力，一股是"坐地虎"，一股是"外来户"，发展到后来就成了"本地派"和"客家派"。艾书记是从外县来的，自然就被划作后者。那位副手是本县人，自然就是"坐地虎"的头头了。"坐地虎"要吃掉"外来户"，姓艾的自然就首当其冲。也是合该出事，一次宴会上，年轻貌美的妇联副主任凑过来和老艾碰杯，大约是酒后失态，本应大声喇气地说完的应酬话，他却凑在人家耳朵上做嘀咕状。这情景让副手瞅个正着，立即暗示自己那位喜欢搞摄影的秘书抓镜头。镜头抓得极好，照片冲洗又经艺术处理后，千真万确一副强行与人亲嘴的狎昵相。副手和他的秘书以不经意的玩笑形式将照片在机关中传阅欣赏，竟不轻不重地闹了场小风波。幸亏这位妇联副主任的丈夫不是肺头醋坛子，没找老艾清算这笔风流账，否则，后果如何，难以设想。

事情本来过去了，可副手意犹未尽，又把照片传给市里一位领导看。那位市领导搞了半辈子组织工作，对轻浮之辈深恶痛绝，当时嘴里不表态，心里却把这事记得死牢，所以翌年提拔市级干部，压下了早该提升的老艾，却把副手从他头顶上硬硬地"拔"上去了。后来老艾探明此事原委，气得半死，再想找副手算账，人家早已"昨日云雾今日花"。而他呢，却被一压再压，到如今，想去市里谋个平级清闲的职务都难了。

祢清来到平南县后，一是年龄差距，二是个性关系，处处以晚辈身份对待他，这使老艾很感动。两个月的时间，老艾就以他的资历、水平和经验看出，这个年轻县长虽然也是靠人推荐"拔"上来的，虽然也有毛病——譬如喜欢喝酒，譬如还打算配备两名女秘书……但是，他有能力，有胆识又有学问。尤为难能可贵处，是他对老百姓有着很明显的同情心。祢清他至少不说空话大话应付话，在天平的两端，总是加重百姓那一方的砝码。这至少可以证明他是个有良知的官，这样的年轻干部能不让人喜爱、尊敬和佩服吗？所以，时时事事他都支持祢清，依靠祢清，尽可能利用自己的身份与威望抬高祢清在县里的位置。他和祢清说了知心话，五十大几的人了，仕途上已经到了终点，现在唯一的想法是替平南县寻个好当家的。这可是直接关系全县几十万人的利益，素质高一截，百姓享福；素质差一截，百姓遭祸。如今好不容易遇上祢清这样一个人坐镇平南，他放心了。县政府这边的工作，他当然让祢清一手主持；即使县委那边，他也是尽力把祢清举在前头。

这天召开县委常委扩大会，老艾开了个头，就让给祢清主持。祢清也不谦辞，实话实说，会议的主要内容昨天已经分别通知，主要措施他和老艾上午已经拟订好了，目的是让常委们补充一下，然后通过。这种倒了碾子砸着磨的开会方式，常委们十分赞成。原定一上午的常委会，两个小时就结束了。祢清回到县政府这边，让县委、县政府两个办公室负责人联合整理一下会议决定，然后形成文件，以备下发。

常委会开过之后，祢清接着就主持召开了政府工作会议，以落实常委会上形成的决议。按照政府工作会议的安排，县属的工厂企业开始集中拍卖。拍卖会由分管工业的黄副县长负责，经委、计委、工业局、农机局以及公证处的头头们参加。拍卖会在机动灵活而又平静务实的气氛中进行，将近二十家工厂企业在五天内就各有其主了。有的是单人单股，有的是均人均股，大多数是一人为主数人合股。不同形式一个目的，就是将昔日由县里统筹管理的经济实体转为私有，按照自己的意愿，发挥自己的潜力和能力创造远胜往昔的财富。

五天的时间，县财政从拍卖中净收四千万元。县里再次召开县委、县政府联席会，会上做出决定，一千万元用于下岗职工们的生活补贴，一千万元补发乡镇干部和教师的拖欠工资，两千万元投资到经济开发区。开发区几年前就已启动，但至今投资兴业者寥寥无几，原因很简单，后勤工作差，基础设施不完备。作为开发区，你得有商店，有学校，有托儿所幼儿园，起码还得有处菜市场吧？不栽梧桐树，凤凰落哪里？这是最原始的道理。

一着走活了整盘棋。顿时，全县上下，皆大欢喜。

可是，在这次拍卖活动中，县工业联合厂却原封没动。为了慎重，县里把工联厂的拍卖日期排在最后，拍卖价也压得最低。然而，三百万的起价却无人问津。工联厂是本县的重点工业群落，下辖五六个分厂，如此庞大又如此优惠的价格，人们却大眼瞪小眼，谁也不去碰它。坐镇指挥的黄副县长不下十次地用眼扫视厂长林以得，却见林以得总是端着一张大脸坐在显眼处，不说买，也不说不买，一直笑眯眯地注视着与会者。五天下来，工联厂名花无主，它仍是以往的县属企业，法人代表还是厂长林以得。——这里面肯定有难以明言的玄妙。深以为奇的祢清用探询的口气问黄副县长，黄副县长苦笑了一下，说："谁敢呢。"祢清脸色一沉，口气轻蔑："咦！这么说，林以得还真是平南的一个'茬子户'哪！"

12

　　林以得是于副市长的把兄弟——那天黄副县长再次郑重地告诉祢清，祢清当时一乐，接着意味深长地吹了声口哨。

　　难怪有些人千方百计找靠山，靠山果然威力大。你瞧，林以得有了于副市长做靠山，连他所负责的厂子都无人敢碰了。这两天，祢清的脑子里时不时地回旋这件事，有时想着想着又哑然失笑：嗨，光寻思别人了，自己不也是于副市长提拔的吗？

　　星期天上午十点多，祢清坐在家里看完一份文件，喝杯水后就走出家门，顺街西行，不大会儿就到了小城的边缘。他本来是想看看麦收情况的，可是望见不远处平南县工业联合厂的大门，便朝那里去了。他到工业联合厂不是游玩，不是视察，更不是找什么人拉闲呱，他自有他的目的、他的想法。麦收后就要召开全县工业生产会议，他虽然也掌握了一些情况，但那是下边报上来的，水分大，可信度差，自己何不到第一线走走看看，掌握些第一手资料呢。更何况，工联厂曾是昔日的工业重点、如今的老大难，启动乏力，拍卖不成，很有着现实中的代表性。倘若有幸遇到那位林厂长，结识一下，听听他的意见，如果有让厂子起死回生的办法，自己也当尽力相助。要是工联厂能够重新振兴，那么平南的经济将会迈上一个更高的台阶。再说，有机会的话，兴许还能把刘玉振所托之事顺便解决了。

　　祢清刚刚走进大门，一只大黄狗从不远处颠儿着碎步跑过来，不叫不咬，只是报信儿似的轻轻呜儿了一下。听到狗的呜儿声，看门的老头走出来，问他是干什么的。祢清心中一动，说自己刚从外地来，在县里住着，今天打算到厂里看看。他的话还没说完，老头就笑了，说："你也是来采购的呀。"祢清似是而非地应答了一句，就问厂里如今都有什么产品。老头撇了撇嘴，指着大院里一片一片的建筑告诉祢清："农机维修分厂垮了，铸造分厂垮了，建材分厂垮了一半，还有一半是造楼板烧石灰的。去年修邮电局大楼的水泥板折了几根，砸伤了好些人，承包商打官司索赔，分厂厂长吓跑了，如今这一半也是半死不活。现今勉强撑得住架的，就是你要采购的织布厂。"

显然，老头把祢清当成了买布的。

祢清望着这里一处那里一处的分厂建筑，心情很沉重。他问老头总厂厂长在哪里，老头指着远处的一片房屋说："看了没？那就是织布厂，现今儿仗着它顶绝户门哩，所以林厂长就亲自在那儿盯着，有时晚上也不回家。你这时去，准能找着他。"老头说着上下打量祢清，眯起眼睛不怀好意地笑。祢清问他笑什么，他摇摇头不回答，只说了声"你快去吧"，就钻回门房里去了。

从大门口到织布分厂小院有段距离，因为刮着风，他不时地拢拢头发，揉揉眼。这段路途中，有块地方大约是锅炉房里专门倾倒炉灰渣的。这里碎砾遍地，灰沙满天，和其他地方相比，俨然两个世界。祢清刚刚拐过一个墙角，只听呼隆一声，南风裹着一股强烈的炉灰味迎面冲来。他连忙躲开，待烟雾散尽，只见南边十多米的地方，一位锅炉工正在磕打灰车。那人的头脸衣服沾满了炉灰，像才从灰堆里爬出来的。祢清走到他跟前时，他恰好转过身来，望着祢清脸上身上的炉灰，显出很紧张的神色。他张着嘴，喘着气，炉灰已将牙齿和嘴唇沾满了。脸上的表情惶恐而悔恨，像是自己故意做错了什么。他想解释却什么也说不出来，就那么诚惶诚恐地站着。

看到这人的神情，祢清心里挺不是滋味，赶紧和他搭话："哦，师傅，忙呢？"

那工人并不回答，只是张着嘴结结巴巴地说："你看，扑了你一身。

俺，俺可是没看到你，啊？"

祢清知他误会了，就笑笑说："这有什么要紧的，你看，你身上比我弄得脏多了。"

对方赶忙报之宽慰的一笑："同志，不能这么说，你是干部，俺，俺算什么？俺本来就是干这个的嘛。"

"你怎么看出我是干部？"祢清心里很吃惊。

"当干部的走道直着腰，稳稳当当的，不像那些买卖人，走道风紧，眼还照周遭一股劲地撒拉。"那人不好意思地笑着。

祢清心里又是一沉。唉！当干部的，难道我祢清生来就是当干部的吗？他莫名所以地摇摇头，继续问那工人："师傅，你干这活几年了？"

"十二年零四个月。"

他记得真精确。祢清暗暗称奇，几乎是下意识地又问他："每月工资多少钱？"

"二百上下，有时多点儿，有时少点儿，全仗厂长格外开恩了。"对方没说完，祢清的脑子就嗡的一下响起来。哎哟，二百元上下，还得说仗着厂长开恩。天啊，干这样的活二百元一个月，而干部坐在屋里，哪个月不开个五百六百的？他看看对方，也就三十几岁的年纪，因为满身炉灰，头发又长，胡子拉碴的，看上去有小五十了。他心里有些凄楚，声音也就低沉了：

"二百多块钱，每月就只挣这些？"

"不少了，不少了，这二百多块钱，能抵乡下老百姓的四百麦子钱哪。"那人有些自豪地梗梗着脖子，朝他异常友好地点点头，推起灰车一颠儿一颠儿地回锅炉房里去了。

纯朴、憨厚、最最容易满足的工人啊！祢清望着炉灰工的背影，感到一阵说不出的怅惘和落寞。一股旋风刮来，捎带了许多烟尘灰沙，祢清赶紧扭过身去，那旋风打着转儿从他身边掠过。走过锅炉房，又越过昔日的食堂和塌了一个角的饭厅，前边就是工联厂厂长在织布厂的办公小院了。

祢清将到小院跟前时，一个穿着整齐的青年人从南边一路唱着晃过来：

"别看我穿得破，全是外国货，日本的军衣、法国的冈考儿、意大利的尖皮鞋。

"走过千层岭，跨过万道河，来到长城以外的密林里，看到了乌苏里河。命运在主使着我，我到处去奔波，饥寒交迫折磨着我，使我成为流浪者。

"别看我穿得破，全是外国货，日本的军衣、法国的冈考儿、意大利的尖皮鞋。我走进果园里摘苹果呀，有位姑娘她爱上了我。哎——要是有情有义的话，就送我一枝玫瑰花……"

那青年人摇着唱着，如醉如痴，祢清觉得挺好玩，就咳一声喊了句"小兄弟"。青年人似乎吓了一跳，停下来眯着眼睛打量半天，问祢清叫他干什么。祢清说问问林厂长在哪里，青年人用手一指院中一处办公室，又管自哑着嗓子忘情地唱起了歌："别看我穿得破……"唱着，扭着，摇晃着身子往北去了。

祢清侧头一乐，进院径直朝青年人指的屋子走去。

小院不大，却还整齐。由东向西一溜十多间北屋，丁字木牌上分别标着会议室、出纳室、厂长办公室，祢清看准中间的厂长办公室走了进去。

13

由于刘玉振提供了一个好项目，工联厂发了小财，林以得的腰板也更直了。织布分厂用棉布织成的早年民间常用的粗布面料，用金丝锁边，银线勾缝儿，印上多姿多彩的花卉图案，在各种高级化纤毛绒充斥市场的今天，竟出人意料地登上了大雅之堂。产品除了按合同供给东南亚那位商人外，余下的就渐渐被人们认可并开始争相抢购。据说，手脚快的已经把这东西销到了海口深圳，还有的说转销到了香港，甚至出口日本。

少为贵，缺为贵？其实这些说法都不对。你只要明白自然界里的一切都是由圆圈组成的也就够了。

就像一位不大露面的乡下村姑，在某一天突然被人发现了她的绝代风姿。于是，托媒的、求亲的便挤掉了门框。"有求于人，携礼拜门"，老祖宗那个时代便是如此。然而，有些人仍是投鼠忌器，明事暗做，都知道是这样的路子，偏偏又故作正经，唯恐别人将自己视为宵小之辈。所以，为了达到目的又不致遭人非议，他们便专瞅晚上的时间到林厂长家里去，明着礼物暗中钱，求他写个条子，然后再来织布厂批发处交钱取货。

虽是星期天，林厂长仍旧照常上班。这其中的缘由，也只有他自己清楚。

上午快下班的时候，林厂长的办公室里来了一个人。三十上下的年纪，高个儿宽肩，眼睛不大，挺精神。短袖汗衫扎在裤子里，腰带上串着块手表，一副随便而轻慢的神气。林厂长看着有点儿眼熟，一时却难以记起是谁。也难怪，平日里找他求他的人那么多，他怎能一个个的全记住呢？总而言之，这又是来求他买布的。林厂长暗暗骂了句：傻×，晚上干什么了，不认识我家鼻子下边就没长嘴吗？大摇四摆地找上来，老子能把货白白批给你？又见那人不像以往求他办事的人一样卑躬屈膝，心中更有气。他绝无好感地瞥了来人一眼，问对方是哪里的，对方微微一笑说是才来的，并且不等他让，自己先就一屁股坐在厂长对过的藤椅上。君有所求，当先礼下于人嘛，他倒好，架子神气比主人都大，好像我老林这办公室就是他的家。想到家，林厂长意识中又增添了许多新的东西，他勉强捺住心中的土鳖火，轻轻地哼了一声，掐灭手中半截香烟，甩掉拖鞋，然后将左脚搁到右膝盖上，摸了剪刀专心致志地剪脚指甲。

这是有意轻侮对方，最没眼色的人也会看得出来。可是，那人却没反应，仍是挺随便的口气问："您贵姓？"

"杏（姓）不贵，八毛一斤。"林厂长头也不抬地回答。

对方还是不着急，口气更轻地问："哦，我是说您姓什么？"

"我嘛，"林厂长不能再做大了，但为了显示身份，他抻了足足两分钟，又把光脚穿回到拖鞋里，左右晃晃身子，将屁股尽可能安放到一个舒服而合适的位置，这才猛地抬起头，眼光斜斜射向对方的脸，以快而利落的音调说："林！"

绝对出乎林厂长的意料，那人听了既没喜形于色，也没说些久仰大名之类的恭维话，甚至连腔都没欠起，只是淡而无味地"哦"了一声："这么说，你就是工业联合厂的林厂长了。我想了解一下……"

什么？林厂长惊诧万分，心中暗暗骂道：妈拉个什么的，你还想了解？我老林闯荡江湖几十载，多少只眼的没见过？这社会五花八门，有的见面风驰电掣口若悬河以气势取人；有的见面和风细雨含情脉脉以软功夫打动我（这当然是女的）；有的见面则寡言少语沉稳冷漠好像手中早就攥了尚方宝剑；有的直来直去从提包里掏出钱轻松地甩给我……眼

51

前的您这位呢，瞧长相观神态，既缺少大干家子们轩昂洒脱让人顾盼生威的风度，也毫无玲珑圆滑专能投人所好的小商人味道，就这淡如薄水却总是带点儿探询别人虚实的眼神和装模作样的端庄，至多是个刚领执照却还以为自己能干大事业的个体小商贩。这种人没经验少资金又舍不得破费，便往往以第三种方式来达到目的。对付这种人只消一手便奏效，就是不给他们半点儿可以回旋的余地。否则，那就是扯不断的牛皮、拉不完的套。林厂长真是有经验，不容对方问下去，立即沉下脸来发作：

"打了盆说盆，打了碗说碗。了解什么，生产正常，供货紧张！"

"我想……"

"瞎爆竹，甭响（想）。"林厂长迅速截断他的话，"外国商人的大合同都供货困难，别说你们这些小商贩了。"他咬了酸杏似的咧咧嘴："再说，现下什么都涨价，我们还要以物易物，你能提供低价柴油机油润滑油吗？你能供给高质量棉纱染料金丝线吗？如今天下老鸹一般黑，莫非我老林，不，我们厂子就生活在真空里了？"他说着，又似属无意地瞧了瞧那人的裤兜，好像里面如今除了装些卫生纸外，还应该有点儿外币金条什么的。

一顿连珠炮般的抢白揶揄，对方立即就处于难以应付的地步了。林厂长唯恐此君再纠缠，趁势摁着桌沿站起来，手掌朝外做了个推的姿势："五黄六月，大忙季节，请吧！"

已经到了被逐的份儿上，对方当然再也不能坐下去。短暂的沉思之后，这人忽然笑了。当然，这笑是无可奈何的笑，是甚于冷笑的笑。在林厂长看来，这又是失败者的傻笑、懦弱者的讪笑。那人收住笑后，很平淡地说："嗯，果然是名不虚传。"说着，起身出门，慢腾腾地走了。

听着门外已经远去的脚步声，林厂长呸地吐了一口，屁股重新砸到椅子上。他又点了支烟狠吸了一下，仰脸吐了个瑟瑟抖动的圆圈，圆圈尚未散开，又从牙缝里咝地冲出条烟棒，烟棒像经过训练的小蛇，麻利地从前边的烟圈里穿了过去。望着渐渐混成一团又渐渐散开的烟雾，想着这些年的天时、地利与人和，他仰身靠在藤椅上，幸福地将眼眯成一条线。

林厂长在工业联合厂任厂长已经十几年，开头是计划生产计划销售，所以不用动脑子就生活得挺幸福。近些年一改革，这日子就难混了。眼看着工业联合厂就要砸锅卖铁散摊子，谁知天上掉下肉包子，那个聪明了半辈子又犯傻的刘玉振帮了忙，让他得以搞起了这个织布厂。就因有了这个织布厂，他才得以苟延，得以生存，得以仍旧保持工业联合厂厂长的派头。

然而，织布厂终究不姓林，不能归他一人所有。这不，才一年多的时间，很多头面人物都想争吃这块肉。可是，狼多肉少，就免不了争吃打架。当然，这种争吃并非拉开架子面上干，而是暗地里你捅我捅他相互算计罢了。其实越如此越危险，因为明枪好躲暗箭难防嘛，一不留神被人从后腔上插一刀，捅不死也伤了筋骨。痛！痛你就在心里盛着吧。县工业系统里有几个头面人物就总想挤进来，要在这织布厂里当个土皇上。挤了很长时间没挤动，有的软了腰子败下阵，有的还在继续暗暗地练功夫。这些情况林厂长当然得说给自己的把兄弟于书诠，于书诠慢抻抻地说："我给县里打个招呼，你让他们挤去，挤掉了帽子他就不挤了。"

有把兄弟这句话，林厂长就有了底气，一般人他也就不看在眼里。再有爹手爹脚的茬子被他看出来，他就不客气地实话实说："小子别牛×，我不怵你，告诉你吧，天塌下来有人给我顶着。"

还真管用，尽管有那么多的人物不断算计，但总是不能得逞。林厂长的宝座固若金汤，没人能撼得动。

在以往的这些年里，林厂长很会利用这厂长的权力，他整日聚了一帮有活动能力的人吃喝赌吹，且利用自己娴熟的变通手腕和广泛圆滑的社会交往而见缝插针，在城中心的繁华之处盖了所二进出的深宅大院。那"不慎失身"而总是常年羞于见人的女儿，也嫁了位年轻有权的夫君。就连长了一身鱼鳞皮的儿子，竟也礼聘了位风韵绝伦的媳妇——虽然尚未结婚，早晚也是林家人。

林厂长靠在椅子上养了会儿神，约莫家中已是饭熟酒热，这才朝门外喊了句什么。几分钟后，桑塔纳轿车开了过来，司机麻利地为他打开车门，他侧一侧身子挤进去，很舒服地仰靠在座位上。

家中，新雇的小保姆果然已经备好了饭菜，林厂长坐在饭桌旁，双目直直地盯着保姆扭来扭去的屁股，像在细心研究琢磨一本似懂非懂的书。老婆在桌下用脚轻轻地蹬了蹬他，他才如梦方醒，赶紧正襟危坐。

林厂长每日两餐都有酒，这已成为惯例。他对酒肴的要求并不高，一碟酱瓜三个鸡蛋，或者是一盘咸肉半只扒鸡都行。酒的档次挺高，八大名酒以外的酒他不喝。今天中午，他喝的是半瓶汾酒，连同半只扒鸡，都是昨天晚上剩下的。他喝酒很快，从不细嚼慢咽，这不，小保姆刚刚从锅里盛出汤，他这里已然酒瓶吊起嘴，扒鸡剩了腿，白白的脸皮业已红中泛青，像只新刨出来的水萝卜。林厂长胡乱吃了几口饭，晕晕乎乎地起身走进卧室里。他甩掉鞋子，仰躺在床上，一边用牙签剔那塞了肉丝的牙缝，一边眯着眼睛大口小口地往外吹气。

酒足饭饱，阴升阳降，正是午睡的好时光。也就两分钟，厂长捏着牙签的手指渐渐松开，刚才还保持一定距离的眼皮也已十分熨帖地合上。随着牛吼鸡鸣一样的鼾声，插在下牙缝里的牙签如同风中旗杆，沉稳而有节奏地一晃，一晃。他——这位一厂之中的权力象征，已经暂时撤却了人生旅途中的逢场作戏，进入了奇异浪漫同时也是无聊虚幻的梦乡。

14

门开了，副厂长李大头走进来。他五十上下年纪，圆脸上拥挤着细密的皱纹。一双深陷的窝窝眼，总是心存不轨地打量和研究着整个世界。

"厂长，你差我办的事妥了。"大头眨巴着小眼睛说。

"妥了？"

"妥了！"

"没挑三拣四的？"

"没！"

"首功一件。"林厂长躺在床上没动窝，只是略略一竖大拇指表示赞扬。大头嘿嘿儿怪笑两声，欠屁股坐在床帮上。

上个月林厂长去市里看望把兄弟于书诠，把兄弟告诉他，平南新上任的县长年纪不大，绵里藏针，凡事心中自有两顷地，是个难得的人才。于副市长没有透露自己和祢清的关系，却很郑重地告诉林以得，说祢清这人从小就能争善斗，如果有什么过不去的事，千万要谨之慎之，无论如何不要惹翻了他。

林厂长心里也明白，一朝天子一朝臣，一个领导一帮人。新上任必先树立自己的权威，而树立权威的最好手段便是重新进行人事调整。林厂长深知自己业绩不行，官声也不好，虽然有个位高权重的把兄弟在后边做叉杆，可是一个局长在县长的眼里都算不了什么，何况他这个等而下之的厂长呢。他没有忘记义兄的告诫，明白这位新县长不是省油的灯，倘若真的闹起正经来，说不定就能摘他的顶子拔他的翎。那样的话，这些年来自己的苦心孤诣明争暗斗就成了狗咬尿脬了。林厂长很是明白防患于未然的道理，从市里回来后，他想了一段时间，觉得还是和新县长套套近乎好，必要时请义兄出面帮一把。考虑制订了好几条方案，待到觉得十拿九稳，终于在前几天开始着手和县长"建立关系"的工作。李大头能说会道又善察言观色，这先期工作自然非他莫属。还有一个便利条件，李大头的表侄是县政府办公室的一个副主任，借着罗汉找菩萨，岂不更近吗？

建立关系林厂长当然不外行，为了避免嫌疑吃窝脖，自己开始是不能露面的，待到属下铺好路子搭好桥，他再故作漫不经心的样子出马。这样既显稳重成熟，又让对方觉得不卑不亢。

现在吃喝穿戴已是小菜一碟，红花绿柳太招摇了，最时髦最直接的还是银子，袖里来袖里去，既实惠又压堡。当然，开始不能这么办，否则，你不是肺头，也是傻蛋。林厂长的先行礼物很简单，只一斤天山春毫。借口也充分：县长新来乍到，迎宾送客自然是免不了的。不吃肉不喝酒，清茶一杯既表示了亲切又表现了廉洁。再说，这也属于企业里的一般花费，既非贪，也非沾，名正言顺，理所当然。更何况自古以来"人不打送礼的，狗不咬屙屎的"，即便不收，也不好意思给脸子看。不过，就是白水一杯此时也不能直接给县长送去，因为你从不认识，一上来就这么办，无异于拿个茄子脑袋朝刀上碰。所以，林厂长选择李大头做先行官，再让李大头通过他的表侄从中牵线的举措，再高明不过了。只待路子铺开，领导需要，用什么咱就提供什么，要什么咱就奉送什么，反正织布厂里有钱，反正天塌下来也不光砸死我厂长一个。

天公作美，顺心遂意，通过李大头表侄的关系，新县长还是将茶收下了。其实林厂长心里很明白，堂堂一县之长怎会稀罕你一斤茶，这只不过是一种暗示——我这县长的门啊，大体上已经让你"敲"开了。混官场的人如果连这点儿门道也参不透，那可就是白痴一个了。如今，林厂长总算朝着县长的家门里边迈进了一条腿，心中一块石头终于落了地。他暗暗高兴，下一步的行动，看来也是一路绿灯。

林厂长有更远大的目标，县工业局的王局长眼看就到了退休年龄，这局长的位子至关重要，打去年起，好几个厂的厂长都像打兔子的枪手一样睁圆了眼睛盯着。林厂长的眼睛瞪得最圆最大，他为此"呕心沥血"已有年余，由于潜在的对手太多，有的茬子还挺硬，很难保证到时能够如愿。他想，如今和县长挂上钩，凭自己的阅历手段，只消再小试牛刀，另外再让把兄弟从中搭句话，这个职位十有八九能抠到。到时候一身兼二职，岂不像寇准一样是双天官了。彼时，有哪个小子再到织布厂里抠底，那可是眼睛长到裤裆里了。心中高兴，便笑出了声：

"哈哈！"

"嘿嘿！"

嗯？林厂长一扭脸，却见李大头也在笑。大头的笑声阴森森的，让人听了发毛。林厂长吃惊地问他笑什么，李大头忽然拉长了音调："嗯——人走时运马走膘，我李大头也终于时来运转了。"

林厂长一脸疑惑。

"那就告诉你吧，"大头笑容依旧，"新来的县长和我表侄是同班同学。"

林厂长一听，顿时对大头肃然起敬，他觉得应该先和大头拉拉近乎，想欠身，可身子就像给摞在了床上，无论怎么使劲也动不得。他只好先堆起笑脸，说是李大哥可是摞了个好表侄哩！大头没有表情，只是晃了晃大脑袋，说表侄带他去见了县长，人家可是眉里眼里都是笑，先是表扬他有能力有眼色，声明他当县长的现在急切需要的就是茶。

林厂长一急，问大头说没说这茶是厂长让他送去的。大头又是阴阴一笑："反正都是花厂里的钱，我干吗不顺水推舟卖人情，非扯你这个王八旗号不可呢？"

林厂长的嘴巴一下子张大了，他万没想到会让一向对自己贴心的大头抠了底，气极之中，肚里就生出了千百世间最难听的脏话。可是，他的嘴里像堵了暖瓶塞，骂不出来也咽不下去，只能用一双冒火的眼睛冲李大头恶狠狠地瞪着。李大头立起身，抱着膀子歪着头，窝窝眼里满是幸灾乐祸。

　　"你他妈的拿着活人去送礼——混蛋！"林厂长终于气急败坏地骂出声来。谁知大叫一声睁开眼，咦！是在做梦哪！他忙翻身坐起，心中兀自咚咚乱跳。

15

祢清忙了一下午，看文件，做批示，还要不时地应付各处来的电话。看看快到下班时间，他起身走出自己的办公室，借着一架木梯从顶楼的天窗里钻了上去。平南没有特别高大的建筑，站在县政府的六层楼顶上足可鸟瞰全景。天色已交黄昏，正是人们下班的高峰时段。城内，汽车、电动车与自行车穿流如梭，令人眼花缭乱；现代建筑与宽畅的新辟街道交相辉映，提前开张的夜市里熙熙攘攘，演绎着这个小城越来越繁荣的市场经济。

因为县政府是新建的，并不处于县城中央，而是靠近城的西侧。所以，站在楼顶上就能看到那家曾让祢清吃过"窝脖"的工联厂了。想起那天中午和林以得打交道的过程，祢清就有些啼笑皆非。说真的，他有点儿窝火，若非超强的修养和个性自制，他回来后的当天下午就会让办公室想法将这个飞扬跋扈的厂长撤了。他想，难怪黄县长提醒自己，这林以得是个人物，的确是个人物，要想办好刘玉振所托之事，说不定还真要费番周折呢。

工联厂的西南方是平南的经济开发区，虽然已经"开发"了好几年，至今仍然不见起色。不过，靠近城区的一处建筑群此时忽然引起了祢清的注意，在一大块花草葳蕤的绿地南边有处面积不算太大但看上去相当繁华的区域。此时虽然太阳未落，可那里已是灯火通明霓虹闪烁，不时地有行人或轿车出出进进。祢清听秘书小程讲过，说这是个娱乐场所，名叫"城外城"，开发区规划之初就已有了，目的就是供外地投资者消遣。眼下，开发区没发展没扩大，这城外城倒是形成了规模。祢清出神地看了一会儿，正要转身下楼，口袋里的手机响了，是妻子刘洁打来的，说今晚局里开紧急会议，她在机关食堂吃饭，让祢清自己随便做点儿吃的。祢清抿嘴一乐："晚饭少吃点儿，免得开会时睡着。晚上回家时走大街，现在打野食的可是挺多。"电话里的刘洁呸一声将手机关了。

祢清下楼后没有回家，而是信马由缰地出了西街直奔城外城。他来的时间短，对这里还不是太熟悉，加之一股忽然涌起的好奇心，便决定前往一游，顺便也买点儿小吃填填肚子，这样既踏勘了地理情况，又能游览、散步、放松、解乏。

城外城的前边是一个不大的广场，广场的南端就是花草装点的绿地。越过这片绿地，一座高高的古典风格的牌坊式门楼傲然挺立，上面镶着由著名书法家写的大字——城外城。

城外城的规模并不大，只有一条南北街。街很宽，街两旁繁华热闹，人声喧嚣，但多是酒店饭馆、洗头按摩、装饰用品或卖古董假货的。祢清找了家饭馆走进去，跟着服务员上了二楼，在一张靠窗的餐桌前坐下。服务员递上菜单，他随便点了两个菜，要了两瓶啤酒，一边自吃自饮，一边望着窗外的街景。

饭馆的对面是开发区公安派出所，与派出所相邻的是一家叫联谊花园的酒店。联谊花园整体后坐，台阶很高，庭门阔大，宽畅的店前地面上画着白色的停车线。台阶上，穿红衣戴红帽的服务生在礼貌地迎送着顾客。此时已是华灯初上，进进出出的男女渐渐多起来，服务生不停地点头哈腰，与此同时，更靠近门口的一对女侍将柔嫩的小手平直着朝门内伸出，说着"先生您好""谢谢光临""请进"之类的话。看起来，这家联谊花园的酒店服务绝对一流，完全可以和市里的星级酒店媲美。虽然临街的玻璃大窗非常明亮，因为隔着宽宽的街道，祢清瞪大眼睛往对面瞧了好一阵，仍是模模糊糊的。就在他纳闷这县城之外何以有如此规模的酒店时，一辆小汽车拐上酒店台阶南行数米停住了。几乎就在同时，紧邻联谊花园酒店的两扇并不显眼的铁门轻轻拉开，小汽车缓缓驶入，铁门随之又关上了。

祢清瞧着汽车眼熟，但一时又想不起在哪里见过。他拧着眉毛想了一会儿，摇摇头笑了。嗨，天下汽车万万千，又不是人的模样，哪能记得清楚呢？不过他仍旧心存疑问，这里是新兴商业区，不可能有私家住宅，那么进入这大门里的又是什么人呢？

祢清吃喝完毕走出饭馆，由北到南游览了一番，在返回北门就要回城的瞬间里忽然又转过身来，毫不迟疑地走到联谊花园前并以轻快的脚步踏上了台阶。俗话说腹有诗书气自华，他这个人长得帅气，身上又有股天然神韵，台阶上的服务生先是一怔，随之就连连哈腰道："欢迎先生光临，请，请请！"门口的女侍早就把店门替他拉开，祢清客气地朝她们点点头，神采飞扬地来到大堂柜台前。柜台里一位风姿绰约的女人对着祢清行了足足两分钟的注目礼，忽然顿悟似的眉开眼笑了："先生，看你好面熟，常来吧？"

祢清暗自好笑，连这城外城我都是第一次光顾，还常来？真不愧是做生意的，会说话。心里这么想，脸上依旧笑盈盈的："对对，来过两次了。"

柜台里的女人抿起嘴儿来："既是熟客，我也不多介绍了，酒饭、洗浴、按摩、夜总会、住宿、最佳服务，你打算选哪一档吧？对熟客我们特别照应，一律八折。"

"好的好的。"祢清糊涂人装明白地应答着，"我有几个朋友休假要来平南，打算在你们这里消闲几天。我想预订一下，看是不是方便。"

女人低声问："都住在这里？"

祢清道："是啊，不行吗？"

女人点头一笑："当然可以，住到我们这里，可以享受服务一条龙呢。"

祢清听她话中有话，转身道："那好吧，我还有点儿别的事，告辞了。"

女人走出柜台，客气地说："欢迎先生再次光顾。"

祢清走下联谊花园的台阶时，南侧的铁门也恰好开了，刚才驶进去的小汽车又缓缓开出来，开下台阶，径直从他面前驶过。祢清愣了愣神，但还是看清了车牌最后的006，他有些不相信自己的眼睛了。这是于副市长的车。莫非于副市长来到了平南？何时来的？他来这里找谁？做什么？平南虽是于副市长的老家，可无论公事私事，他来到这里应该先到县委或县政府，最起码得先找我祢清吧。

汽车消失在街端，祢清马上掏出手机拨通了办公室主任的电话，问今天市里是否有领导人来了。对方的回答是肯定的，没有，连个办事员也没来过。祢清关了手机，回头望望那两扇铁门，紧锁双眉，百思不得其解。

第二天上班后，祢清一边写着东西，一边似属无意地问小程是否到城外城去过。小程说不但去过，还曾经在那里陪客人住宿呢。祢清问他住在哪里，小程说住在联谊花园。祢清停下手中的笔，神情专注地盯了小程一会儿说："这家联谊花园是谁的企业？"

"工联厂厂长林以得的。"小程回答后似乎想起了什么，"你咋知道这酒店？"

祢清笑笑道："昨天晚上我去过。"

"啊?!"小程有点儿大惊失色的样子，"你，你怎么去那里?"

祢清仍旧笑眯眯的："怎么了，那里就不能去吗？"

屋门本来关着的，小程还是回头看了看门口："祢县长，你可不能去那地方呀！"

"怎么了，那酒店里有老虎？"

小程吭哧了一会儿说："祢县长，以前县里来了外地客人，办公室里多要安排在城外城的联谊酒店住宿。有次让我陪着，我才知道，知道……"

祢清并不催他说，只是盯着对方的眼睛，小程给盯得低下了头，最后竟出人意料地没经县长允许就转身走出去了。

祢清用铅笔敲着面前的稿纸，舌头一送，嘴里吹出个圆圆的泡泡儿。

麦收之后，上天吊起了老脸，热风劲吹，赤日炎炎。麦前浇过麦黄水或者造了墒的，还能勉强播种，其余的只好浇一垄种一垄，浇一亩种一亩，完全依靠河水井水了。

祢清苦思冥索，坐卧不宁，接连到城东城北十几个乡镇查看夏种情况，督促乡镇干部亲临夏种第一线，想方设法引水浇灌。人误地一时，地误人一年，背着干粮袋子念完高中的祢清，当然明白其中利害，此时此情下，能不忧心如焚吗？

农业是基础，在目前的中国，任何人忘了这一件，就和祸国殃民差不多。

连日的颠簸和奔忙，祢清几乎要累得虚脱了。原计划休息两天再到城西去，并打算在那里住上几日。可是，昨晚一个意外事件，让他临时改变了主意。他决定今天就去城南的李庄乡。

昨天晚饭后，祢清正在家中看书，程秘书来找他，说有件事想给他汇报一下。祢清就有点儿打愣，因为小程从来都是在办公室里向他汇报工作。今晚不期而至，事情肯定挺要紧。他向小程点点头，意思是你说吧。可是，小程并没有说，而是递给他一封信，信封上写着程秘书的名字，已经拆开了。祢清抽出信笺，认真地看了一遍，原来是小程的一个叫梁云的同学写给他的。内容很清楚，小程的同学因为揭发了村内麦收后超量提留的问题，被村干部连压带吓，于前两天逃跑了。临走前让家里人给小程送来此信，求小程看在同学数载的面子上，无论如何要想法保护他家里的人。因为村主任已经发了话，跑了和尚跑不了庙，他逃走了，有他父母妻儿顶着。信是小程在晚饭前接到的，他怕真的发生意外，原想以县长秘书的身份给李庄乡政府打个电话，考虑到县长曾经的"不许秘书们狐假虎威"的告诫，就只好来找祢清了。

祢清看完信，手指轻轻地敲打着桌子，问小程是否了解详情。小程说来送信的人是梁云的妻子，胆儿很小，说话嘴唇直哆嗦，他听了半天才理出个头绪，事情的过程大体是这样的：梁云家住李庄乡的梁家庙，梁家庙村委会在麦后提留中找了许多借口，各种理由加起来，平均每人收小麦四百斤。可是乡粮所嫌麦子湿，上边又催得紧，于是村主任出了个好主意，按每斤九折的价钱由他弟弟的面粉加工厂收下，他弟弟拿出现款交上去。本来，这四百斤小麦就已大大超过了国家明文规定，再这么一倒腾，村民更是吃了大亏。梁云仗着自己多念了几天书，不知从哪里找来一份提留规定的项目清单，在大庭广众面前和村主任争辩。结果，他被村主任兄弟几个练了一顿拳脚，又骂了个狗血喷头。梁云去乡里告状，乡里不以为然，他气不过，当晚就给省电视台写了封人民来信，电视台很负责，当即下来调查核实，之后就在《晚间新闻》中作为重点稿子播发了。

祢清咂咂嘴唇，微微点头。这件事他知道，当时他正在市里开会，看到电视台播发的这则消息后，吃惊不小，立即打电话向县委书记老艾询问。老艾在电话里气得直打嗝，说这件事弄得挺大，李庄全乡沸沸扬扬，乡干部们心中着慌，赶紧落实整顿，乡党委书记兼乡长赵恒已经赶到县里来做检查了。

问题是得到了处理，然而事情并不那么简单，村主任梁金远又到乡里状告梁云行凶打人。这倒也不是诬赖，那天，主任兄弟几个动手时，梁云的确也在反击中挥了几拳。梁云力气大，主任家的老三中了一拳，跌了跟头后爬不起来，说不出话，事后医生诊断，说是打脱臼了。尽管找了个治驴的兽医给复了原，仍旧时不时地往下脱。乡法庭接了案子，传讯梁云，梁云不去，法庭立即让派出所出动拿人。梁云有脾气有力气但没有甘愿戴手铐的勇气，他急惶惶地逃跑，倒没忘了写封信让妻子送到小程这里……

小程说完了，祢清的手指头还在茶几边上轻轻敲打。又是这个梁家庙！

祢清对于梁家庙印象很深，其中有个原因。他刚上任时，走走看看曾专程到李庄乡去。那天上午，他们过了青牛河上的五孔桥，只见正东远处人声鼎沸，有喊的，有骂的，有逃的，有追的，显然有人打群架。当年由于乡下精神生活匮乏，百姓很少寻到刺激，但凡村中有个红白喜事或者是骂人打架的，人们总是蜂拥而至瞧热闹，那情景和看电影听大戏没有什么区别。祢清生在农村，长在农村，自然也养成了这个习惯。以后虽说年龄大了，地位变了，只是积习难改，今天旧梦重现，便又勾起雅兴。他嘱咐司机把车开到村南头等着，自己拽了秘书小程下车朝东边去了。按说此举似有荒唐之嫌，可是，本来就是走走看看的，信马由缰，一观风景，二察情况，又有何不可呢？当然，这不是祢清说的，而是作者想的。

祢清二人跨出车门时，东边的战场已经开始南移，前边的人逃得更快，后边追骂声更大。祢清和小程走到南北街口时，人群早已进了村。只见中街一户大门前被人堵得风丝不透，几个汉子轮番砸门，无奈门板厚实牢固，纹丝不动。汉子们练了一番拳脚，可能累了，就走到街侧对着院门叫骂喊阵。这地方本是南北通衢，行人不断，祢清和小程掺和进来并不抢眼。祢清想问问事情原委，身边一人看了看他，叹口气说："唉！要是村里安静三天，人们就得纳闷——咦，怎么这么多日子没人打架了？"话里带着几分幽默。祢清往下追问，对方见他是生人，就悄悄告诉他，这被封了门的人家，与村中一家大户在河堤二滩是地邻，大户要挖土烧砖，受到阻拦，这就打起来了。祢清心中一沉，正要继续追问，就听有人惊呼："咦咦，援兵来了，援兵来了！"果然，村外又进来一拨人，与先前几位会合后，稍做计议，虚张声势地砸了几下门，便退到一边七嘴八舌地骂。就在这时，大约是与这家相近的几个人出面解劝，其中一人说了几句公道话，无非是挖土烧砖妨碍庄稼一类的。如果是写小说或者拍电影，因篇幅或镜头的关系，故事到此大可收笔了。然而，现实生活中的纠纷并不如此简单地结束，瞧，对面众人一个个眼睛红红的，叽咕几句便挽胳膊撸袖子地冲了上来，嘴里嚷着"揍这保镖的"，三下五除二将此君摁在地上，撕破了衣裳，拽断了腰带，口鼻头脸巴掌扇，扇出了血。

祢清是最沉得住气的人，这时也按捺不住了，他正要出面制止，远处一人朝这里喊话："得，得，让这些小子们知道锅是铁打的就行了！"就像听到了口令，打人的诸位立即停下来，一个个兀自气咻咻的。祢清循着话音望过去，只见一个胖胖的中年人在远处树下站着。那中年人喊完话扑拉着光光的脑门，嘴里唧唧地嗑着牙花，好像这里什么也没发生似的。祢清深以为奇，就问这位是谁。刚才和他拉话的那人听了反问："你连他也不认得？"口气迟疑，眼光迷惑，一副惊奇美国人不知道华盛顿、法国人不知道拿破仑的神色。祢清再要问，对方友好地报之一笑，趔转身逃掉了。

祢清和小程穿过南北街赶到村头时，很远就见司机在车前急得搓鞋底。见了他俩，立时卸了千斤担："我的爷，你们可回来了，我真担心你们多说话管闲事，知道吗，这梁家庙的人可不好惹啊！"

梁家庙？这村叫梁家庙！祢清心中紧了紧，脑子里不由自主地蹦出几个字——强凌弱，众暴寡。他在潜意识中感到，这个村子以后可能会发生点儿什么特别的事情。

果然就出了事了。

这雾，祢清又忽然想起了在大篷车上遇到的三子，三子就是李庄乡梁家庙的，叫梁明远。祢清有时还一阵阵儿地想起这个愣小伙儿，也不知他的官司打得怎么样了。他问小程听没听到三子的信儿，小程摇摇头说："泥牛入海。"祢清眨了眨眼，告诉小程，改变原定计划，明天就去李庄乡。

今天早晨，祢清起得挺早，虽然毕业快十年了，仍旧保持着学生时期的习惯。他曾是学校文体队里成绩不错的举重运动员，每天早晨举杠铃，练臂力。直到如今，他还是走到哪里就把整套的家伙带到哪里。所以，三十余岁的人了，仍能举起一百多公斤的东西。所以，他也总是那么精力充沛。他练完"功夫"，刘洁也做好了早饭。他吃饱喝足，正时正点地来到办公室，小程早把一应用品准备好了。祢清说咱走吧，小程却愣着不动，祢清问他怎么了，他说等着齐主任找车。祢清挺纳闷：

"我的车呢?"小程支支吾吾,像有什么难言之隐。这时,齐主任走了进来,像小学生背课文似的汇报了一个让他啼笑皆非的情况。齐主任说听程秘书讲过,外面传言称县长害怕得肝病,废了前任县长曾经坐过的车,让办公室特地买了辆进口的新轿车。其实,当时他只是给车换了换瓢子,而且除了主机和几个附件外,都是国产货,这哪能算是进口车呢? 然而,机关里就有那么一些人,整天闲着没事挠墙根,专门造谣生事。为了堵住这些人的嘴,他趁县长准备休息的这两天,让办事员陪着司机到市汽车大修厂去了,他说要把车内原先的东西再换回来,全换成国产货,看那些东西还嚼不嚼舌。这事原该早办,只因麦收前后县长忙得脚不沾地,所以才拖到今天。不承想,县长又突然出发,他只好找别的领导借车。

刚刚站起身的祢清又一屁股坐回到沙发上,他直愣愣地看着面前这位瘦高清秀身上带着一半干部气一半学究气的办公室主任,脸上似哭似笑,像得了破伤风似的。少顷,他平心静气地向对方说:"甭找车了,我们骑自行车,也顺便溜达溜达。"

16

柏油路上人来车往。路旁地里，散落着一天星斗似的村民，有的管机器，有的看畦口，有的开着小四轮子辟土沟。远处近处，一片的忙乱，这种种的忙乱只是为了一个目的——尽快播种。播种玉米，播种晚谷，播种晚豆……农民半年收成在于麦，半年收成在晚秋。

县城距李庄乡有二十几里地，又是顶风，祢清和小程骑着自行车走了半小时，仍旧还有十多里的路程。一路上，不断有人侧身看他们，也不时有轿车见了他们想停未停然后就呼的一声又开走。很显然，其中多有相识者，只因他们戴了草帽，又都弓腰低头地用力骑车，这才没被对方认出。也可能相识者认为自己看花了眼，现时的年代，哪还有一县之长骑着自行车的呢？除非他够傻。当然，也有确实认出县长来的，不过碍着某种忌讳，眼睛一麻乍，就又模糊过去了。想一想，这年月，谁没有个隐情私事？县长怎么了，县长照样也有不愿让人知道的。你认出来打个招呼，本想献殷勤来，其实人家烦着呢。

又骑了大约半小时，过了青牛河上那座五孔桥，遥见东南方一座丘陵似的土台。祢清因为前不久来过，知道那就是梁家庙。过了梁家庙再走一公里，就到了李庄乡的驻地了。

梁家庙原名良将庙，传说早年有一大将领兵在此抵御胡人入侵，这个高台就是他的点将台。那年春天，胡人像潮水似的漫过来，大将军拒敌不成，只好往南撤退。为了掩护百姓先行逃走，大将军一人殿后，他往来冲突两天两夜，连人带马浑身是血，终于赢得了时间，使部下掩护着百姓安全转移。胡人援兵越来越多，把大将军围在核心，大将军力疲难支，被敌人把头颅砍掉了。他的战马驮着将军的无头尸首嘶鸣不已，在这点将台前往来奔波。胡人看到这情景，吓得赶忙撤兵，驮着无头尸首的战马这才轰然倒下。后来，当地百姓感念将军恩德，把将军的尸首连同他的战马埋在高台上，立庙祭祀，从此得名良将庙。日月轮回千百年，不想传到后来却变成"梁家庙"了。

梁家庙村实际上在高台的西侧，是个有着近两千口人的村子。紧贴村子西边，就是县城通往李庄乡的柏油路，因此，有几家村民就在村边上开起了茶馆、酒店、修车铺。祢清和小程行至梁家庙村边时，小程低声征求祢清的意见，是不是应该歇歇。祢清见他两眼直瞅路旁店里的西瓜，抿嘴一笑："也好，到里边解解渴。"

这家小店是一对老夫妇开的，老头在左侧修理自行车，老太太在右边卖西瓜。两个人刚在店前停住自行车，那老头就提着榔头蹶出来，直勾着眼睛瞅他们的自行车，瞅不出毛病，就纳闷，歪了脑袋问小程："哪里的毛病？"小程嘻嘻笑道："嗓子的毛病。"老头恍然大悟："哦，吃瓜的。老倭（他称老伴老倭），快切瓜！"

坐在凉棚矮桌旁，吃着甜甜蜜蜜的西瓜，看着西边远处的田野，祢清心里涌动出一股凉爽清新但又不无缺憾的感觉。他想，要不是这场大旱，如今早已遍地葱茏了。那样的话，再坐在这里吃瓜闲聊，岂不真的是古书上描述的那种农家乐吗？

修车子的老头手闲嘴不闲，问祢清二人从哪里来，到哪里去。小程告诉他从县城里来，到李庄找朋友玩的。老头哂笑，说："大热大旱的天，也就是你们这些吃公家饭的公子王孙有这份闲心。"祢清怕老头说出更难听的话来，忙插嘴问："大爷，这村有个叫梁明远的吗？"老头皱着眉头想了半天："喊，还梁明远，是说梁三子吧？"祢清说对对对。老头笑了："可也是，尿鳖子还有个夜壶的名哩，就别说是人了。哎？你咋得他？"祢清迟疑了一下："他，他给我们单位送过菜。"此话一出口，心里有些不安，天知道梁三子如今是不是还卖菜呀！

还真让祢清蒙准了，老头告诉他，梁三子种果园种菜园，就是不种庄稼。今年连果园也不种了，只种菜地。老头说着指指西北水沟边上的一块菜地，说三子就在那里。祢清抬眼望去，那菜地里果然有个人，戴着草帽，一会儿哈腰，一会儿站起。祢清问老头，能不能把三子叫过来见见面，老头说："这有什么难的。"他站起身朝着西边喊了几声，就见三子朝这儿望了一刻，提了一捆菜懈懈晃晃地走过来。走到跟前将菜顺手扔给老太太，问老头喊他有什么事。老头指指祢清和小程，说有熟人找他。三子这才定定地望着正在吃瓜的两个人，好一会儿，突然想起来，表情吃惊但口气并不亲热地问："你们来干什么了？"

小程先开口，仍旧说是去李庄看朋友的。他让三子吃瓜，三子并不谦让，走过去坐在小凳上顺手摸起一块瓜来。那边老头又哂笑，说三子来客不买酒，反倒饶客一袋烟，这瓜钱他得拿。

待三子吃过一块瓜，祢清低声问他官司打得怎么样了。三子吐出口中的瓜子，说是"响声儿"不大。祢清问他那封信是不是交给了李院长，三子很为难地吭哧了半天，说是还没有。祢清会心地抿嘴一笑，轻轻拍着三子的后背，说："小老弟你是不相信我。"三子低头搓着两只手，不回答，也不说话。祢清拉着他的手说："兄弟，你好像挺为难害怕呀？"

梁三子低下头悄声说："大哥，说真的，我不是不想打官司，是实在难以打得赢。就说去年夏天吧，人家东头刘家的大丫头刘玲玲从大学里回来过暑假，梁金远的儿子在棒子地里强暴人家，人家告到乡派出所，邱所长不光不管，还从中劝解说这种丢人的事别再张扬。刘玲玲的大哥气不过，找到梁老四一顿臭揍打折了肋骨，不想倒惹出事来，让邱所长一副手铐弄进县里去，以故意伤人罪判了两年，同时罚款一万元。"

祢清问："刘家为何不上告？"

梁三子摇摇头："我说大哥，你寻思这乡下的事真跟书上写的似的黑就是黑白就是白？邱所长不取证不支持，你拿什么上告？再说刘玲玲天生腼腆，被人破了身子也不是什么露脸的事，她能有什么办法？这下可好，刘家的主要劳动力进了监狱，还得赔款一万，家庭日子一落千丈，刘玲玲也只好休学了。"

小程的脸色阴沉下来："还大学生呢，这也算现代女性！"

祢清低声说："小程你不了解，即使受了高等教育的女性，回到农村意识就会发生变化。中国两千多年的传统习惯在农村太根深蒂固了。你从小长在城里，不明其中的差别。"

"那么，这个刘玲玲呢？"小程仍旧脸色阴郁。

"邱所长为梁老四紧逼罚款，为了还债，去年秋后就到城里打工去了。"

祢清问："在什么地方打工？"

"听说在城外城的联谊大酒店，据说名义上是打工，其实就是卖肉。"梁三子擦了下眼睛，"是邱所长出的主意，说要想尽快还上罚款，只有去那里打工，这个邱孬种！"

祢清虽然表情依旧，但紧闭着的嘴唇却在微微地翕动。

老太太不知有什么事，出去了。老头停下手里的活，点起了一支烟。店门外，有几只麻雀在吱吱啦啦地吵闹，除此之外，这个小范围内一片寂静，屋内，小程吃瓜的声音就显得特别大。三子搓了一会儿手，重新拿起了一块瓜。可是，刚拿起，又撂下了，他抬头盯着祢清问："大哥，上回你给写信我就寻思着悬乎，你不过是个看门的，人家李院长能理你这个茬儿？"

"你也没去找他，咋就知道他不理咱这个茬儿？"

"我怕再碰一鼻子灰。"

"你去试试，然后再下结论。好吗？"

"大哥你告诉我，是不是和他有亲戚？"

祢清抻了抻，点点头："也可以这么说吧。"

"那我就豁出个棒槌脑袋再去碰一家伙！"

"这就对了。"

"可是，那封信……弄丢了。"

"这不要紧，我再给你写一封。"祢清说着，从提包里掏出纸笔，稍做沉思，一挥而就道，"没信封了，这么给他就行。"

三子接过信来塞进怀里，起身对老头说："二叔，这瓜钱算我的，待会儿给你送茄子青椒来，货兑货。"话没说完拔腿走出去。他没回菜地，径直奔村内去了。店里老头害怕吃瓜的赖了账，气咻咻嚷道：

"小子，你他娘的说大话使小钱，又打谱坑我哪！"

小程走上去付了瓜钱，老头的脸由阴转晴了。

17

李庄乡党委书记兼乡长赵恒接到齐主任的电话，说祢县长和程秘书骑着自行车到他们乡里来检查工作了。这种情况近些年来几乎绝无仅有，所以赵书记的心里就有点儿七上八下。他本要派车到路上去接，又弄不清县长心里是怎么想的，生怕儿媳背着公爹走，反而不落好，所以就只好和副书记在街头路边上耐心等着。

祢清和小程行至李庄时，赵书记和他的副手几乎是跌着跟头迎上来的。

李庄乡天时地利全占了。前几年新展宽的青牛河横贯本乡全境，在与邻县相接处，还有一座拦河闸。邻县那个乡为了能够不费手脚从闸上弄些水，从乡里到村里，多多少少都要给李庄"进贡"，年年如此，几成惯例。李庄乡的乡领导没少得了人家的礼物，村民们也从中获些实惠，譬如说人家从外地购进的价格减半的棉种、麦种、蔬菜种什么的。当然，说是"减价的"，天知道人家为此又搭上了多少钱呢？

再就是县里给这里配备的领导班子强。书记兼乡长的赵恒虽然年逾不惑，可那精力那干劲，你一个二十多岁的小伙子又往哪里摆呀。赵恒年龄四十岁，可看上去有五十多了。有人说他在本乡连任两届累成一副苍老相，有人说他为了争取下届当个副县长，买通了人把出生日期往后改了。不管是何缘故，赵书记毕竟是显得既老成又稳重，而且工作成绩也是有目共睹。李庄乡年年是县里的先进模范乡，赵恒也先后成为县里、市里的十佳公仆。档案可以托人悄悄改，这"十佳"的称号可是明摆着的吧。县委书记老艾谈起赵恒就赞不绝口，说这是当今条件下百里也难挑一的好干部。干实事，也说实话。事实也是如此，就拿这次的抗旱抢种来说，赵恒七天七夜吃住在田间指挥棚里，终于又使这项工作走在了全县前头。祢清之所以要把位于城南的李庄乡作为最后的检查点，便是相信赵恒的工作用不着自己去"督促"。

果然，下午赵恒陪同祢清到各处察看了一下，抢种质量高、速度快、面积大，以目前这种情况看，再有三五天就可完成抢种任务了。抢种是眼下农村工作的重中之重，既然已经干到这个份儿上，还有什么说的？"工作干得不错，用不着咱们东窜西跑了。也好，那我们就趁空儿在这里歇一天吧。"祢清对小程说，小程又对赵恒说，赵恒有些喜不自胜的样子，忙让办公室主任把县长的打算吩咐下去了。

祢清的确是累了，不只身体累，心也累。小时他常听大人们说"累心"，他还背地里偷着乐，累心？心怎么还能觉得出累？如今，他终于有了亲身体会，"心"的确是能觉得出累。这是一种难以述说清楚的发自胸中的沉重、郁闷和压抑，无论是暂时的休息还是整夜的睡眠，都难以彻底解除它。说得具体一些，"心累"就是整日里总有那种不堪重负的感觉。

夏日天长，将近下午六点钟了，太阳还高高地在西南天际挂着。祢清从野外回到乡政府，坐了不一会儿就有些沉不住气。原因很简单，热。屋里虽有电风扇，由于心中不静，觉得风也是热的。他看看赵恒，赵恒也在不停地擦汗。祢清就提议，到南边的小河岸上去走走。赵恒想也没想就回了一句："河堤上的槐花已经落了。"祢清回答更快，说："花开是景，花落同样是景，关键是人们怎么去体味。"赵恒听他说得玄妙，便不多讲，就陪他一同出了南街。

对于李庄乡，祢清印象最深的地方是南边的小河岸。这条小河是青牛河的分支，水是污染了些，但不太严重。最最让人兴奋的是两岸长着高矮粗细全部差不多的槐树。槐树的株距行距整齐划一，像时刻准备接受检阅的仪仗队。刚上任那次来李庄时，赵恒曾带他到那里散过步，时逢槐花盛开，整个河堤一片雪白。槐花的香气伴着河道里湿漉漉的水汽，氤氲缥缈，清洌醉人。逗留其间，宛如人间仙境一般。那次，祢清在那里流连忘返足足两小时，临回来时仍旧依依难舍，就像第一次和刘洁见面似的。

来到小河前一看，槐花的确是落了。但绿葱葱的槐树依然装点着河的两岸。由于天旱用水，小河几乎已被抽干，河道里的苲草全部裸露，与二滩上的花草连成一片，远远望去，像一块硕大无比的绿色地毯，蜿蜒起伏，铺陈了整个的河面。他们信步走上河堤，向着槐林深处蹚去，一边欣赏着自然美景，一边相互交谈。说者有意，听者留心，不一会儿话题就扯到了梁家庙梁云逃跑的事件上。赵恒先是沉默，之后大约觉得在县长面前沉默终非良策。再说，既然县长已经对此表示关注，看来须得认真对待了。他像所有怀揣难言之隐的人一样，叹口气终于期期艾艾地说了实话。

十几年前，赵恒是这个乡里的一名通讯员，由于年轻能干，人缘挺好，上下级关系处得不错，被提拔到县团委，不久又成了团委副书记。后来县里选拔优秀干部充实基层，他就给派回李庄乡当了乡长。再后来乡党委书记调走，他顺理成章地接了班。当时乡长一职据说没有合适人选，赵恒便一肩双挎，年复一年，不知出于何故，县里竟也不再改变这种局面。多年来，于书诠经常到梁家庙看望梁金远，作为地方官，每次差不多都由赵恒陪着，一来二去，关系越处越好。于书诠当了副市长后，在不同场合曾多次向艾书记建议，换届时争取把赵恒提上来。赵恒对于副市长很感激，对梁金远也很感激，因为是梁金远给他搭的桥。所以，对梁金远那里发生的事情，也总是睁一只眼闭一只眼。

梁家庙村在李庄乡算是大村，村委会主任梁金远在村内又是大家族。兄弟六七个，加上叔伯侄孙几十口，有权有人有势，跺跺脚全村打战。因为任何小的家族形式，都没有能力对抗它，更不要说那些单门独户了。因此，这个村无论是提留、河工还是集资款，样样都能跑在全乡前边。也就是说，正因为有这么个大家族撑着，这个村里的各项工作才好做。赵恒也明白，梁金远搞的纯粹是"强凌弱，众暴寡"，然而在目前这种状况下，谁又有什么办法呢？好歹一俊遮百丑，乡里从上到下也都姑息他。当然，这其中还有另外的原因，你不姑息他也是无可奈何。梁金远这里大小出点儿事，只要不是人命关天，于副市长一个电话不也就大事化小、小事化无了？

赵恒告诉祢清，说自己已经在李庄乡待了两任，能力和精力都已是强弩之末，下一步很想到县里弄个副职当当，不愿意为了虱子烧棉袄。他还向祢清保证，说既然县长也为此操心，他就豁出脸来去找梁金远，让他把那个状子先撤了，以免梁云在外流窜而惹出更多的麻烦。祢清看出，赵恒似乎是那种避风浪而寻安宁的个性，追求周到的人际关系、温暖的家庭生活、平和的人生态度、向上的工作热情。这种个性的人可以较为妥善地完成上级交给的任务，但你不能要求他具备特点突出的坚韧意志和勇往直前的奋斗精神。所以，本来想好要对赵恒进行劝导教育的话来到嘴边又咽回去了。

两个人说着说着，天已渐渐黑下来，祢清不知何故，出了通身的汗。他摸出手绢擦着脸，转过身开始往回走。赵恒不知他是怎么想的，迟疑了一下不再开口，只是悄悄地在后头跟着。来时的轻松气氛，已经不复存在了。

回乡政府的路上，祢清的心里有些烦乱。不过，他有着异乎寻常的自制力，面上你是很难看出的。他没料到一个小小的民事案子，竟然还会有这么多的勾连瓜葛，以致把于副市长也挂扯上了。他由此又想到了工联厂的林以得，想到那天中午所见到的林以得的嘴脸，这么说，刘玉振要求自己帮忙的事情，恐怕也得大费一番周折了。还有，自己给梁三子写的那封信，是不是也有欠酌兑？很显然，那个案子于副市长也在其中插手了。唉！这是怎么了？我所尊敬的于书记哟……祢清猛然揪了一下头发。

回到乡政府时，天已完全黑了。在灯火通明的饭厅里，办公室早就准备好了宴席。在即将入席前，小程把他叫到一边，悄悄问他今晚喝不喝酒。他一反昔日的温良谦和，有些失态般恶狠狠地说："喝，为什么不喝！"小程吓了一跳，直到入席后还左一眼右一眼地瞅他。

赵恒已隐隐看出祢清情绪异常，他只程序性地给县长劝了两杯酒，就让秘书小芮做了"主陪"。小芮韶华芳龄，明眸皓齿，小手上的十根指头圆润娇嫩，如同刚刚剥了外皮的葱白。眼睛不大，睫毛却黑密细长且微微上翘，忽闪眨动，风情万种。她漂亮而不娇艳，端庄而又不失柔和，有人曾说，得道高僧见了小芮，也会忘了"阿弥陀佛"。这虽是戏言，可也并非云山雾罩。小芮的确可爱，否则，赵恒是不会让她来陪县长的。赵恒早知祢清生活严谨，喜酒而不嗜酒，爱美而不好色，让小芮这样的女子作陪，以祢清的个性而言，他是不会嗔怪的。这在以往曾有验证，上次祢清在这里吃饭，就有小芮陪着。祢清先还皱眉，酒至半酣，便对小芮刮目相看了。今儿祢清心绪不佳，酒席上的气氛肯定不会活跃，不能活跃的气氛，还非得小芮这样的女子才能调解。

果然，尽管祢清海量豪饮，这晚他还是喝多了。小芮也带了酒，白脸粉红，胭脂桃花，虽非光彩照人，却是摄人魂魄。祢清唯恐酒后失态，赶忙提前结束了这顿晚餐。他说该休息了，赵恒说也好，就分别将祢清和小程安排到北厅的两处跨间里，同时告诉他，值班秘书就住在距此不远的小南院，需要什么时，可让小程去找他。

18

早饭后的天气并不凉爽，祢清在这不凉爽的天气里嘱咐赵恒，一定要做好梁家庙梁金远的工作。赵恒答应着，说今天上午就去梁家庙。祢清想了想，说回县里去的路上经过梁家庙，他正好跟着去看看，顺便观察了解些村里的情况。赵恒听后面露难色。祢清为了打消他的顾虑，和小程商定都不暴露身份，只说是县信访办公室的。这样，赵恒也算师出有名了。赵恒说这办法好，只是原打算派车送他们，如此一来，可就得都骑自行车了。

乡驻地与梁家庙的距离那么近，几个人说着话就到了村边。村里的人当然认识赵恒，就问书记来做什么。赵恒问主任在不在家，有人指给他，说主任刚才顺着公路朝北去了。赵恒他们便不再进村，骑车一路往北寻。果然，前面不远有个胖大汉子，一边走路一边有一搭无一搭地和路旁店里的人说着什么。赵恒说那就是梁金远，蹬着车子喊了几声，那人蓦地一回头，站住了。祢清一怔，这不正是上次在村里见到的那位一句话就制止了战争的中年人吗？

赵恒先行一步赶到梁金远的跟前，指着随后赶到的祢清和小程介绍说他们是县信访办公室的，因为收到这村里梁云的上访信，昨天赶到乡里了解了一下情况，今天特地来找他协商解决办法的。出乎祢清的预料，这个看起来挺凶的梁金远，见了他们竟然驯顺得像只小羊，不但连连向他们道着辛苦，还强塞硬送地给他们递烟。赵恒说什么，他马上答应什么，并表示高姿态对待梁云，马上到乡法庭撤诉。他还主动承认，自己工作方法不当，态度生硬，以后定要接受教训，改正错误。瞧那一言一答至真至诚的样子，别说是祢清，便是性子暴躁的人也得大受感动。

问题解决得如此顺利，祢清满意，赵恒高兴。赵恒高兴之余，就想谈点儿别的事情。可是，他的话还没出口，梁金远却忽然撩起那棉门帘似的眼皮说话了："赵乡长啊，我讲句不中听的，您是外乡人，外乡人往往不明本地情哦。比方说，牛都是一样的牛，可有的牛老实巴交干好活，有的牛就撒欢尥蹄挺軮窜套。同样的理儿，庄稼人都是一样的人，可有的老实巴交干生产，皇粮国税该纳的纳，该交的交。可有的就不行，他钻孔子，找眼子，上蹿下跳给你制造麻烦。小云子（梁云）就属于这后一种。这不，一篇黑呈子发到省里去，省里那些电视台的也不问问不看看这个云子是啥人性，就硬硬地给他播，不光给梁家庙弄了这多麻烦，还给咱全乡全县丢了脸，也给你们领导惹了祸。所以呀，我有时就不得不实行点儿'自主权'，动点儿真格地干他一家伙。你别说，这手就是管用，想镇谁就镇住了。"

大约赵恒觉得这话太突然，也太离板，就想反驳他。岂知对方比他口舌快，又接上了刚才的话茬："当然了，你是领导，是吃国家饭的。可是，我一个自己挠食吃的村干部大老粗怕什么，我只想着处处顺心，只想着说话在村里比别人管用，只想着横着竖着都能走。今天我在这个位子上坐着，大事小情别人就得听我的。明天我给赶下去了，你就是朝我滋尿我也认了。这就是说，你和我的想法做法不一样，也是有原因的。在小云子这个事上，我给你面子，再以后嘛，我劝你就不要搂着门板睡觉，管得那么宽了。嗯？哈哈！"

梁金远说完这番话，瞥一眼祢清和小程，十分不规矩地拍了拍赵恒的肩头，扬长朝着北边去了。祢清看得清楚，北边离他们不远的修车铺里，那个修车兼卖西瓜的老头正在摆手招呼这位主任，点头眨眼，样子挺神秘的。望着那昂然而去的宽大背影，祢清心想，好一个媚上压下软硬都有的千面佛哟！他看了看赵恒，赵恒一脸的难为情。他和赵恒说了几句辞别的话，咬咬嘴唇凄然一笑，转身和小程跨上自行车走了。就在他跨上自行车的瞬间，一个断然而坚决的念头便在脑子里形成。

祢清不说话，小程也不敢问他，两人就这么默默地蹬着自行车。因为顺风，车速很快，不大会儿，过了青牛河上的五孔桥。

南风不大，刮得挺紧，路旁的树梢发出呜呜的响声，田野里抽水机的轰鸣在风中倒显得遥远而模糊了。早晨并不凉爽的天气，此刻却有些清凉宜人，祢清把草帽掀到脑后，宽大的草帽立刻变成了一具风帆，不用脚蹬，自行车便嗖嗖向前，成了真正意义上的"自行"车了。祢清很惬意，不由自主哼起了小调：蓝蓝的天上白云飘，白云下面马儿跑……

身后传来机器的轰鸣，祢清没在意，以为是附近抽水机的响声。可是，仅仅过了半分钟，就有三辆摩托车嗡嗡叫着驶过他俩的身旁，在前边约莫一公里的拐弯处相继停住。我们说过，人人都有直觉，只不过有的灵敏，有的迟钝。祢清当然是属于灵敏的一类，摩托车相继在前方停住后，一个意外明显的信号在他脑子里闪过，他嗯了一声，马上刹住了自行车。前边的小程听到动静，回头看的同时也刹住了自行车。他问祢清怎么了，祢清扬颌朝前示意，小程这才看到，那里三个摩托车手已经跨下了车，正聚在一块儿叽咕着。

"我们大概碰上劫匪了。"祢清下了自行车，表情依旧。再看小程，白脸儿成了灰色，嘴里嗫嚅着："这，这咋办呢？打110吧。"

祢清看着小程觉得好笑，心想到底还是稚嫩哪。他装作小解，走下路旁的土沟掏出手机，给公安局长打了个电话，低声说了几句什么。走上路面时，小程的面色好了许多，显然，他以为县长拨打110了。来了110，就有了保证。祢清又在公路边上磨蹭了几分钟，这才和小程骑上自行车继续朝前走。

对方确实在等他俩，相距几步时，三人中一个有横没竖的矮胖子走上来喝了声"站住"。祢清跳下车说："站住就站住呗，不站住看来也走不了啊。"他俩刚下了车子，那三人便围了上来。还是那个矮胖子发言："咱长话短说吧，你，这个年龄大点儿的，"他指指祢清道，"昨天在梁家庙的小店里给梁三子写了什么？我们都在旁边看见了。说，说了实话放你走。不说嘛，哼!"胖子学着电视里黑社会老大的样子朝后边挥了挥手，另两人就逼上来。

别看小程年轻，到了真事上却也气壮如牛。他怕祢清吃亏，一闪身横在了前边。祢清却怕小程吃亏，又一把将他拽到身后。那两个汉子也不说话，只是黑沉着脸盯紧祢清。祢清刚将小程拽到身后，两人就伸手抓住了他的衣领。其中一个手劲很大，把祢清的衣领也扯破了。小程大叫着要给祢清解围，被祢清制止了。祢清看着那两人的脸，口气平静地让他们撒手。对方非但不撒手，倒是抓得更紧了。祢清虽觉喘气困难，仍旧不急不躁地劝他们撒手。这时，那胖子走上来，还是逼问他给梁三子写了什么。祢清不理他，一副认真的口气问那俩汉子："你们撒手还是不撒？我看还是撒开的好。"那两人嘿嘿冷笑，其中一个阴阴地说："撒，撒个蛋，不说实话，爷们儿勒死你个驴养的。"

祢清咬了咬嘴唇，双臂一抬，一下就攥住了那两人的手腕，再往下一掰，那两个刚才还千般威风的家伙，忽然一声号叫就跪在地上了。这瞬间的变故，连那个有横没竖的胖子也愣在原地说不出话。显然，他们压根不会想到，这个看似文弱的青年干部力气竟如此之大。刚才的整个过程中，祢清已经明白了其中原委。要是他想抓住这三个无赖并把他们送交公安机关，那是再容易不过的事，也是顺理成章的事。然而，祢清毕竟是祢清，他那特殊的思维方式使他决定把他们放了。那两个家伙仍旧号叫不止，祢清就势朝前一送，就把两人甩到路边上去了。

那两个滚在路边上的家伙站起身后，各自摇着手腕转了几圈，忽然同时掏出了刀子。这情况，是祢清所没有想到的。形势骤然紧张，小程的脸色又变了。虽然变了脸色，小伙子却没退缩，他拿着手提包挡在祢清前边，口里喊着："你快跑，这里有我呢!"祢清当然不会自己跑掉，他也取下自行车上的提包，和小程两人甩拉着以抵御那两把刀。所幸那两个家伙吸取了刚才的教训，总是心有余悸地和祢清保持着一定距离。

祢清也看出来了，对方并非一定要给他们放血，目的还是逼他的"口供"，所以进攻少，威吓多。

公路上多有行人车辆，可是，眼见这种情况，竟无一人一车停下来"劝架"。

说来真巧，事实上也并非真巧——因为祢清刚才已经打了电话，就在这两相僵持却又危险隐伏的当儿，一辆警车从北往南飞驰而来。胖子远远看到警车的影子，立即招呼那两个家伙快跑。他们放弃了祢清和小程，飞身跨上摩托车拐向田间小路。这是些富有经验的家伙，知道警车在小路上放不开速度，很难追上摩托车。

警车停住，首先跳下来的却是刘洁。公安局叶局长和两个警官紧随着也下了车。刘洁只是看了祢清一眼便拔出了手枪，祢清阻拦。刘洁之后发了会儿呆，咬着牙把手枪插回枪套里。她在祢清面前，仍旧什么也不说，抻了半晌，突然一头扎进丈夫怀里放声哭了起来。

祢清回到县里的当天下午，叶局长给他来了电话，说今天上午的案子不是小问题，他已汇报给检察院，决定立案侦查。为了确保尽快破案，请程秘书跟随侦查人员到梁家庙认一下作案人。祢清只是"哦"了一声，便放下了电话。此时，他想的不是今天上午被劫的事，而是有关县里的工业建设。由于这些日子抗旱抢种，原拟麦后马上召开的全县工业会议一拖再拖，如今夏种基本告一段落，再拖下去就要影响全年的工作计划了。他让办公室的人拟了个通知，明天上午召开县直工业联席会议。他特别强调，要让县工联厂的厂长林以得参加会议。

19

　　林以得自从做了那个梦，心中一直惴惴不安。特别是对于副厂长李大头，进行了特殊防范。有些较为重要的事情，他不再让李大头知道。到机关的差事，也轻易不再让大头掺和。李大头突然遭了冷遇，弄不清酱从哪里咸，醋从哪里酸，心里很不是滋味。想到林以得为人处世阴狠又老辣，为了给自己留条后路，便开始打起了新的算盘。

　　会议通知是在下午五点送到林以得手里的。林以得看到通知上白纸黑字写着特邀工业联合厂厂长林以得同志参加，立时就春风满面了。他一下子蹦起来，脱口喊道："娘的腿，五黄六月反圆梦，原来是万事大吉呀！"他几乎是手舞足蹈地摸起桌上的电话，拨通了于副市长的手机，用发颤的音调告诉对方，祢清和以往的县长一样，还是对他刮目相看，今日让他参加工业联席会议便是明证，因为以往的规矩，这种会议只有具备正局级别的领导方可出席。

　　于副市长在电话里并没表现出多么高兴的口气，林以得听得出，那边明显地抻了抻，忽然叹息了一下说："我想，还是告诉你吧，金远他可是惹下了！"

　　"惹下了？"林以得拿话筒的手一哆嗦，"他惹了什么事？"

　　"不懂事啊，祢清到他们乡里微服私访，为了小小一个梁三子的案子，他竟然让人去劫县长的道。"

　　"也不能怪他，连我至今还没见着那姓祢的吗模样，就别说金远了，他可能根本就不知道那会是县长。"

"我也是这么推断，可是，现在县里已经立了案啦!"

"哦，事情到了这步田地，还得靠你往外拽他。"

"唉，尽力而为吧!"

手机啪地关了，林以得怔怔地看着手里的话筒，似乎还舍不得放下。

林厂长有点儿烦恼，可想到刚才"大哥"能在电话里把事情告诉他，就一定有化解险情的办法。于是，转眼间他的烦恼又消失了。他相信他那位大哥的能力、权力和情义，相信那位惹了事的梁金远能够"柳暗花明又一村"。这么想着，低头看到了那张通知，很快又转忧为喜，三两步跳到衣帽架前，取下一件只穿过两次的短袖汗衫，同时对着门外喊道："车!"

小车来得很快，眨眼间已在门口停下。林以得因为心中激动，穿汗衫时纽扣串了门，第二个不由自主地错钻进第一个扣眼里去了。他没发现，也顾不得发现。他要急着去城内最有名的"好来屋"发廊，他要让发廊里的发娘好好地把自己的脑袋整理整理，待明日走进会场时，先给县长一个好的形象。

第二天上午，林以得按时来到县政府大院。进了县政府大院往右拐，是县政府会议室，工业联席会议就在县政府会议室里开。林厂长刚刚拐过墙角，恰好专管送茶送水的胖厨师从会议室里耷拉着眼皮出来。见了林厂长，把手中水壶朝旁边一撂，随着干巴巴的哈哈声，脸上即刻堆满了笑。笑声不自然，笑纹也像清炖茄子块上撒了层油花似的难看。"林厂长，来得早。渴不渴，喝一碗?"他不像给会议室里送水，倒像清晨街边上卖豆腐脑儿。

"哦，不渴，不渴。多谢大师傅。"林厂长慌忙报以感激的笑。他不敢得罪这个人。因为别看他手中只有炒勺没有权，其实，若得罪了他，他的一张嘴皮又出奇地会说，瞅机会和上边打得火热的领导给你奏一本，碰上那好占便宜又耳根发软的，说不定立马就给你颜色看。这个人平日里一般干部都不睬，林厂长今日能够得他青目，便无来由地突然

84

间生出股受宠若惊之感。他忙止步掏出烟来，极麻利地递过一支并顺势打着了火。

胖厨师当仁不让地接过烟去吸着，又定定地瞧了他几下，然后像得到了某种满足似的悄悄说："林厂长，前些时批给的那些布，着实赚了几个。过几日嘛，还得借你贵手哟。啊？哈哈……"说着，笑着，提起水壶走了。

他妈的，我怎么忘了，这胖猪欠我的情哪！望着对方那门扇般的后脊梁，林厂长悔恨不已。娘那个×，再找我批布，这架子得倒过来拿。林厂长想着，转身走进会议室。会议室里此刻还有些乱，有的喝茶，有的吸烟，与几个熟人打过招呼后，他便找个既不显眼又容易让领导看得见的位置坐下，开始盘算着在会议结束时如何找到新县长，在什么节骨眼儿上以什么样的表情、姿势和言辞音调来感谢领导对于自己的关心与看重，以便更大限度地增加新领导对于自己的加倍注意和好感。他想象着，新县长听了他的表示后，一定会以赞许的目光看着自己轻轻点着头，并同时扭脸问身旁的有关负责人说："这就是某某吗？记得，记得，于副市长曾和我提到过。"到时，记住，自己要克制，要将欢喜隐在心里。尤其是不要笑，千万别笑……林以得想着别笑，却就已经捺不住，笑了。笑得那么开心、那么痛快，满脸都漾着美好的希望和幸福。

就在这霎，忽听有人说："现在开会了，下面就请祢县长讲话。"他忙抬起头来，可就在抬头的刹那，他脸上那春风得意的笑纹陡地牢牢凝结了——就像《百万英镑》上服装店里的小伙计托德猛地看到亨利手中的巨额钞票时所表现的那样——"变得毫无光彩，恰像维苏威火山边上那些小块平地上凝固起来的波状的、满是蛆虫似的一片一片的熔岩一般。从来没有看见过谁的笑容陷入这样的窘况，而且继续不变。"

原来，那准备讲话的县长，正是麦前的那个中午到他办公室里去的"个体户"。这位曾被林厂长逐出门去的"个体户"，此时正笑眯眯地注视着大家，李大头的表侄、县政府办公室刘副主任侧身站在他旁边，正往杯子里沏茶。

20

是紧张，也是天热，林以得浑身是汗，祢县长讲了些什么，他大部分没听清。一个多小时的会议，耳朵里呼呼直响，就如一列火车在眼前开过。他坐在会场左边前五排，离主席台很近，祢清肯定能看到他。可是，祢清在讲到工业联合厂时，完全没有指责的口气，好像还表扬了几句什么。这使林以得很感激，到底是大人大量，不愧是做县长的。

散会前，主持会议的黄副县长宣布了几条注意事项，他让各位工业负责人回去后都做准备，各自拿出振兴本县经济的意见良策。副县长还告诫大家一定要抓紧，因为祢县长说不定什么时候就找谁谈话。林以得回去后心里直打鼓，他反复思谋，也想出了一些所谓良策。可是，他想全国的县属工业形势都不能算是争气，我想的这些主意就能算作好办法？晚上，他把这次会议的内容在电话里向于副市长做了汇报，当然也得顺便讨教。于副市长说这是老生常谈，真要找你谈话，可以要求点儿贷款，启动以往的工业项目。于副市长说完这些，忽然话锋一转，说他也正想找林以得。林以得问有什么要紧事，副市长说还是梁金远那件事，可大可小，关键就看祢清态度如何。他说他已于昨晚给祢清在电话里打了招呼，听口气这事起码可以大事化小了。不过祢清也话中藏话地提出，请他以老领导的身份支持自己在本地的工作。他还特别提到工业联合厂，说是有事想和厂里的领导商量，想在必要时请他从中做些工作。他已对祢清百口百应，所以祢清找他时，不管提什么要求，都要顺着他说，尽量按他的意思做。

虽然看不到人影，林以得在电话机上仍是连连点头称是。他唯恐于副市长知道了要生气，所以把麦前无意间凌辱了祢县长的事情瞒下没说。

约见林以得是在会后两天的上午。

这天早晨，办公室刚刚给林以得下了通知，叶局长就给他来电话汇报案情侦破情况，说是案子不大，很缠手，因为程秘书在梁家庙没能认出作案人，到乡派出所查户口看照片，也没有这三人的底档。看来，得扩大侦破范围了。祢清说可以慢从宽来，不用操之过急，反正也没造成什么严重后果。叶局长在电话里噎了一声，祢清弄不明白啥意思，呵呵笑了几声便撂下电话。

林以得接到电话通知，按时来到了县长办公室。说真的，那天开会时紧张归紧张，到底有许多人掺和着。今天不同，今天就他一个人，面对的又是不久前曾被自己"逐"出门去的县长，尽管他自我安慰"不知者不为怪"，尽管他想象着对方会因一时眼拙而认不出他，但当他单独站在祢清面前时，还是有种罪犯受审的感觉。特别是与"大哥"通电话时，对方那从不多见的认真严肃的嘱咐，更让他摸不着深浅，弄不明这位年轻的县长到底是个什么样的厉害角色。

祢清见了他，会意地一笑，嘴里说着"你请坐"，就手将一杯茶水递过去，既算打了招呼，也将那天造成的尴尬遮掩过去。林以得见县长根本没介意的样子，心里安定下来，他想解释一下那天的误会，又恐画虎不成反像狗。干脆，还是混一时算一时，装糊涂犯傻地糊弄过去吧。这样更好，让县长认为自己是个马大哈。

祢清和下属谈话，不像一些领导人那样坐着不动，一边喝茶一边听人家汇报，下面另有秘书记录。他自己来，有时站着，有时坐着，有时在室内来回走动，就像说话拉家常似的。别看他貌似悠闲，其实你的谈话举止，都在不知不觉间被他记住了。他的脑子就像录音机，差不多能准确记录下别人的每句话。

例行的工作汇报之后，林以得心里轻松了许多。这不仅是因为县长根本没有旧账重提，却还在不知不觉中给了他许多鼓励。说真的，他服了。因为服气，就想把自己思谋过的那些"良策"讲出来，以显示自己的才干，让县长明白，别看工联厂目前情况不景气，那是因为客观原因，他这个厂长可不是白吃饭的。

林以得此刻希望县长让他提出自己对于振兴本县经济的良策。可是，祢清见他汇报完毕，只管在小本子上记着什么，并没有鼓励他讲下去的意思。他有点儿扫兴，心里话，看不起我呀？

其实，祢清并非看不起他，并且已经相当注意他了。经过那次接触，又通过今天的谈话，祢清已觉出这个人很难斗。那次接触时，他给人的印象是满身的匪性。这次呢，完全不同，因为已经明白对方是自己的上级，所以他说起话来总是那么不软不硬、绵拉呱唧，虽然听起来头头是道，但最后一归纳，什么都是，什么也不是。这是工于心计的老手，可以翻手为云，覆手为雨，和这样的人打交道，得随时小心被他算计了。这是祢清的工作经验和生活阅历，也是他从一些社会科学书籍中体会到的。所以，他不想再浪费时间和对方搞"隆中对"，只想思谋个办法把刘玉振托付的事情办成。然而，面对这样一位人物，用什么办法好呢？对方是工联厂的法人代表，行政手段是不妥。那么，就只有单刀直入再加个人感情了。

"林厂长，我想求你办点儿事。"祢清从记录本上抬起头。

完全出乎林以得的意料，他惊得从沙发上站起来："县长——求我？"

"您坐下，您坐下。"祢清见突袭得手，便起身走到他跟前，按着他的肩头重新坐定，口气也故意轻描淡写，"其实也不是什么大不了的。"

"县长放心，只要我能办的，您就赌好吧！"林以得眼睛睁得溜圆，情绪激动，表情凝重，一脸誓死效劳的神色。

"是我的一位同学相托……"

祢清已经看准，这个"难斗"的厂长如今钻进套子里出不来了。

他暗暗发笑，于是趁热打铁，将刘玉振的计划要求一半化作本县工作的需要，一半化作私人间的感情协作，巧妙讲述，精心组合，既言简意赅，又说得情真意切。在这种环境里，在这样的气氛下，县长出面"相求"，自己也曾信誓旦旦，且有"大哥"事先吩咐，林以得纵然滑得一把撸出油来，他能不答应吗？他敢不答应吗？他好意思不答应吗？他在心里骂了自己一百个浑蛋该死糊涂虫，又骂了祢清一百个阴坏狡猾，最终还是口气爽快地应允了。

祢清并不就此罢休，他马上打电话叫来刘玉振，当着办公室里几名负责人的面，让他和林以得当面银子对面钱地签了协议，立了契约，然后让齐主任盖上县政府的猩红大印，一式几份分别保存。林以得再反悔？休想！

21

　　梁金远成了惊枪的兔子，在村里走东串西，一惊一乍，这里看看，那里瞧瞧，好像随时都有人背地里朝他举枪袭击。

　　那天于书诠从市里打来电话，问了他和祢清的接触情况之后，十分不客气地骂了他，这在以往是从未有过的。梁金远这才弄明白，原来那天见到的那个所谓县信访办公室的人，竟是本县新来的县长。他一边心里骂着赵恒没有知会他一声，一边想，我不就是说了几句过头的气话吗，值得这么大惊小怪？可是，接下来得到的消息真把他惊出一身汗，县长在青牛桥北被人劫了，劫贼竟点名问人家给梁三子写了什么。祢县长给三子写东西，修车铺里二别古见过，二别古那天认出了姓祢的，就直接把这事跟他梁金远说了。可是，天地良心，他并没派人去追截县长，更不要说指名道姓问人家写些什么了。因为他根本不知道对方就是县长，只以为那是个一般干部，一般干部给梁三子写个条子弄封信，在他来说根本不当回事，何苦兴师动众追击拦截呢？然而，劫道者的目的和他梁金远的利益直接关联，他不是正和梁三子打官司吗？此时此情下，三岁孩子也会认为是他梁金远派去的。这样说来，便是浑身长嘴也讲不清了。

　　于书诠的口气很严厉，还叫他有个思想准备。他也明白，要是劫个一般干部还好支吾，可这是劫的一县之长啊！在他的辖区内劫了他，不说社会治安的好坏，只这面子上也过不去，县长岂能善罢甘休而不一追到底？更何况，这种行为是社会上最痛恨的，不讲后果，只讲行为也得缉拿判刑。查到罪犯还好，万一查不到，公安局里为了对县长有交代，非把责任安到他头上不可。到那时，法律上认起真来，恐怕于书诠也救不了他。毕竟，受害者是县长。

果然，于书诠在电话里告诉他，公安局已经立案侦查。听了这话，他心中多少轻松了些，这说明祢县长还是个注重实际的人，没有凭着想当然和自己的权力就让公安局下来抓他。可是，接下来的调查过程却更加让他惴惴不安，公安局从头查起，修车铺里二别古一口咬定，他只跟梁金远讲过此事。更糟糕的是，查遍村乡两级也没有劫匪的踪迹。前来调查的刑侦科的李科长很精干，他没有按照惯例把梁金远带走，他咬着笔帽想了很久，终于想出个折中的办法。刑侦科继续探案侦查，这里由赵恒作保梁金远在这三天里不会潜逃，同时给他三天时间，让他尽量考虑，尽量提供线索。要是三天后仍无结果，为慎重起见，那就只好将嫌疑人暂时羁押了。

今天已是第三天，梁金远早饭也没吃，只在村内村外地转悠。一会儿想到可能是罪犯已经落网，一会儿又觉得今日要大难临头。他盼着公安局的人来，又怕公安局的人来，就这么疑神疑鬼自相矛盾地挨过了一个上午。

快吃午饭时，梁金远想起应该回家了。他的家在村子东首，顺街东行再南拐，就看到了那座古今结合的二进院落。这是个大院，大得在现今的乡下很少见。大门上铜钉黄环，门旁石狮蹲坐，像它的主人一样透着一股子冷峻与威严。梁金远看到石狮，心底里骤生豪气，他突然想起某电视剧里一位主人公说的话：我闯荡江湖几十载，还没有什么事情摆不平的。对了，大丈夫处世处事，不能先乱了方寸，更不能出现意外就束手就擒。公安局没有查出罪犯，可也没有就认定是我所为呀。有于大哥那架叉杆顶着，在弄到确凿证据之前，谅他们也不敢随便就把我怎么了。心里这么算计着，就要迈进门去。恰在这时，身后传来一声暴喝："站住！"

梁金远真听话，马上就站住了。人站住了，头却没有回。他不是不想回，是不敢回，因为他不想看到他所不愿看到的。他心里想着一件事，脑子里就出现了一副手铐。手铐的亮光一闪，梁金远立时出了一身的冷汗。紧接着，他手脚发麻，两腿瘫软，一侧身歪在了门口右边的石狮子上，刚才心中的那股豪气，也在刹那间随着屁眼淌走了。

　　然而，就在梁金远侧身倒在石狮子上的瞬间，一条黑背大狗从他的门口前蹿过去。黑背大狗口里叼着一条羊腿，一边奔逃一边不停地回头看。黑背大狗的后边，梁金远的一个远房侄子手执禾叉紧紧追逐，口里连连喊着："站住，站住！"

　　梁金远拍拍屁股从石狮身上站起来，跺着脚冲他侄子吼骂："我×你亲娘，把我吓煞！"

　　梁金远骂声未消，一个穿得花里胡哨的青年人从院里跑出来，嘴里不停地嚷嚷："爹，又是谁哪？甭怕，再有孬小子不听你的，我找人收拾他！"

　　梁金远定睛看时，是自己的四儿子梁东。这是个吃喝嫖赌抽五毒俱全的角色，梁金远管不了他也不想管他。因为在某些节骨眼上，这小子能干些他想干而干不了的事。梁老四整年在外东游西串，既能挣钱也能花钱，年方二十二岁已经离了三次婚，常于深更半夜领些不三不四的人翻墙进院，躲进后边房里大吃大喝。梁金远以往见到老四总是亲热地抚摸儿子的头，就像对待三岁儿童一般。可是，今天梁东的出现却使他突然打了个激灵，就在梁东到得他跟前时，不犹豫，梁金远伸手就是一耳光。梁东被他打得原地转了三圈，捂着脸大吵大嚷："爹，你浪了疯了，打我干吗！啊？打我干吗！"

　　梁金远想起来了，那天二别古告诉他的消息，他只和梁东讲了。他还记得梁东当时骂了句"日他娘"，就拽出手机疯疯癫癫朝后院跑去。肯定无疑，乱子是这小子弄的。

　　阳光很毒，林以得把刚刚打开的车窗留了一条缝儿，饶有趣味地朝外张望着。车速并不快，又因为行驶在平展展的柏油路上，所以车内的人并不觉得有多么颠簸。

林以得坐在右侧位上，一边习惯性地舐着嘴唇，一边欣赏着外边飞逝的树木、沟渠、田野，脸上始终洋溢着美滋滋的笑意。司机放起了节奏分明的音乐，林以得竟也出人意料地哼起了小曲，并且轻轻地摇摆着身子，一言一行，都掩饰不住那发自内心的兴奋和愉悦。

出城十余里，车速渐快，林以得停止了哼唱，只是静静地听着司机的歌："别看我穿得破，全是外国货……"在林以得的记忆里，他的司机大约也只会这么一首歌。尽管破喉咙哑嗓门，却经久不衰，唱得邪带劲。

司机的歌声好像使林以得着了迷，他一动不动，也不说话，只是出神地望着车外远处的蓝天。那蓝天深处有两个白点，晃晃悠悠，越来越近，越来越大，看清楚了，是一对小白鸽。忽然，小白鸽原处踅了一圈，惊慌地朝附近的村里飞去，随之，在它们不远的西边天空，一只巨大的苍鹰出现了。那苍鹰似乎并没发现这对小白鸽，在那一带天域里慢腾腾地飘着，飘着，不断地睃巡，回旋，渐渐地在阳光灿烂中消失了。

林以得好像看累了，他皱了皱眉头，掏出一盒装潢漂亮的香烟，抽一支递给身旁的副厂长李大头。接着，他又打火将两支香烟一齐点着，将其中一支递到前边司机的嘴角上，笑盈盈地说："伙计，长长精神，可别把咱老林弄到路沟里去了。"

司机停止了歌唱，向他投以感激的一笑，可是，林以得已经口叼香烟仰在了靠背上，眼睑松松地垂下来，一副不许别人打扰的沉思状。一直不吭声的李大头见此情景，知趣地将目光别向窗外。长期的相处使他明白，厂长不仅仅是给他们敬烟，重要的是借此封别人的嘴巴。厂长有个特点或者说有个习惯，在碰到什么事需要思考时，喜欢静静地眯起眼。倘若此刻有他的部下在旁边喋喋不休或者唱呀叫的，他不用话制止你，而是递一支香烟给你，有时还亲自给你点着。有那仍旧不识时务的，还是唠唠叨叨，他便瞪着一双眼直直地瞧你，直到对方明白他的意思，这才重又将眼皮垂下。当然，这只是对熟人、对部下，对外人可就没有这么柔和了。不过，别看他瞪着眼瞧人，脑子并不走神，该想什么还想什么，久而久之，他的部下一见厂长掏出香烟，立即就鸦雀无声了。还需要挑明的是，林厂长这一套只是对着他的同事同级或部下，要是对方是领导是亲朋或者是什么有影响的人物，那就得另当别论了。即使对方从日出讲到日落，而林厂长家里有病人等他回去熬药，他也绝不掏烟"封"嘴，他会自始至终笑嘻嘻地陪着。

汽车颠簸了一下，林以得睁开眼。他弹了弹烟灰，转脸朝着李大头出人意料地问了一句："老李，你家的猫又跑出去逮耗子了吗?"

李大头怔了怔，点点大头。

那是前些年的事了，那时李大头还住在乡下，家里养了一只猫，日夜地拴着。一是怕被别人抱了去，二是怕吃了死老鼠。因为那雯下耗子药的挺多，倘若猫吃了吞服过耗子药的耗子，非得药死不可。被拴的猫总是叫，李大头的老婆就一股劲地喂它。时间长了，形成条件反射，猫儿饿了就叫，不饿就睡大觉。渐渐地，猫就丧失了捕鼠本性，耗子从他面前跑过，它却夯了胡须莫名其妙地看着。有一段时间，李大头一家忘了及时喂它，猫儿似乎恢复了本性，挣断绳子跑出去，捉回一只奇大无比的耗子，慌得全家人大呼小叫，七手八脚给它夺下。为了以防万一，李大头的老婆连忙给猫加强营养，那猫就又不捉耗子了。这件事当时在工联厂里传作笑话多年，如今林厂长重又提起，大头初还觉得蹊跷，再细琢磨，忽然心生灵犀，眯起眼睛笑了："嗯，猫又逮耗子了。"

"得赶紧喂呀。"

"是得喂，大鱼大肉的喂足喂饱，它就不逮耗子了。"

两人神态诡谲，相对一乐。汽车拐了个弯，进了梁家庙的东西街。

梁金远举手要扇第二个耳光时，梁东已经撒腿到了后院。院门一插，他爹手脚笨拙，身上肉多，无论如何是爬不上墙头的。梁金远气得蹲在墙根喘粗气，他儿子就在墙那边骂，不就是这么点儿事吗，发这些土鳖火!老伴不知原因，赶过来从旁劝他，被他一顿臭骂，躲到远处抹眼泪去了。梁金远正然气势如虎，门外突然连连汽车喇叭响，他一吓，心惊肉跳，又是刚才门前那种浑身瘫痪的感觉。他勉强支撑着站起身，恍惚中只见院里进来几个人。其中一个熟悉的嗓音："金远，在家吗？我来了。"

刚刚站起来的梁金远，长舒一息，重又蹲下。

林以得的到来，给梁金远吃了定心丸。

林以得知道梁金远是害怕了，这事搁在他身上，他也害怕。因为对头是县长，县长在自己管辖的范围内为自己破案，能马虎得了吗？林以得昨天还为这事提心吊胆，直到晚上和于书诠通了电话，一颗悬着的心才稍稍放下。照顾副市长的"个人感情"，现今的人都是九孔玲珑心，这话还用明说吗？案子真相查不清，就不能拘禁梁金远。如此拖他半年六个月的，不也就大事化小、小事化了啦？况且，姓祢的已向他的上司卖了情，他林以得只消积极进香，这个神迟早总会拜到的。梁金远刚有余而柔不足，林以得知道于书诠不会把这么重要的话直接告诉他。而他原本也是可以电话里从侧面给梁金远通个信儿的，只缘心里痛快，这才驱车来到梁金远的家。一则稳稳义弟的心，二则也寻寻乐。

中午的酒饭吃得很平常，这是因为梁金远还是心情不佳。他从未如此作难受制，更没这样担惊受怕。在他来说，这几天的经历是倒霉，是劫难，更是耻辱。所以，不管林以得和李大头怎么劝解开导，他总是打不起精神。三个人在正屋里边吃喝边叽咕，司机早跑到后院找梁东去了。他们不知什么时候成了好朋友，经常在一块儿嘀咕商量些什么。每回林以得到梁家来，只要梁东在家他们就聚到一起，今天也不例外，中午他俩就单独一桌。

听到林以得传过来的信儿，梁金远心里的确踏实多了，他深深感谢自己的义兄于书诠，也终于明白了《三国演义》中的刘关张为何被人们效仿崇拜千百年。因为义兄的关照，至少他在近期不会被公安局拘留，不会被戴上手铐塞进警车里，不会在村民的众目睽睽下丢人现眼。他想给义兄打个电话诉诉衷肠，被林以得制止了。林以得说如此兄弟关系，用不着来这个，即使三年不见面，遇上麻烦他也会背地里积极活动的。林以得还举例，说他上次打折了梁明远的锁骨，人家告到法院里，他梁金远并没找大哥帮忙，大哥不也照样给各方面打了招呼吗？说到梁三子梁明远，梁金远又来了气："这档子事过去之后，得好好收拾收拾他。只是……"梁金远话到口边咽回去。他看了看李大头，大头眯眯一笑，说是要方便方便，起身走出去。

"只是从现下的情况看，这个关口怕是不好过。俗话说不怕千口奏，就怕一官护。这个县长一心帮他，事儿就悬了。"梁金远的眉头皱成大疙瘩。

林以得安慰他："这倒不用多虑，有于大哥在，没有足够的证据，他县长也奈何不了你。"

"我顾虑的就是这事，"梁金远咧着嘴说，"梁三子手里可真攥着证据呢！"

林以得眨巴着眼睛想了想，一敲桌子说："让老四想办法！"

"行吗？"

"没有不行那一说。"林以得嘿嘿一笑，"让司机小林帮着，镇他一家伙，他蔫了也就没那个胆了。"

李大头系着裤扣走进屋，林以得和他开起了玩笑："老李，你尿脬真够大的，尿了十分钟啊。"

三个人吃喝说笑直到下午三四点，林以得要回去，喊司机却没人应。梁金远找到后院屋里，只见桌子上杯盘狼藉，梁东和司机光着屁股躺在床上，喘着粗气睡意正酣。地上满是吐出的酒肉秽物，梁家的豆青狗大约贪吃地上的东西，也醉了，趴在桌下不动。

这没办法，他们只好等着司机醒酒。

一直等到西天日落。

22

　　酒后驾车对于林以得的司机来说已是司空见惯，他说他喝酒只要不醉，脑子就比不喝酒时还清楚，手脚也利索。林以得也相信，他看过一部美国电影，里面的枪手是个酒鬼，可是越喝酒他的枪法越准，只要不是烂醉如泥，别人就甭想靠近他。什么事也有个例外，司机可能就和那酒鬼枪手一样吧。

　　司机醒来时，天已黑了。梁金远让他们吃罢晚饭再走，林以得不答应，说赶回去晚上有事。司机很了解林以得的个性，先已走出门去发动了车。

　　汽车行至南北公路上，天完全黑下来。车内，林以得和李大头都靠在椅背上，眯着眼，一言不发。但是，他们的脸上都笑嘻嘻的，好像刚才在梁家遇上什么好事了，而这好事他们只能在自己心中体味，无法用语言来表达，也不能表达。不过，要是有人仔细观察一下这两个人的笑容，定会从中找出许多差别。林以得的笑是自然的，发自内心的，笑中带着明显的舒展和满足。所以每条肉丝看上去都是轻松愉悦的。李大头则不然，他的笑近乎做作、勉强或者说是有意识的，笑中带有明显的佯装、应付和虚假。所以，那脸上就是一种皮笑肉不笑的情形了。

　　各有各的心事，各有各的想法，各自都在考虑着用什么恰当的话与对方交流，但各自又一时不能明说。一是怕话多有失让对方猜透了自己，二是怕话中有漏令对方疑忌。于是，就各自保持着这种笑眯眯的沉默，像是一对天造地设的幸运儿，一对"大肚能容天下难容之事"的布袋佛。这种沉默，是林以得和李大头近来经常采取的方式。李大头之所以如此，是因前段时间受了林以得的冷遇而变得小心翼翼。林以得这么做，是仍然对大头怀着戒意，这不仅仅是因了那个"梦"的缘故，而是确曾听到一些有关大头悄悄挖他墙根的话。大头的为人，他知道；大头的性格，他也了解。大头对于他林以得的事，知道得太多，也正是因为如此，林以得对大头才疑虑重重几乎到了害怕的地步；也正是因为如此，林以得才对大头极尽笼络以至有些事仍旧不敢瞒着他。中国有句俗话，好汉子死到朋友手里，这不是没有道理的。

沉默，是世界上保守秘密或者进行深思熟虑的最好的方法。林以得在笑眯眯的沉默中正回想着一件事。那年春天，一只饿狗突然闯进他的院里，龇牙咧嘴做咬人状，极不讲理地趴在他家不走了。林以得的老婆拿起棍子就要撵，被他挥手止住了。他从屋里拿出几块肉，先是极尽温柔地叫那畜生，随之就抛一块肉给它。那狗吃了肉见这家主人又如此和善，便摇摇尾巴脾气和缓了。林以得又将一块肉往靠近门口的地方扔过去，狗就跑去吞下。又一块肉扔到更加靠近门口处，狗又跑上去……如此几次，狗已到了门外，待它回头再想吃肉时，林以得已经砰地把门关上。

"对，就用这法儿，要紧的是别让他咬着。"林以得想到得意处，差点儿把心里话说出口。他侧目看了看大头，大头脸上虽然仍有笑意，却闭着眼睛，像是睡着了。

汽车开进城，顺着南关大街行驶了几分钟来在一个街口处，林以得用指头弹了弹司机的后座，司机一打方向盘转往西街。在距县委大院不远处犹豫片时继续前行，一直驶出城外到达城外城的联谊酒店门前慢慢停下。

林以得和李大头在小车停下的瞬间同时敛起笑容，但在走出车门的两秒钟后，像同一开关的灯泡，脸上又同时散发出光亮。这笑眯眯的面容很是感染人，以至出来迎接他们的老经理——那个木乃伊一样的干巴老头也不由自主地对着他们讪笑了一下。

昏黄的灯光下，心有灵犀一点通的司机抛下这两个活物，带着一脸坏笑开车走了。他已经完成了今天的任务，小城的夜晚多姿多彩，他可以凭着个人爱好到他所愿去的地方吃喝玩乐。只要能在次日拂晓前再回来将这两个活物接走，他的主人便不埋怨他。

林以得和李大头走进酒店后院，径直进了最里边的经理办公室，面无表情的老经理给他们沏好茶水，便紧闭了房门，将套间外的灯也关了。酒菜似乎是早已备好了的，林以得和李大头对饮，老经理打下座。老经理是林以得的远房亲戚，一个不苟言笑的鳏夫，年轻时因为出身问题，把媳妇也耽搁了。一双小而惶惑的眼睛，总是闪着飘移不定的光，似乎在以往的年月里被什么意外事故惊吓过。他不抽烟，不喝酒，吃素，更谈不上亲近女色。不了解他的人，常以为他是个佛教徒。可是，这老者胆子说小就小，说大就大，表面上看来，这个酒店的经营范围不过是饭店加旅馆，和其他酒店大致无二，但它暗地里所拥有的东西，会把一般经商者吓死。这个孤身老人自知来日无多，眼前有吃有喝于心已足，所以其他的事情从不过问。用他背地里的话说，我还能活七十多岁吗，混一天说一天，管那么多干吗？老头子见两人一边吃喝一边不时地看他，估计定有机密，便知趣地起身躲出去了。

李大头将一粒大海米丢进嘴里嚼着，带点儿忧虑的口气道："林厂长，这个人你了解吗？"

"了解。"林以得肯定地回答，"脑子好使，精力充沛，商业上有一套办法。要不，年纪轻轻能弄这么大家业吗？"

"是啊，刚一打交道，我就看出不是个善茬。要不，县长能管他的事吗？"

"县长说这小子是他的同学，也不知是真是假。"

"不管是真是假，他整天和咱们搅在一个院里，拽拽耳朵腮动弹，不保险。"

"不保险也别惹他，看看色花再说。"

"妈拉个巴子的，一个娃娃家……"

林以得赶忙嘘住他，侧耳听着什么。李大头也听，后院有两个女人在说话，外地的口音，林以得就说："今晚好心情，咱不谈那些。"他说着敲了敲桌面，老经理走进来，脸上一副询问的神色。林以得用手在嘴上做了个奇怪的姿势，老头又面无表情地走出去，不大会儿取来半盒劣质香烟递上来。林以得凑到鼻子上嗅了嗅，点点头，抽出一支递给李大头说："长长精神。"

　　两人躺在床上吞云吐雾好长时间，相继蹦到了地上。李大头用手一指后院："货出手了吗?"

　　老头动了动嘴唇，没回答。李大头看看林以得，林以得眨眨眼睛，会心地笑了。两人让老头开了后门，闪身走进院里。不大会儿，有两所屋里传出女人的尖叫声，但这尖叫声随之就被一阵呵斥镇了回去，仅余一阵阵刚能听到的女人的饮泣……

23

　　在林以得他们返回县城的当天夜里，梁家庙梁三子家里发生了劫案。

　　当临近村西公路的那些店铺全部关门熄灯后，一辆汽车悄悄来到村前。车门开处，下来三个紧身打扮的人，这三人进入街口的同时，汽车又唰一下开走了。

　　三人顺街东行，很熟练地找到了梁三子的家。两人跳墙进院后，另一人就开始敲门，梁三子披着小褂开门问是干什么的。那人说是李庄开饭店的，因为明天有人结婚，缺青菜，所以这么晚才来找他。梁三子当时没回过味来，说让他留个姓名地址，明儿一早准把青菜送到。那人朝院里推了他一把，三子正要埋怨他，背后有人将他抱住，未及喊出声，嘴就让人堵上了。

　　三子被人弄进屋里，捆住手脚放翻在地。有一人就拉灭电灯，黑影里用一把小型手电筒桌里橱里乱翻。另一人则蹲在他面前，捉贼似的治他，问他钱和存折放在哪里。三子被他们治得难受，口中吭吭地却说不出话。他的女人吓得瘫在床上又哭又叫，其中一个家伙掏出刀子吓女人，说再哭再叫就宰了她。女人清楚这些人说得出做得出，只好忍气吞声在床上躲着。女人劝三子，说是他们要什么你就给他们吧，反正钱是人挣的。三子哼了一声，黑影里冲面前那人点点头，那人把他嘴里的东西拽出，三子手脚被制，无力反抗，当然也明白反抗的后果，只好说出钱与存折的存放地点。面前那人按三子所说取出钱和存折，这时那个用小型手电筒乱照乱找的家伙忽然小声叫道："妈的原来在这里。" 只见他从桌橱的角落里取出一沓东西，回头对另两人叽咕了几句。这三人重又将三子捆绑结实堵上嘴，狼一样朝三子的女人扑去。床上传来女人一声绝望的惊叫，随之就安静下来，只有床板的咯吱声和匪徒们低低的淫笑。

三子被捆在墙角处，嘴又堵着，看着听着床上所发生的一切，他恨不得立即冲上去杀死那些狗养驴下的；即使办不到，当时被对方杀死了也好。可是，此时的他动也动不得，只能心如刀绞般眼睁睁看着，听着。不知哪个贼子腰里的手机突然响起来，三个家伙先后跳下床来，其中一个说了声"滑！"这三人就如三只归山的狼，相继悄悄溜出去了。那个说"滑"的东西复又转回来，对着躺在地上的三子说："小子，说明白了吧，俺们是江湖好汉，敢做敢当。不过，也不想惹麻烦，你要敢报案，你两口子的命就算交待了。"说完，又踹了三子一脚，跑走了。

三子是被披头散发的女人解救的。被女人解救的三子缓过气来，抱住自己的女人哭起来。他自己并不委屈，他是为女人委屈、难过。他是个男子汉，一个男子汉非但不能撑家立户，竟弄得连女人也陪着自己遭难。这算什么男子汉，这是窝囊废，这是蛆虫，这是稀泥软蛋。

三子痛哭一阵后，神志清醒了些。他穿好衣服，从套间里找出一把板斧掂了掂，口中念叨着要去乡里报案。女人死命抱住他的腿，央告他无论如何不能去，说闹不好那些人如今正在村外盯着呢。三子想了想也对，便放下板斧，扶起女人，小两口相依相偎，一直坐到天明。

21

梁云已于前天返回梁家庙。其实,梁云并没逃远,他在城里一位同学家里躲着。那天,妻子前去给他送信儿,说赵书记到家里找过她,声言梁金远已经撤诉,并以乡党委的名义保证他和他全家的安全。梁云知道这是同学小程帮了忙,当天下午就回到李庄。他先到乡里找到赵恒,一则表示感谢,二则探个虚实。赵恒很老练,没有告诉他实话,只是笑着说他笔头子硬,乡里害怕他再一张"呈子"寄到电视台,弄得他们吃不了兜着走。所以,他特地找到梁金远,让他即便是一把刀子也得咽下。梁金远到底给了他面子,一切都顺利解决。赵恒还夸奖梁云有能力、有骨气,是青年农民的楷模。梁云咧着嘴听完他的夸奖,为了免生意外,他还是趁晚上人少时偷偷跑回家。

一天两夜的时间,乡法庭没人来,梁金远家也无动静,梁云这才相信了赵恒的话。这天早晨他起得很早,因为逃难,村西那块晚玉米地还没种上。今年旱情这么重,得先浇上水呀。他将一应农具装上车,又将十二马力抽水机检查了一遍,这才拿把铁锨走出大门。他想趁早晨的时间把地里的水沟畦子整一整,以免到时顾了辫蒜顾不了卖蒜。

梁云由东向西走过半个村子,路过梁三子家门时,梁三子恰好出来看见他。梁三子先一怔,随即急惶惶地问他:"云哥,你啥时回来的?"

"回来两天了。"

"那案子……"

"雨过天晴,没事了。"

"云哥，你进来，我有话跟你说。"梁三子一把将梁云拽进院里，随即关上大门。梁云很惊奇，刚要问是什么事，梁三子却抽抽搭搭地哭了。

这是一对同病相怜的难兄难弟。梁三子与梁金远打官司时，梁云曾一力支持他。后来，梁三子的官司没有打出个头绪，梁云的心里就窝着一堆火。他之所以出头对抗梁金远超量搞提留，其中便存有乘机替梁三子打抱不平的成分。如今，这两人一个没打赢官司，另一个又差点儿被捕，共同的处境和经历，使得二人关系更近，感情更深。这雯，梁云一见三子哭泣，以为是同情他的不幸遭遇，一阵心酸，也想落泪。不过，梁云毕竟是高中生，毕竟是见识宽广的人，他忍住眼泪安慰三子，说不必难过，慢从宽来，现在只是开始，胜负输赢，出水才看两腿泥。

两人正说着，三子的女人从屋里探出了头。女人一见梁云，突然放声大哭。这一下可把梁云弄糊涂了，他看看三子，又看看三子的女人，闹不清这两口子见了他何以如此悲伤。这时，三子已经擦去了脸上的泪，把梁云让进屋里。梁云反应极快，一见屋中情景，当即明白。他问三子是不是昨晚出事了，三子未及述说又开始掉泪。他抽抽噎噎，竟是什么也说不清楚了。倒是三子的女人首先稳住了心神，把昨夜的情况讲给了梁云。梁云沉吟片刻，问三子那些人是什么模样，三子和女人都摇头，说黑灯瞎火的，根本看不清。梁云又问除了钱款之外还丢了什么，三子强忍眼泪各处查看了一下，说是他的受伤病历和县政府看门人给写的信没了。问他是不是也被强盗们搜了去，三子摇摇头说拿不准。

对于县政府看门人的信，梁云并不怎么在意。可他听说三子的病历没了，心中就想到这事是不是与梁金远有关系。他问三子，这些人有没有留下点儿蛛丝马迹的。三子的女人伸手递给他一件东西，梁云见是手机，吃了一惊。但吃惊之余又不禁暗喜，因为要破此案，这手机便是绝好的线索。梁云想问问三子的女人还有什么另外的发现，因为一般说来女人心细。可是，女人已经趴在床上泣不成声，梁云又见三子满脸通红，立刻明白发生了什么事情。他连忙转了话题，问三子县政府看门人给他写的是什么信。三子回说是告状信，让他拿着去找县法院的李院长的。梁云问他知不知道写信人的名字。三子回说只知姓祢，那信的末尾也只是个祢字。他说他问过，那好人是县政府门口管保卫的。梁云点点头，沉思着说："看来，这个官司得正儿八经地打了。"他像自言自语，又像对三子两口子说。

说真的，梁三子的官司是不想打了。他哥哥嫂子已经跟他说过，秋后收了庄稼，果园菜地都退了，让他跟着去跑车。庄户人只要不沾土地的边，村里的官儿们想掐想捏都没借口，挣了钱，不受气，何乐而不为呢？三子虽倔，也明白其中的道理。梁云就是例子，有文化，有本事，都能惊动省里的人，可到头来不还是让人家掐着尾巴根撵得到处跑吗？梁云都不行，自己还算个什么？自己挨了打，告到乡里，告到县里，告到市里，法官们除了不管就是给你拖。瞧人家梁金远，只是兄弟掉了下巴骨，一纸状子就把梁云告倒了。正因为有这些想法，三子二次得到祢清的信时，才飞跑到家里藏起来，一是不忍有负祢清的好心，二是怕传出去再次惹祸。可是，他哪里想到仍旧是"树欲静而风不止"呢？

三子愣愣怔怔地看着梁云，虽然明白对方是说仍要跟梁金远打官司，但还是一脸的不解和疑惑。

"你想，这些强盗既然是为钱而来，那么，村里那些大富大有的他为吗不去抢，却单单挑中你梁明远呢？再说，既是强盗，为何还拿走你的病历，抢走你的信呢？很明显，这跟梁金远有关系，他还是怕你出去告他；你不找算他，他早晚还得找算你。既然这样，不如干脆豁出去！"

"告！我俩一块儿去。"女人擦净脸上的泪，是那种被逼到悬崖上要做拼死相搏的口气。是啊，女人到了这种份儿上，还有什么顾虑？

三子不说话，呆愣愣地望着院中一摊牛粪出神。

25

刘玉振的胃口很大，租借工业联合厂的房子只是形式，真正的内涵是要兼并这个厂子。他不在乎工联厂这点儿资金，看重的是厂子本身。他要借助工联厂优越的位置、旧有的市场，更快更好地发展自己的企业。刘玉振对工联厂的情况掌握得并不彻底，但有一个事实让他增强了兼并这个工厂的信心。这个厂有五分之三的工人下岗，有五分之一的工人工资拖欠，余下的都是林以得的亲朋好友的子女，人们怨声载道而又无可奈何。这种情况下只要能够钻进去，他刘玉振自然会成为孙悟空。

刘玉振的目的没跟祢清说，因为祢清是一县父母官，遇事得通盘考虑，他生怕一旦说破祢清就不会全力支持他。他把自己的打算和祢磊说了，他们是知心朋友加同学，祢磊不会"出卖"他。

这就是刘玉振的性格。

刘玉振决定搞个中等规模的宴会，利源集团和工联厂双方中层以上的干部参加。名是聚会，实是答谢。这在当今当地很盛行，否则，受惠的一方很容易被视为"死孙"。刘玉振久历"江湖"，不会马虎这个惯例。他将日期定好后，首先给祢清来了电话，请祢清参加。祢清明白他是拉大旗做虎皮，然而性格所使，他不愿拂了人家的面皮，就答应了。他还有个想法，借此机会和下面接触一下，对于了解本县的工业情况肯定有益。

晚上，宴会在工业联合厂的大会议室里举行，酒菜是由附近的一家饭店承办的。这种场合下不分主宾主陪，形式和乡下娶媳妇坐大席差不

106

多，祢清被推坐上首席，依次是陪同他来的齐主任、刘玉振、林以得。

当然是请客的一方首先致辞，对此刘玉振当然也不外行。大伙注意听着，都以为他会把县长亲自参加他所举行的宴会当作金字招牌大书特书，可是完全出乎人们意料，他只是象征性地说了几句感谢祢县长感谢林厂长感谢各位领导莅临增光的场面话，就将发言权交给了林以得，并没特别突出祢清的位置。乍听之下，似乎有点儿不近情理，可你细细琢磨，这正是刘玉振的心机所在，他让在场者品到一种味道，得出一种感觉——他与祢清并非等闲关系，根本用不着那些冠冕堂皇的客套话。事实确也如此，工业联合厂里参加宴会的中层领导们，不大会儿就从懵懂中省过味来，立时就对刘玉振格外刮目相看了。

林以得却不，林以得在三分钟的祝词中差不多有二分半钟是对着祢清歌功颂德。然而，林以得也有出人意料的地方，他在喷着唾沫发挥了一通之后，竟然离开了他作为主要被请者的位置，而是似属无意地将副厂长李大头让在那里，自己很随便地在下首坐下了。他点起一支香烟，身子半倚半斜地靠在桌沿上，半张着的嘴里露出整齐好看的牙齿，神秘莫测地冲刘玉振望着。因为发胖而挤小了的眼睛，闪动着笑眯眯的光彩，样子极其坦然、持重、随和。

宴会进行得很顺利也很火爆，下边各席由让酒到拼酒，渐渐开始划上拳了。祢清所在的上首席挺温和，一个个虽不是正襟危坐，却也是互相敬酒彬彬有礼。祢清今晚本是打算消闲玩乐的，然而积习成癖，说着说着就扯到工作上去了。他说话向来都像拉家常，不知不觉间，便谈起了自己对本县经济建设的打算和向往。当然，对于他的话，不管是对是错，这里不会有人提出疑问或建议，更不可能有异议或者反驳。祢清有意借着酒劲让大家谈谈各自的想法和看法，于是带头连着干了三杯酒。可是，他干，席上的各位也跟着干；他撂下杯，别人也撂下了。他想使酒场活跃一下，即便不猜拳行令，也不能像学校课堂，一人讲，大伙听。可是，他办不到，席上的人们不说话，却不时各瞅各的头儿，利源集团的人瞅刘玉振，工业联合厂的人瞅林以得。好像他们都在征求自己头头的意见，该不该在县长面前说话，说话时应该说什么。

林以得不理睬部下们的眼神，只是相当专注地听祢清讲，香烟的烟灰已经一指多长，也不弹一下，任凭它自焚自灭。那姿势那神情，好像不是在听一位县长拉家常，而是在欣赏怡人心醉的音乐。他依然微微地张着嘴，显出那种和蔼可亲的自来笑，衬以过早的秃顶、圆圆的白脸，使人极易想到"开颜便笑，笑天下可笑之人"的弥勒佛。那温良恭俭让的表情，哪怕是一个正在暴怒中的人，见到如此面容也会立即变得心平气和。

宴席虽好，可惜县长却给晾起来了。

沉静的宴席，沉静的人，祢清以往也曾多次经历过这种沉静的酒席局面，他也明白这种沉静是因了他这样的领导人参加。可是，往常的沉静他从没感到像今天这般让人疑惑，好像这沉静的后边有什么东西隐匿着。这并非他思考的结果，完全是凭了一种直觉。他想理出一点儿头绪，可又觉得有种无形的隔子在眼前遮着。他真希望自己的双眼是一对透视镜，以便透过眼前的膜障看清后面的一切。一个毛茸茸肉乎乎的东西在他腿上蹭了一下，低头看时，他首次来工联厂时报信儿的那只大黄狗正从他的椅子下挤过去，东游西串，默不作声地捡吃地上的东西。他又抬起头来睃巡面前的人，但人们一碰到他的目光，马上又把头低下了，好像在他县长面前一张嘴就要惹祸。

祢清很扫兴，端起一杯酒喝下，有点儿后悔参加这个宴会。

刘玉振发现祢清情绪反常，看了一眼林以得，凑到祢清面前低声说："祢县长，今晚人多，待会儿各席可能还要派代表来敬酒，你是不是……"话没说完停住，又闪眼看了看林以得。

林以得一直眯缝着眼，但席间每个人的表情他可是看得一清二楚。开始时刘玉振的祝酒词他早就咂摸出了味道，这霎见他又和县长做出关系非同一般状，心中禁不住咯噔一下。他心里话，这小子别看年轻，手段倒有些辣。

林以得之所以这么想，不是没有道理。说真的，若非碍着祢清的面皮，也就是说如果不是县长以私人身份替刘玉振租房借屋，铸造分厂的那些厂房漏了塌了他也不会租借给刘玉振的。他有他的顾虑，只是这种顾虑不好说出口罢了。你刘玉振如今是"小人得志"，就该夹起尾巴，可是，你非但不夹，反而撅起来了。就讲眼前，置摆宴席都是去饭店，刘玉振却偏偏设在工联厂的会议室里，让人觉得这会议室早晚都会变成他的。这事林以得虽然看得出，也只好睁一只眼闭一只眼。接下来的排座次，祢清的右侧是齐主任，左侧理所当然是林以得。可是，刘玉振抢先坐上去，就把林以得挤得靠下了。所以，林以得讲完开场白后，就自动坐到下首去。看似谦让，实是赌气。既是赌气，心里就窝着气。此刻，他见刘玉振又和县长套近乎，并且闪眼瞧他时那目光里明显透着一种优越感，心里就更气。他想，刘玉振的这些小把戏自己的部下肯定瞧出来了，特别是李大头，左一眼右一眼地总瞅他，对于他的尴尬处境，满脸的幸灾乐祸。李大头看得出，别人同样看得出，再这么下去，这姓刘的真正是反客为主了。现下的人眼睫毛都是空的，今天被他踩到腋底下，日后谁的眼里还会有我？那么，我的工厂、我的部下，迟早要被这小子蚕食了。想着想着，林以得身上出了汗，有种上当受骗引狼入室大意失身的感觉。越这么想，越生气，气得心肺都要炸了，他不能容忍对方肆无忌惮干下去，他要报复，他要反击。他心里话，你姓刘的要不是仗着背后叉杆硬，一个暴发户顶到天又算哪盘菜呀？哦！胎毛刚褪就想涮人？你吹煞灯睡吧，你还嫩着呢。

林以得虽然气得心脏肿大，但面上仍是那种若无其事的样子。不过他正在盘算，盘算用什么办法惩治这个不知轻重的家伙，至少得羞辱羞辱他。但这办法必须准成且妥帖，也就是说既要弄了他，又叫他有苦难言。要让他明白锅是铁打的，姜是老的辣。主意拿定，林以得先是咳嗽一声引起人们的注意，然后起身端了酒壶给大家敬酒。这是一种例行公事般的程序，除了当席最高者外，谁都可以捉壶斟酒，以示谦恭。

左为上右为下，敬酒当然先从正位开始，依次是祢清、齐主任……一圈将尽最后转至刘玉振处，刘玉振也像别人一样赶忙伸手扶住酒杯以示谢意——可是就在这刹那，林以得突然擎着酒壶和另外席上的人谈起了话，刘玉振那扶酒杯的手抽也不是扶也无趣，在一席之上众目睽睽之下，尴尬万分地被"焊"住了。此情尚可忍耐，更要命的是林以得与人谈话结束后，像是疏忽了的样子，又像不屑屈尊枉驾的神态，眼睛涮了一下，撇下刘玉振的酒杯和仍旧扶着酒杯的手，若无其事地打道回府重新归座。

在这种场合这些人的面前，一个人遭到如此戏弄的滋味是可想而知的。刘玉振满脸通红，扶酒杯的手抬一抬，放一放，又抬起，又放下，反复数次，终于垂到了桌下。他低了头喘粗气，像愤怒也像在考虑着什么。

林以得回到位上平心静气地坐着，心里痛快了许多。酒场上如果有谁被人悄悄抹掉，是最丢面子的。他明白刘玉振已被自己涮了个精透，不光是今晚，即便今后几天，他在人们的眼里也是不够份儿。除非人们忘了这码事，而在当今不缺闲话的情况下，相信仨月半年人们是不会忘记的。非但不会忘记，恐怕越传越邪乎，越传内容越多。而这，正是林以得的愿望。这同时，他也暗示给祢清，我对此人并不在乎，你说他是你的同学，我已弄清这是蒙我。你之所以说他是你的同学，目的是要我看你的面子，面子可以看，也可以给，但他梦想在此以外找地种是不行的。再说，你假托他是你的同学，说明你心里对我还有忌惮，是因为还顾虑到我于大哥……他在不知谁的鼓动下举杯喝了一口，长舒一息，脑子重又开始千回百转地思索、谋划……可是，过了不一会儿，他发现刘玉振站了起来，怎么，是不是脸上挂不住要溜？真要走了，却是天意。一是自认晦气服输，二是晾了县长的台。你连县长的台也敢晾，那就让县长看看，你的这位"同学"岂不是狂妄至极吗？

林以得正自暗喜，又是出他意料，刘玉振不但没走，反而摸起桌上的香烟盒拆开了。他走下座位，凡是会吸烟的人手一支。分发已毕，又摸起打火机笑嘻嘻地挨个儿给人点着。林以得心想，服输了，这是打心里服输了。这叫圆场，这叫调节气氛，这叫自寻台阶。这小子能伸能

110

屈，还真有度量呢。正然心中猜度，刘玉振已经到了他的面前，他手指扶着叼在唇边的香烟，斜眼笑了笑，有点儿不好意思地朝打火机的光焰凑上去。可是，也就在他的香烟头似沾未触光焰的一瞬间，刘玉振却佯作不在意的样子，叭一声将火熄灭了。就像刚才刘玉振的处境一样，林以得手拈香烟，没点着却又不便立即取下，手烟唇撮在一起，颤颤动动，让人想起一种什么玩意儿的模样。

刘玉振回到自己位上，摇摇打火机滑稽地冲林以得一抱拳说："你说巧不巧，没气了！"

人们齐声大笑，祢清也跟着笑。不过，他已清楚地看到这二人是在斗法。斗就斗吧，酒场上这种情况多着呢。认真计较，有个完吗？

林以得一脸尴尬，虽然也笑，可若非自制力强，就要哭出来了。他没想到刘玉振脑子转得这么快，没想到他以牙还牙而且手段相同。他再也想不出对付的办法，毕竟是在县里有名分的人，况且此时又有县长守着，他只好忍了。

不忍又怎么办，总不能撕破脸皮大打出手吧。可是，人们仍旧在笑，在乐，其他席上的人也开始打听这里的始末根由了。这种局面延续下去，他林以得非得羞死不可。他已明显感到自己心律不齐，但又不能猝然离席。

林以得后悔了，后悔自己的失策，为什么偏要在这时候惹这么一个人呢？如今倒好，被他报复了一顿，还让县长瞧了热闹。这真是人无远虑必有近忧，小不忍则乱大谋啊。林以得毕竟是老于世故，毕竟是官场老手，既然锅子漏了，就得把它补上。林以得是不乏补锅之术的，他开始观察自己的部下，想寻找一个出来扔炸弹的。其他席上的人没有指望，面前席上这三个——两个副厂长，一个会计。李大头肯定不行，那是个落井下石的主儿，不会出来力挽狂澜。会计是女的，年轻又老实，林以得压根就没指望她。哦，还有老厂长——那位过去曾为厂长现为副厂长的老张，可是，老张头也不抬，不看别人，只看桌上的菜，一双筷子抢遍全席，只拣最好享用的夹。那贪婪的样子，就像吃了这回没下回似的。

　　林以得终于低下头，心中隐隐涌出一种不祥的感觉。大黄狗从旁踱过来，舐舐他放在腿上的手，友好地朝他摇着尾巴。他极厌恶地蹬它一脚，黄狗大惑不解地看了他一眼，讪讪地躲到一边去了。林以得脑子耳朵同时轰鸣，看席上所有的人都那么遥远而朦胧，他赶忙眯上眼睛休息，努力控制住情绪。他自知有个毛病，犯起来头晕耳鸣，天旋地转，就像走到人生末日一般。

　　不知在什么时候，也不知林以得的眼睛眯了多久，忽然间他听到李大头惊惶而又含混不清地叫喊："咦咦，牙，我的牙……大黄狗，妈的!"接着是碰到板凳桌椅的声音。他忙睁开眼，只见席面已经乱了，有嚷的，有骂的，也有朗声大笑的。大黄狗夹了尾巴逃出去，像是惹了大祸。在它后边，有人追，有人喊，还有的拍着巴掌唬它快跑。眼见得李大头跑在别人前边，扯着嗓子咋呼："截住它，截住它，我的牙……让它叼跑了!"乱哄哄有五六人，在外边的黑夜中追狗捉狗，拼死为李大头夺牙。

　　祢清先是一惊，待到弄清事情原委，乐得前仰后合。

　　原来，李大头只顾乐，似乎是一走神，竟将一块肉骨连同活动了的假牙吐在地上，未及俯身去捡，贪吃的大黄狗便蹿上来一口叼住了。大头一喊，惊动了酒席上的人们，局面一乱，正好借机收摊。并且今后几天，"狗叼假牙"的趣闻，必将代替林以得席间被涮一事而成为人们谈笑议论的重点。

　　林以得暗暗想道：还是大头有办法，一个小招儿，解了围啦。他很感激大头，想到前两天还想用送饿狗的办法把大头"送"出去，觉得对不起他。

26

　　早晨上班后，祢清批阅了几份文件，考虑再没有什么要紧事，就招呼小程叫车，说要去开发区看看。由于最近一直忙于三秋工作，他有半个多月没去开发区了。他想着开发区，惦着开发区，开发区是他的希望、他的理想、他内心深处一种难以言述的美好寄托。虽然相隔半个月，他却感到已有很长很长时间了。

　　祢清的小车出了县城西关，不大会儿就到了开发区内。他让司机开着车子东南西北转了一遭后，才向开发区管委会的住址驶去。车子停在管委会门前时，小芮已在台阶下等他，他打着哈哈与小芮握握手，问她怎么知道自己来的，小芮轻轻一笑，说是早看见他的车了。

　　为了加强开发区的领导力量，县里从各乡抽调了一些得力干部，出于文字和公关方面的考虑，负责开发区工作的副县长康明提议从李庄乡调小芮担任办公室主任，祢清的心里似乎有什么东西动了动，但最终还是答应了。

　　几年前，十多位专门从事区域经济研究的科学家路经平南，察看了平南的地理位置和资源情况后，建议县里设置开发区。县里采纳了科学家们的建议，当年即在城西拓展了一处开发区。由于当时县里只开发不建设，完全寄希望于资金投入，所以几年来开发区里除却几家苟延残喘的小型制造企业外，只有一些饭庄商店类。由于经营不善，到去年下半年，饭庄商店又倒闭了好几家。

　　县属企业大拍卖之后，两千万资金一下注入进去，恰如久旱的庄稼浇上了水，开发区内很快就生机盎然了。交通局首试身手，一纵一横两条笔直宽阔的柏油路旬月之间就出现在开发区内。紧接着电信局、电业局、传输局、公路局相继"杀"来，架电线，埋电缆，安置排水管、排污管、天然气、自来水的预设管道等先期工作迅速展开。县里又及时制定了许多有关开发区的优惠政策，并在媒体上大力宣传，很快便引得许多外地人对这里刮目相看。

如今的商人，眼睫毛都是空的，看到平南县真要拿着开发区当回事了，两个月内竟然就有十多家外地客商前来洽谈投资，量虽不大，却也能积少成多。捷足先登的是市里一家房地产开发商，他看到了这里面的未来市场，立即注入大量资金，以让人目瞪口呆的速度，在定为生活区的北侧迅速搞起两处小区建设。小区之间又独出心裁，搞了几处绿地景观。这些虽然尚未成型，但只看工地前那通天挂地的巨型广告画，便足以使人赏心悦目、心旷神怡。开发区的建设带动了本县的第二、第三产业，砖瓦制造、建筑安装、公路运输、餐饮服务等重新焕发生机，许多下岗工人终于有了再就业的机会。

从管委会小楼的窗子望出去，开发区内的升腾景象更是尽收眼底。祢清兴奋异常，连说平南县的经济建设大有希望。他喝了杯茶水，就招呼小程准备回机关去。小程答应着下楼去了，办公室里只剩了小芮和他，他像想起什么似的赶紧立起身，刚要走，小芮却凑上来甜甜地叫了声祢县长，脸蛋红红地立在了他面前，一副欲言又止的样子。祢清一愣神，小芮的手搭上了他的胳膊，边抚摸边悄悄地说："祢县长，你以后能经常来吗？"

祢清毫不犹豫地说："当然。"

小芮双眼望定了祢清："那么我可以经常去看你吗？"

"可以呀。"

小芮很高兴，因为自从见了祢清，他在她的眼里几乎就是完美无缺的了。她在祢清身上看到了一种秋天的成熟，一种个性的均衡，一种隐含于心的睿智、大气，当然还有一般男人所不具备的帅气。她清楚地认识到，祢清这个人于诚实中多一分机敏，坦荡中多一分谨慎，从无肤浅的得意，更无无聊的激愤。他有着敏感的灵魂、精致的生活追求，是个高雅大方且对人生抱有严肃态度的男人。她是个追求完美的女人，祢清的志行高洁与才识闳通映衬出的器局渊深和见识明快，令她神往，让她着迷，有时甚至弄得她夜不能寐。祢清把她调到开发区来让她欣喜异常，她认为这是年轻县长的无心插柳——迟早会柳成荫。今天听祢清口气恳切毫无暧昧，这就更坚定了她的信心，她要和刘洁争一争，尽管她知道县长很爱自己的夫人。小芮那长长的睫毛在轻轻地抖动，口中喃喃道："这就有希望了，有希望了……"

祢清当然明白话中含义。说真话，他挺喜欢小芮，特别是眼前，对方的小手抚弄着他的胳膊，身子稍稍向前倾着，一股少女特有的温馨香气氤氲而至，四目相对，两心怦然，他真有点儿把持不住了。他很想借势将小芮搂进怀里，哪怕是轻轻地亲吻一下呢——然而，理智终于羁押了情感，他赶紧调整气氛，转移了话题。他不失分寸地拍拍对方的手背说："小芮，我还有点儿事求你帮忙呢。"

"说吧！"小芮收回手去，脸上现出一副理应效劳的神色。

祢清一指北边："我想在这里买一套住房，把父母接来同住。"

"这好办，"小芮大包大揽，"让他们给留一套好楼层的就是了。"

"拜托，拜托。"祢清双手一举，开玩笑朝小芮作了个揖。

祢清回到办公室里，一边喝着茶水，一边翻看小程放在桌上的一份东西。这是刘玉振以利源集团的名义写的申请报告，提出要求，他要兼并工业联合厂。这虽然与深化企业改革异曲同工，祢清还是颇费踌躇。踌躇的原因很清楚，林以得背后有个于副市长，虽说"县官不如现管"，可毕竟那是于副市长，是自己的老上级、大恩人，自己毕竟不是生活在真空里呀。况且，那晚他已看出，林以得对刘玉振并不友好且存戒备，否则，就不会发生那令人捧腹的"狗牙"闹剧了。想到那晚的情景，祢清忍俊不禁，接连笑出声来。隔壁新来的值班秘书听到他的笑声，以为县长这里来了客人，三步并作两步走进他的办公室。秘书见县

115

长坐在桌后独自傻笑，弄不清原因，又不敢问，也是急中生智，将祢清那杯刚刚闷透恰好润喉的清茶端起走到洗手池边，倾出一半，又给他续上开水。待祢清发现对方"企图"，为时已晚，他只好不无遗憾地望望茶水，又看着还算机灵的值班秘书说："你真有眼色，快去把小程叫来。"

值班秘书听到吩咐，如逢大赦，反身拔腿跑出去了。转眼间又以同样的速度跑回来，说是程秘书到楼下送客人去了。

祢清点点头，起身走到窗前，果然，小程正在大门口和一个人握手道别。

祢清重新回到座位上，看完刘玉振的申请报告后提笔在上面写了一行字：贪财不可无度，得意不可忘形，骄傲不能自满，登高莫忘止步。

挑选小程作为随身秘书，很偶然，也很正确。

祢清在机关里工作多年，可谓识多见广了。他深知一个随身秘书对于一个领导者的重要性，所以在选择随身秘书这件事上是慎而又慎的。阎王好说，小鬼难搪。祢清有着感同身受的体验，所以最初他并不说定谁为自己的随身秘书，只是现用现叫。这期间，他和小程虽然也有接触，但是不多，只对这个有真才实学而不务虚名的小伙子印象不错。他了解到小程毕业于北京某大学的管理系，女朋友叫秦娜，是台北的，两人同级不同班。秦娜毕业后回到台北继续读研究生，小程则回到县里安排到县政府办公室工作。他们经常通电话，经常在网络上叙情，别看相隔千山万水经年不见，但他们的爱情却是牢不可破。县机关的小青年们每当谈起他们这对"情痴"，无不敬佩有加。

有一天，县政府领导和办公室人员合开生活会，领导人当然依旧坐在上首，每人守着一杯茶。办公室人员分坐周围，每人也守着一杯茶。喝茶，就得往杯子里续水，这活自然又是办公室人员的。祢清无意中注意到这样一个情形，但凡上来续水的人，都是先给领导人的茶杯里续，即使领导人的杯子满着，对方也要履行手续般提起暖瓶，按照官职大小，极有章程地朝里边点一下，全部领导人一一"点"完，这才往自己杯子里倒。唯有这个小程，上来后先给自己杯里续满，然后才睃巡上下，无论距离远近，不管职务高低，谁的杯子欠了，就给谁续一下。祢清心里一阵愉悦：这就叫自然天成，这就叫不卑不亢，这就是真诚的表现。他忽然想起老主任鼓吹的"茶以人论"，不禁暗暗佩服那老头有学问。也就从那天起，他决定让小程跟随他。

过了一会儿，小程来到他的办公室，祢清把刘玉振的申请书递给他，让他转给刘玉振，说县里原则上同意他的申请，但有两点：一是说明利源集团兼并工联厂的理由与优势；二是沉住气，不要急于求成。并嘱咐说让刘玉振好好看看上面那四句话。小程在本子上记了几笔，起身要走，祢清信口问了他一句："刚才你送谁?"

"梁云。"小程顿了一下，似乎有些后悔。

"梁云? 来向你致谢了?"

其实，梁云今番来此，还是为了打官司的事找他。梁云把梁三子家中黑夜被劫的经过讲了一遍，从劫匪抢走病历信件看来，梁云判定这次劫案肯定与梁金远有关，他们准备越过县法院直接到市中级法院上告。如果中级法院判决不公，他们就去省高级人民法院。梁三子人虽耿直，只是文化水平太低，遇事不能三思，所以他决定和三子同舟共济。他这次来县城，是就梁三子家黑夜被劫向公安局报案，同时兼找小程，想请小程推荐个律师，如能再从人际关系上帮帮忙就更好。梁云看起来很有信心，他说他不相信当今天下没有说理的地方。梁云还说，倘若真不行了，大不了采取非常手段。问他非常手段指什么，梁云摇头不说。前些日子为梁云一事，小程找了祢县长，差点儿给县长招来大祸。这次梁云找来，小程就不想再次把县长挂上。他给梁云推荐了一位很负责任的律师，又资助了梁云一些钱，就把他打发走了。

听了小程的述说，祢清皱起了眉头。他很有些责怪小程的意思，因为若非他无意问了那么一句，这些情况小程也就不向他汇报了。他心里想着，不料脱口说出来这么句话："小程啊，你真是白白跟了我几个月。"

小程惶惶然低垂了头："县长，县里的事千头万绪，我不忍心你为一些小事再劳神费心。再说，这梁金远是有背景的人，他的把兄弟又是咱县里的人头林以得，就说那个联谊花园酒店吧，也是他们两人合伙开的。还有，他们手下有一帮人，不好惹。"

"哦?"祢清一侧头，"我正想和你商量，晚上能否陪我到联谊花园走一趟?"

小程莫名其妙地看着祢清问："去那里干吗?"

"我记得你曾经谈起过那地方，特别是酒店南边的铁门小院里，好像挺神秘的。还有，上次我们见到梁三子时，他提到的那桩案子一直装在我心里。加之天生又有好奇心，就想到那里亲身体验一下。怎么，不行吗?"

"你想微服私访?"

祢清叹了口气："在这个信息化时代里，天天在电视镜头上晃，形象已经深深印在人们心里，你微服私访也不容易。不过，我觉得为了弄清真相，给老百姓一个说法，有时倒可以试试这种千百年来被人们当作传奇的办法。"

小程告诉祢清，说只要住进联谊酒店，晚上必有"情况"发生。祢清说："如果没有情况发生我还不去呢。"见小程纳闷，祢清取出一张漂亮的女人照说："你还记得梁三子提到过的那个由李家屯派出所邱所长一手制造的冤案吗？这就是那个正在联谊酒店打工的直接受害人刘玲玲。从李家屯回来后，我就让刘洁通过户籍科提取了这张照片。今晚，即使机关算尽，也要想办法找到这个刘玲玲。"

小程犹豫了半天，唏嘘道："县长的意思我明白了，你确实是在微服私访体察民情。不过你最好还是别去，联谊大酒店是个花花世界。"

祢清抿嘴一乐："缺乏自信心了?"

"万一你出点儿事咋办?"小程仍是心有余悸。

"我出事?"祢清终于哈哈大笑了，"想越轨出事的话，一百次也出了。"

小程如释重负地长出了一口气："我明白你的意思了，不过，你去那地方得化化装，无论如何不能让人认出你是县长。"

祢清恍然醒悟："对，是得化装，可是，哪里找化妆师去？"

小程低头想了想，胸有成竹了："放心吧，我来给你化装。实话相告，因为长相可以，学生时期班里逼我参加校文艺队。可我天生没有文艺细胞，半年后还是上不了台，美术老师点着我的脑门说，可惜了的个人儿，学化妆吧。于是，我就把这门艺术学到手了。"

祢清乐不可支："哟嗬，没想到这平南县政府还是个藏龙卧虎之地呢。"

红日西落，暮色四合，天地间的光亮刚刚消失，城外城的街旁馆铺里就已灯红酒绿了。联谊大酒店总是先人一步，提前营业，大理石台阶擦得锃光闪亮，服务人员各就各位，随时准备接待前来食宿玩乐的顾客。

在女招待莺声燕语的招呼声中，一位二十几岁的青年人胳肢窝里夹着皮包走进酒店，他身后是位留短须戴墨镜头顶凉帽的中年人。柜台里的值班女人心明眼亮，当即断定来者不俗，前边的必是秘书或跟班，后边那位健壮挺拔潇洒倜傥的中年人是位款爷。她赶忙稍稍探身道："先生您好！"

"您好！"前边的青年人操着一口纯正的普通话说，"请问贵店还有房间吗？"

值班女人一迭声道："有有有，请问先生需要什么标准的？"

青年人仰仰脸说："一间高档的，一间普通的。"

女人查看了房间情况，眉飞色舞地说："很好，三楼有个总统套房，隔壁是个豪华单间，您看行吗？"

青年人望了望进来后就坐在大厅沙发上的中年人："好，就这么定了吧。"

值班女人取出住宿登记簿："先生，请出示一下您的证件。"

青年人取出身份证递过去，值班女人"咦"了一声道："是北京来的客人呀，请问您二位打算住几天？"

青年人解释说他们是来此地考察投资情况的，因为下车晚了来不及进城，暂时在这里住一夜，如果条件令人满意的话，明晚再续。值班女人嘻嘻一笑："满意，保证令二位满意，你们就放心吧，我们的服务在平南境内是绝对一流的。"

青年人也笑了："这就好，这就好。"

手续很快办完，二人在服务员的引领下上了三楼，进了房间。中年人关了房门跌坐在沙发上笑得直打嗝："我说小程，你这不是很会演戏吗？"

小程一反刚才的伶俐乖滑，神色腼腆地说："祢县长，光这几句话我演习了一下午。真要让我临场发挥，说不定就砸锅了。"

"行行行，"祢清摸摸自己的胡子，"可是，你从哪里搞到北京的证件呢？"

小程掏出身份证递给祢清说："这还是在学校时办的，至今仍用着。"

祢清长长地"哦"了一下："原来如此啊，她一说要证件，我当时还真有点儿着急呢。万一露了馅，咱俩可就是画虎不成反类犬了。"

小程没再说话，他开始上上下下里里外外地检查着床的周围，就连电视机、房顶灯和自动烟火报警器也查了一遍。那种严谨细致的样子，就像一个奉命取证或搜查赃物的警察。祢清问他为何如此，小程沉吟片刻后告诉祢清，说现在有些宾馆饭店为了讹诈顾客，在隐蔽处往往安有摄像头，一旦弄到有权势或有钱财的顾客的隐私，就会以此进行敲诈勒索。祢清暗暗点头，因为他虽然此番来到这里并非要干什么出格的事，但身份的保密还是很必要的。否则，县长到酒店宾馆开房间的消息传出去，必会引起一场轩然大波。

查一个摄像头在文理兼通的大学生来说算不得难题，不大会儿，小程停止检查，立在祢清跟前轻声说没问题。祢清笑笑说："你不检查一下自己的房间吗？"小程摇摇头，说自己的档次还不够引起别人的注意，即使有人认出也没问题，因为县委县政府的工作人员经常接待外地客人，在一家较为高档的酒店开个房间是很正常的。

祢清和小程并没到联谊酒店的餐厅吃晚饭，他们走出店门，下了台阶，装作闲庭信步的样子在街上走了个来回，然后就径直走进斜对过的那家小饭馆。大约与联谊酒店挨靠太近，小饭馆的生意显得有些冷清，顾客也多是低档次消费，一般几个人要上两个菜一个汤二斤饺子，至多再来几瓶啤酒，喝不足却能吃饱了。祢清二人进来时，临窗的那个餐桌刚好倒出来，服务员一边收拾桌面，一边招呼他们坐下。说真的，祢清这霎很想喝酒，喝白酒，可想到此行的目的，还是让小程点了两个菜四瓶啤酒，另加四个小火烧。

坐在窗前的祢清不时地看着斜对过的红铁门，不时地低声向小程询问着什么。就在他们吃喝的间隙里，那扇铁门时开时关，不断有人走进去却不见走出来。一辆桑塔纳轿车特别引起了他们的注意，车到门前停下了，车门开处，只见林以得和身着便服的李家屯派出所的邱所长从车里钻出来，说说笑笑地走进门去。

祢清侧脸望望小程："哎？这个铁门里边的院子有多大？"

小程摇摇头："据说这是林以得在酒店后边建的闲宅，平时铁门紧闭，没法弄清里边的情况。但是听县政府办公室里一个老办事员提起过，他一个表兄当初承包的这个活，说闲宅和他们的酒店有个挺隐蔽的小门通着。至于为何这么做，谁也弄不明白。"

祢清意味深长地嗯了一声："一定是另有所用了。"

祢清和小程回到联谊大酒店时，站在柜台里的大堂女经理笑盈盈地向他们打招呼，问他们为什么不在本店餐厅用晚饭。小程说他的董事长有个特点，每到一地总要先尝尝当地的风味小吃。女经理点头称赞，连说"好习惯，好习惯"。

27

晚上九点多，房间里的电话响了，祢清拿起话筒刚刚"喂"了一声，里边就传出那位大堂女经理明显变腔的轻柔之声："董事长先生，请问您需要服务吗？"

祢清心中暗忖，果然是要发生"情况"了。他用标准的南方口音回道："可以啊，请讲讲你们的服务内容，我会选择的。"

"搓澡、推油、推坡、踩背……样样俱全啊！"女经理一口气说了许多令祢清莫名其妙的行话，这倒把祢清难住了，他一时不知如何回答是好。不过，祢清到底是祢清，他稍一沉吟就有了主意，立即装作内行地回答："呵呵，谢谢，服务确实够周到的，不过，我有个要求，必须是高档次的小姐。我说的高档次，不仅仅是指长得漂亮，你明白吗？"

电话里沉默片刻后响起谨慎的询问："先生，我知道您是从大城市来的，眼光高，这高档次您能说得具体一点吗？"

祢清故意抻了抻说："讲明白点儿，得才貌双全啦，腹有诗书——方可气自华嘛。"

电话里响起女经理嘻嘻的笑声："也算先生您有艳福，实不相瞒，我们这里有个女大学生，不光文化层次高，长得更是花容月貌。不过，不过价位很高啊。"

祢清再次抻了一会儿，回道："无妨啊，只要能满足我的要求，钱是不成问题的啦。如果真的让人开心，经理您那里我也会略具薄酬的。"

"好的，到时保证让先生心满意足。至于短打还是包夜，由先生您自己决定。但她现在正有活，晚十点才能到位，行吗？"

"可以，你能告诉我她的名字吗？"祢清话一出口就有点儿后悔，因为凡是做这一行当的女人，她们基本上是没有名字的。他怕对方听出破绽，忙改口道，"算了算了，有名无名都是同样，我只是顺口问一句的啦。"

果然，大堂女经理抻了半晌没作声，末了才轻轻地说："先生，叫她茉莉花吧。"

"好的，好的。"祢清放下电话，不由心里一阵狂跳。他起身在房间内走来走去，脑子里忽然产生了一种犯罪感，此刻他甚至有点儿后悔，一县之长啊！怎么能这么做？他掏出手机拨通了小程电话，问他那边有无情况，小程回答说自己早将电话插销拔了。

祢清坐回到沙发上，沉下心来，仔细推敲着见到这位高档次小姐后的每一个细节。这事的确很难，既不能露出破绽，还不能做得太过，既要了解到事情的真相，还要保证自己不能出格。于无声处听惊雷，不容易，绝对不容易。年轻的县长啊，为了正义之剑能够高高举起，你可谓煞费苦心。然而，你毕竟是个周身充满青春活力的青年，毕竟将要面对的是个已经堕入风月场的女孩，一切知识女性所应具有的矜持和含蓄在她来说可能早就丧失殆尽，她会用这个行当里的柔情蜜意和极富性感的身体引诱你，抓住你，得到你的人和你的钱。你能熬得过吗？你能把持得住吗？一旦失脚落水，你就将再也不是现在的祢清，再也不是那个苦孩子出身并从小就下定决心以国为重、以民为本、不贪不腐不随邪的清官了。这样的话，你会丢了良知，失了人格，一生中，你的内心会遭受到无情的谴责。

祢清打开电视，荧屏上显出一个硕大的舞台，在光怪陆离的灯光映衬下，在咣咣嚓嚓的音乐声中，一群少男少女在拼命地摇头甩臀，似乎要将心中的积愤竭力地向外发泄。祢清并不是保守的人，他欣赏也顺从艺术的多样化，侧卧在沙发上的身子不由自主地跟着乐声颤动，一只手轻轻摇摆，做着各种合乎舞蹈节拍的动作。那种如痴如醉的情态，似乎自己的身体和情感在这瞬间也融入其中了。

房门被轻轻敲响，祢清关了电视起身走到门口问："哪一位？"

门外响起怯怯的回答声："是我，茉莉花。先生，请问现在可以进屋吗？"

祢清感到心中一颤，他没说话，而是迅速拉开房门，与此同时，他的眼睛豁然一亮。来的正是刘玲玲，虽然衣着打扮与照片上判若两人，但那眉眼口鼻是改变不了的。刘玲玲不像一般小姐那样穿着裸露，在这已近仲夏的季节里，依旧长裙短衫，平底鞋白丝袜。一头披肩长发黑亮顺畅，既像山间小溪的潺潺流水，又似川中的薄瀑绵绵而泻。脸上不施粉黛，全凭着一股自然天成的娇美让人魂颠神往。祢清终于明白了什么叫"美在自然中"，终于明白了为什么"忽逢颜如玉，和尚也跳墙"。

祢清重新坐回到沙发上，刘玲玲当庭而立，很有礼貌地鞠了个躬，表情平静地说："先生，我是被酒店安排为您服务的，按照我们的规定，只要您提出要求，凡是力所能及的事情我都会竭力做好。因为本人年轻并且出道不久，如有疏漏或不周之处，还请先生见谅。"说完这些例行的客套话，没容祢清表示什么，她就脱掉上衣，褪去长裙，露出一身洁如凝脂的雪肤，换上拖鞋款款地走进浴室去了。

浴室里响起哗哗的放水声，大约五分钟后，刘玲玲走出浴室，来到祢清面前，仍旧鞠个躬说："先生，水已放足，水温适合，咱们先从搓澡开始，好吗？"

看着面前洁白细腻的肌肤，祢清有点儿发蒙。大约一分钟后，他开始喘气加粗，身上心中同时有股奇痒难耐的感觉，这感觉越来越浓，越来越重，如非有着常人难以企及的毅力，一个正是春情勃发的男子无论如何也控制不了心猿意马。他慌忙低下头，闭上眼，调息凝气，情绪终于渐渐平复了。他依然用地道的南方话说："小姐，实话相告，本人不是来寻欢作乐的，请你马上穿好衣服，坐在我的对面和我聊聊天，即使没有你所说的什么服务项目，我也会照单付钱的，好吗？"

"先生这是……"刘玲玲明显大惑不解。

祢清礼貌地伸手指指对面沙发说："从这一刻开始，我不再叫您小姐，而是称您女士。茉莉花女士，请您按照我的要求做。"

刘玲玲迟疑了一会儿，最终还是穿好衣服坐在对面沙发上。漂亮的眼睛在祢清身上扫来扫去，好像要竭力弄明白对方意欲为何。显然，她从未经历过这样的场面，更没遇到过如此见色不淫的嫖客。从那迷惘惶惑的眼神里可以看出，意外之余，她还有些害怕。

"是这样，"祢清给刘玲玲送上一杯茶重又坐在沙发上说，"实话告诉你，我呢，不是生意人，而是一个作家，我之所以来到此地，是为了写一部小城生活的长篇小说。小城也是城，也有城市人的生活环境和生活色彩，而我小说中的主人公之一就是像女士您这样沦落风尘的妙龄少女，我想请您详细讲讲自己走上这条路的经历。当然，我不问您的真名实姓，也不会在作品中透露这座小城的名字，在这部小说中，这位沦落风尘的少女就是我，明白吗，我是要以第一人称写。所以说，您务必不要有顾虑，有什么就说什么，为了答谢您的帮助，规定之外我会给您额外的酬金。但有一条，不许和任何人提起这事，行吗？"

灯光下，忧思悲恐与惊惧惶悚在刘玲玲的脸上交替闪现，很明显她是有顾虑，押了大约五分钟也可能是十分钟，她才迟迟疑疑地问："先生，你真是作家？"

"这还有假？"

"那么请问，什么是文学？"

祢清顺口答道："文学就是人学呗。"

"那么再请问，文学就是人学这句是谁说的？"

好厉害的玲玲，祢清打了个愣但立即回道："是高尔基说的呀。"

刘玲玲点点头："那么我还想问，文学写作的主旨是什么？"

祢清暗暗庆幸自己对文学曾经有所涉猎，因为对方这一问并不是所有文化人都能回答得了的。他稍加思索慢慢说道："依我的理解，应该是写人生、人情、人性吧？"

刘玲玲朝祢清认真地审视了一会儿："看来，你的确是作家。"

祢清下意识地咧了咧嘴，心想我可是冒牌货呀。他怕刘玲玲再提出更深奥的文学话题而使自己尴尬，忙以攻为守地说："看来，女士您的文学造诣不浅啊。请问您有如此学识，怎么会走上这条路呢？"

两行清泪像断线的珠子顺着刘玲玲的脸颊哗哗地流下来。未曾开口，这个不幸的大学生就已哽咽不止了……

盛夏酷暑，母亲吩咐回来度假的大学生刘玲玲到村东玉米地里摘豆角。豆角加鸡蛋炒卤子，中午全家吃凉面条。

棒子地里带上几垄豆角，是这方农家的老习惯。农历七月，棒子甩缨，豆棵也蹿足了个儿。今年雨水充足，棵上挂的豆角极多，顺着垄眼望去，近些年才时兴的新品种"笊篱头"上一嘟噜一串，煞是喜人。那筷子粗细的豆角又长又嫩，蒸炒凉拌，可口得很。玲玲哈腰顺垄，只拣细的嫩的摘，没到地头，手里便有一大掐了。她拽根草秧子将豆角捆好，正要继续往下摘，身边不远处忽然响起鬼一样的嬉笑声。正当午，田野里杳无人迹，这突如其来的声响把玲玲吓呆了，她心跳加速，脸色发白，双腿沉重如铁。她竭力控制住情绪，尽量喘气匀一些，再匀一些，好不容易稳住心神，刚刚转身迈出两步，又蓦地停住。只见身侧忽地立起一个人来，粗壮高大，浑身赤裸，玲玲刚刚看清是梁老四，那个赤裸的身子就蹿上来将她扑倒了。玲玲毫无戒备，更无反抗的能力，只喊了声救命，嘴就被一把乱草给堵上了。

畦背宽宽，棒棵林立，整块地亩所呈现的是一种稠密的青葱氛围。置身此间，无论发生了什么事，如非刻意寻找，断难发现。玲玲昏昏沉沉地躺倒在青纱帐内，跌仆之时，上衣被棒秸扯破，洁白的躯体裸露大半，衬以坚挺秀美的乳峰，香山玉丘般展示在天地之间。奇异而温馨的花朵最易招蜂引蝶，当然也是魑魅魍魉的享乐之所。

意识蒙眬中的玲玲感到跌进了一道深深的峡谷。谷中有草有花，有石有树，花草树木给她以清凉馨香，石碴子则不顾情面地硌疼了她的肌肤。她想用手在身下拨拉一下，但手臂僵直而生硬，像是给藤葛乱草缚住了。她要坐起来，更办不到，身子牢牢地粘在地上，好似有人在她和

126

地皮之间涂了鳔。她焦急，她惶惑，一种巨大的潜意识里的恐惧感不期而至了。

峡谷里开始刮风，花草树木全都哗啦啦地响，地上的石碴子被什么突兀而临的怪物踢得飞向半空，怪物开始走上来抚摸她、搬动她，她想反抗，想爬起来逃跑，但是绝对办不到，因为接下来她的身子就被一股巨大的力量紧紧压住，并以令她窒息的沉重极快地下坠着，下坠着。她想嚷，想喊，想求助于想象中的某个人，但张大了嘴却叫不出声。虽是昏沉晕厥，凭着本能她也意识到发生了什么。她难以忍受，也只能忍受。刹那间，身心俱损地跌入了比峡谷更深更大更让她惊恐莫名的深渊。她仍旧奋力挣扎，最大可能地活动着身子，像在梦魇中极力摆脱神秘可怕的桎梏一样，手脚并用地往一边爬——似乎终于爬出了灾难的深渊。这时，一丝不知来自何处的亮光照在她的脸上，若隐若现，她刚要试图坐起来，面前就被一团黑影罩住，一个满是沤臭气的东西在乍明犹暗中死死贴在她的脸上、唇上，一切又如刚才那样重复着了……她被挟制地喘不过气来，憋闷难耐中拼命呼出一口气，终于睁开了眼。这时的玲玲才相当清楚地看到，眼前所面对的是一张淫荡贪婪且疙瘩溜秋的脸，一具赤条条沉重肮脏的躯体紧紧压住自己，而自己竟也是赤条条一丝不挂。羞愧和愤恨交替而至，她只来得及看了一眼面前那个不停耸动着的肩头，就啊的一声再次晕厥……

当衣衫破碎失魂落魄的刘玲玲躲躲闪闪回到家里时，全家人马上就明白发生了什么。

尽管房间里灯光不亮，可也明显看出祢清的白脸已是铁青色。

"你报案了吗?"祢清鼻音沉重地问。

"我当时已经完全吓傻了，因为遭到强暴，走路都有些困难，是我哥哥去派出所报的案。那个邱所长开始还挺认真，可听说牵扯到梁金远，马上就沉吟起来。他让我哥哥先回家，声称他马上着手调查解决。"

"这个邱所长履行自己的承诺了吗?"

127

"过了三天还没信儿，我哥哥又去派出所找，不想邱所长变了嘴脸，说：'经过调查核证，你妹妹和梁老四的事是她自愿的。'我哥哥一时气得说不上话来，这个邱所长见机就对我哥哥连劝带压，说：'这也不是多么露脸的事，传出去后谁还拿你妹妹当个人啊？如果传到学校去，也会成为学生们课余时间的笑料，不如大事化小，小事化了。'由他出面，让梁家暗地里赔情道歉再给点儿经济补偿算了。我哥哥说这不行，邱所长想了半天，说一个说通奸，一个说强奸，如今现场已经破坏了，取证也没处着手，毫无办法。"

"怎么不能取证，你的衣物身体就是证明啊！"

"唉！都怨我，当时恶心死了，下午就浑身上下洗了个遍，连内衣内裤也洗了，真的没法取证了呢。"

"就这么不了了之？"

"如果是这样倒还好了呢，邱所长是个孬种，他给我哥哥出主意，让他将梁老四揍一顿出出气。我哥哥是个老实人，听信了他的话，果真把梁老四堵在僻静处狠打了一顿。不料，第二天邱所长就带人来到我家，说梁老四的骨头给打折了，我哥哥要负刑事责任，先拘役后逮捕，很快就判了刑，还罚我们赔偿医疗费、误工费、精神损失费一万元。"

祢清叹了口气："圈套，一切都是圈套。"

"先生您说得没错，"刘玲玲用面巾纸擦了下眼泪说，"我母亲本来就有病，这一气一吓躺在床上不能动了，嫂子埋怨，侄子哭泣，对方三天两头追要赔款。为了还债，为了维持家计，我只好向学校提出休学。有一次邱所长又来催要赔款，我求他缓一缓，说自己决定外出打工，挣了钱慢慢偿还。姓邱的一听，立即给我介绍工作，让我来这里打工，说是这里有他的熟人，待遇从优。我当时无路可走，就跟他来到这里……"

"来到后就从事这种活？"

"不，开始只让我在饭厅服务，我嫌工资低，要辞职，大堂女经理就慢慢做我的工作。说这年头挣钱要紧，不就是一个女人身子吗？这

128

时，那个邱所长隔三岔五就来催债，我走投无路，于是，于是就接了客。"刘玲玲情不自禁低下头去，说话也如同喃喃絮语了。

祢清腾地从沙发上坐直了身子说："你是自甘堕落！"

刘玲玲沉默片刻，抬起头，所答非所问地说："先生，您在雨天里走过路吗？"

祢清皱了下眉头："当然走过。"

"如果你的一只脚不慎陷进了水坑，拔出腿来后会有什么举动或想法？"

祢清没有回答，他只是在心里暗暗琢磨刘玲玲的话，是啊，雨天行路，如果一只脚不小心陷进了水坑，拔出来后就往往不再顾忌另一只鞋子，只想拼命赶路，拼命往水里泥里踏。他更加仔细地看了看眼前这位娇柔得有点儿让人望而生怜的女大学生，忽然想起古人的一句名言：红颜多薄命，恶少常封侯。

"你们干这一行的有多少人？"

"我也弄不清，有时多，有时少，但总是送旧迎新断不了。"

祢清环视房间，似属无意地问："你们就住在这酒店里？"

"不，不，"刘玲玲迟疑了一会儿，好像终于下定决心了，"经理室里有个通道，拉开那面装修时做成的木头墙是个暗门，进暗门拐上两个弯就是酒店的后院。后院很大，可以停下几辆汽车。大院的南侧还有一道门，进门东拐一溜平房就是我们的住所。我们平时只有三两个人，轻易不会到这边来，除非像先生这样能住总统套房的客人。"

祢清明白了，原来那铁门里面是联谊酒店的后院啊。他像一般嫖客那样饶有兴味地问道："咦！这么大的酒店就你们三两个人？"

"不是的，我们是专门接待贵客的。北边还有个小套院，里面住着些来历不明的女人，有的长住，有的晚上过这边来接客，有的过几天就见不到踪影了。"

真是机关算尽，这种布局这种安排，即使公安干警来到，你在酒店里也什么都查不到。"高，实在是高！"祢清想起电影《地道战》里伪军汤司令的一句话，不禁脱口而出。刘玲玲奇怪地看着祢清，好半天才问道："先生，你什么意思？"

"呵呵，我是说你们经理会经营，真是百无一疏。"祢清故作掩饰地转而问道，"刚才谈到你们三两个人专门接待贵客，莫非只有像我这样住总统套房的才算贵客吗？"

刘玲玲摇摇头："我们接待贵客多是在后院，来的人也很神秘，言谈举止不一般，有的像是大富翁，有的看起来是干部。"

祢清认真起来："你敢肯定？"

"凭我们女人的直觉，没错。"

"你接待的客人中，有相熟的人吗？"

"我只认识这个邱所长，他每次来催债都要把我蹂躏够了才作罢。来您这里之前，我刚从他身子下挣出来洗了洗。"

祢清咬了咬牙："败类！"

此刻刘玲玲心中似乎完全没了悲伤而只剩愤恨了："败类，他们不是败类的问题，简直就不是人类。一些看起来道貌岸然的人，上床就变得像野兽一样疯狂。"

祢清看看手机上的时间快要十二点了，他从包里取出一沓钱起身递给刘玲玲："女士，请收下，这是给你的素材酬劳。"

刘玲玲接过钱抽出三张百元钞票，其余的放到茶几上说："谢谢先生，您只是让我陪聊，并没要我的身子，收三百我已经沾光不小了。谢谢，谢谢，难得遇到你这样的好人。"

祢清也不相强，只是点点头说："女士再见！"

"再见！"刘玲玲深深地鞠了个躬，慢慢退出房间去了。

房门啪地关上了，祢清从放在茶几上的一本杂志下面摸出微型录音机，不无自嘲地说："祢清呀祢清，没想到这辈子你也当了回福尔摩斯。"

祢清走进卫生间，对着镜子扯去胡须，抠掉两颧上的橡皮膏，洗掉脸上的淡淡油彩，然后打电话叫过小程。两人带上房门，悄悄下楼，用扇遮面，借着已显昏暗的大厅灯光溜出酒店，急匆匆返回城内。在县政府跟前分手时，祢清忽然想起一件事，嘱咐小程不要忘了明天上午到联谊酒店结账。

……

两天后，县公安局派了两名便衣刑警开车来到联谊酒店找刘玲玲，大堂经理看着刑警出示的警察证，直瞪着双眼好一阵不说话。直到刑警提醒她妨碍警务要被拘留时，这才吭吭哧哧打电话把刘玲玲叫过来。

28

从联谊酒店"私访"回来的当天下午，祢清就写了封长长的亲笔信，连同那台微型录音机让小程亲自送到县法院，交代他要当面交给法院院长李永哲。

小程从法院回来后，祢清问他李院长说什么了。小程说李院长看了信后捂着脑门想了半天，声言一定要认真对待这个案子，因为在此之前他已接到好几封替刘玲玲家喊冤的群众来信，只是苦于没有证据，他也不好下令复查。此番有了刘玲玲的亲述，他就有据可行，提请检察院和公安局先从当事人这里展开侦查。李院长问这微型录音机哪里来的，小程按照祢清的吩咐，说开发区一个外地投资商直接送到县政府的。

小程办完了这件事，说如果没有别的工作安排，他就去起草那份关于开发区招商引资的文件。祢清的嘴唇动了动，像要说什么。稍沉，却又挥挥手让小程走了。之后，他在屋里转来转去，似有重要事情犹豫不决。转了五六分钟，他回到座位上喝口茶水润润喉，拿起电话拨通了市中级法院刑事审判厅的一位同学。

祢清打完电话，侧身望着窗外，窗外那繁茂的梧桐树冠像一把把撑开的绿色巨伞，排列有序地矗立在县政府大院内。没有风。可是，越过树冠朝远处看，高天深处一块块散云如絮似帛，正缓慢而稳重地朝这里移动着。没有风，云彩又何以会移动？祢清疑疑惑惑，做着各种猜测。他用指头敲敲脑袋，苦笑了笑："没有风，怎么会没有风呢？只是你立身平地，感受察觉不到罢了！"

132

祢清又想起了梁三子，由梁三子又想到了梁云。他没见过梁云，只是揣摩着小伙子可能与秘书小程差不多，有文才，有学识，也有见地，只是胆子小了些。可是，兔子急了也蹬鹰，这种性格的人一旦察觉到濒临绝境时，其拼死反抗血战到底的决心、手段与能量，是相当坚定相当狠辣相当剧烈的。梁云已从三子身上体味到自己今后的处境，所以这才下决心孤注一掷地干下去。可是梁云又并非孤身一人，除了后退无路的三子外，他身后还有大批的支持者。这好比一条由很多支流汇集而成的大河，水冒了，堤软了，如果不及时理顺，就要泛滥成灾，造成严重后果。

梁云一再强调清官，这使祢清心里不是滋味。清官，清官——一个人们千百年来所企盼的。说书唱戏拉闲呱，电影电视相声小说，这是个内涵深刻的永恒主题。可是，清官到底是什么样的，谁也难以下个准确无二的结论。只是觉得清官可能是为民申冤，可能是有案必断，可能是大义灭亲，可能是一尘不染……哦，清官，这两个字是多么熟悉、多么悦耳啊。自己如今已是一县之长了，能否有把握做个清官呢？能否保证永远是个清官呢？追溯历史，还有那个流传民间盛名不衰的包青天。想到包青天，一直双眉紧蹙的祢清忽然笑了。

晚上十点，电视里播映着电影《卡桑德拉大桥》，当剧中一个小伙子抱着他的恋人，嘴里说着"还有半个小时来得及"时，坐在沙发右侧的祢清像是突然想起了什么，一歪身躺在刘洁的怀里。刘洁趁势搂住祢清的脖子，一边扑拉他的头，一边学着妈妈的口吻唱起了催眠曲。祢清嘻嘻一乐，借机将一只手插进她的怀里。刘洁挠痒难忍，咯咯咯一阵脆笑，两人揉作一团，几乎滚下了沙发。正当妙处，电话铃响了，祢清悻悻地摸起听筒："哪一位？"

电话里传过来的声音有些沙哑："是我，李永哲。睡了吗？"

"嗬，十点就睡呀，正看电影呢。"

"《卡桑德拉大桥》？"

"正确。"

"人家可是啃起来了。"

"我们也跟着啃呀。"

那边电话里传来一个并不遥远的女人的笑声，祢清听出那是县法院院长李永哲的妻子在乐。他们两家很熟，李永哲是祢清在中级法院那位同学的同学，是从政法学院毕业的。祢清在市政府办公室工作时，他的同学就经常带了李永哲两口子去他家。几年的交往，彼此沟通相互了解，所以说起话来嘴上往往就没有把门的。他刚要继续调侃，李永哲的话题已经变了："我问句实在的，你和梁家庙梁云、梁明远有什么关系？"

"亲戚关系。"祢清回答得挺干脆。

"别瞎扯了，这许多年，没听说过你在平南有什么亲戚。"

"找你告状了？"

"那个叫梁明远的黑小子几个月前就告过。"

"怎么处理的？"

"事情牵扯到于副市长的磕头兄弟，你说怎么处理？"

"唉！七股八岔。"

"是啊，我只好给民事庭垫个话，让他们相机而定。民事庭的弟兄都是活架的，三戳两糊弄，就把这案子给拖住了。"

"越糊弄越大，这回可怎么收拾吧。"

"你交个实底。"

"秉公办理呀。"

"于副市长那里……"

"都弄到黑夜打劫强奸人家老婆了，你还正市长'副'市长的？"

"小邢从市院写了信来又打电话，说是你交代……"

"得得得，我说老兄，你是不是犯傻？倘若这案子让市院直接插手，末了弄出真事来，你身为县院院长能脱其咎吗？"

对方在电话里长长地哦了一声，口气软软地说："我还糊涂着呢！"

祢清一笑："那就赶紧明白过来吧。"

"还有，你让小程送来的信和那盘录音，我已交代给刑事审判庭了。他们正和公安局合力复查此案，今天已将当事人找到并保护起来了。"

"是啊，我们必须得认真起来，再这样下去，小百姓们还有好日子过吗？"

"嗯，我也是这么想，不能光顾自己的前程，当官不为民做主，不如回家卖红薯。以往，以往我们是有些不负责任，录音机中刘玲玲的哭诉，对我是个震撼啊！"

"永哲，我建议必要时你亲自出马审理这个案子。在任一届，造福一方，咱们虽然做不到尽善尽美，但起码不能坏了良知，你说对吧？"

"唉！我何尝不这么想呢，只是现实中许许多多的缠丝麻绕的事，让你总是有心栽花花不活呀。好了，老伙计，你放心，从今天起，无论如何我也要对得起国家和人民给我的这份工资。我现在真正相信了小邢对你的评价，叫什么嬉笑怒骂皆成文章呢。"

"这也是环境逼的。"

"哎？我说，听着录音机里那位南方阔佬的余音怎么有点儿像你呀？"

"扯你的淡吧，我能到那地方去吗？好了好了，你两口子快啃吧。"

"呵呵……"

那天梁云和三子到了市中级人民法院，一位面目有些狰狞的工作人员接待了他俩。那人一声不吭地将一本登记簿递给三子，三子又转给梁云。梁云看了看，取下拴在登记簿上的圆珠笔一一填写清楚。那位接待员瞧瞧登记簿上一手隽秀漂亮的行书楷体，又上下打量着粗壮结实的梁云，好像表示这字本不应该是他写的。接待员仍是一声不吭地看完表格里的内容终于开了口，他一说话，梁云和三子都吃惊地张大了嘴巴。如此一个面目可怕的人，嗓音和口气竟是出人意料地客气、柔和。接待员让梁云和三子暂坐稍息，转身给什么人打起了电话。电话里传过来的声音很高，梁云和三子听清楚了："哦，来了？——可以，可以，你让他们直接来找我。对，直接到我办公室里来。好了，再见！"

接待员放下电话，用更加柔和的声音说："邢庭长让二位过去呢。"

"邢庭长？"两个人相互看了一眼。

"是的，"那人又将登记簿重新看了一遍，"平南，李庄乡，梁家庙。是你们，没错。邢庭长昨天嘱咐过的。"

这二人四目相对，两心生疑，可以说是掉进五里雾中了。还是梁云有主见，戳戳三子，说："既然邢庭长叫我们，我们就去吧。"其实，他哪里知道中级法院里有个什么邢庭长呢？他仔细问了去邢庭长办公室的路径，就拽了三子直奔楼上去了。

可能是职业关系，邢庭长和刚才见过的接待员一样，板着的脸像一块砖。这位坐在写字台后边的刑事审判庭庭长，面无表情地先问了梁云和三子的一般情况。在他俩分别回答的间隙里，梁云把律师代写的状子递给他，他连看也没看就放到一边了。接着，这位庭长又问他们的状告内容、事件经过，一边问，一边不时地用根圆珠笔芯在面前的小本本上圈圈画画。梁云和三子有时一个人说，有时相互补充，所问所答难免经常中断，这位庭长却也不烦躁，不发火，只是偶尔轻轻吹一下口哨。直到二人把整个过程讲完，他才把手中的笔芯放下。

邢庭长放下笔芯，这才摸起旁边的状纸，嗫着嘴唇仔细看，看到某处，轻轻点一下头；看到某处，又轻轻摇一下头。看完后抻了一会儿说："还可以。"

梁云和三子专注地看着邢庭长，不敢随便说话。

邢庭长抬起头来，像是忽然间意识到气氛的异常，板结的脸上终于有了笑意："你们甭紧张，小祢已经来过电话了。"

"小祢！什么？"三子哆嗦了一下。

"是的，小祢，我的同学，他来过电话了，他讲了你们的情况，和你俩说的基本一样。"邢庭长思索着说，"这案子呢，还得转回到你们县里，由县法院进行裁决。要是县法院的裁决你们不同意，那时再来中院上诉。这是程序，啊！程序，明白了？"

"明白是明白，可县法院他不理俺呀！"三子一听这话有点儿发急。

"这没问题，我给你们写封信带着，到县里谁也别找，只找法院李院长。"邢庭长说着已从抽屉里拿出纸笔，一边写一边说，"没问题，这回他们保证给你处理。要是有点儿一差二错，你们再来找我。反正咱们已是一回生两回熟了。"

没有任何回旋的余地，梁云也没有说任何讨价还价的话，他从邢庭长手里接过信，说了声谢谢，就拽起三子走出屋门。下了楼，出了中院大门，走出很远，梁云忽然站住问："三子，这庭长说小祢给他来过电话？"

"是呀。"

"小祢到底是干什么的，他怎么会又给写信又给打电话？"

"县政府的门卫呗。"

"你怎么认识他？"

"嗨，说来也巧，麦前到市里告状，我和他一块儿坐俺哥的车回来的。那可是个热心肠子人，一听我这案子，立马就给写了信，也是让我去找这个李院长。"

"他一个看门的，口气咋就这么大？"

"先前我也挺纳闷儿，这回算是解开了。小祢和这个邢庭长是同学，有这么个同学，他还能不跟李院长有勾干吗？"

"也对。"梁云嘟囔着说，"可是，咱们新来的县长也姓祢，会不会……"

"算了算了，这不是睁着眼说瞎话吗，县长会坐我哥哥的破车？县长会理我这个种庄稼的？县长会骑着辆破车子到咱乡里胡转悠？他是疯了，还是傻了？"三子一顿抢白，把个挺能用脑子的梁云噎得直打嗝。

是啊，若真是祢县长干的，他的随身秘书小程能不知道吗？小程知道了能不告诉我吗？梁云接着就考虑出一百条理由彻底否定了自己的想法。梁云否定了美好的，就开始考虑最糟的，他和三子叽咕，这会不会又是他们下的套子，让咱们从市里到县里，再从县里到市里来回审，审到末了，人困马乏，人家不烦咱自己先烦了。他把这顾虑和三子讲了，一向头脑简单的三子这次却没简单，不过他的理由却很简单：凡事不过三，人家小祢给写了两次信，已是仁至义尽，这第三次又给打电话，事情可就得朝好处里想了。

不过，两个人的脑子都简单了些，咋就不想想，你们来市里打官司，看门的小祢怎会知道呢？

29

真有意思，世间有些事情复杂得让你一辈子理不出个头绪，有些却简单得让你不敢相信。梁云和三子当天下午回到县里，抱着试一试的态度立即赶到县法院找到李院长。李院长看完信后也是面无表情，他问谁是原告梁明远。三子说："是我。"他问三子家里有没有电话。三子说："要有电话早就打 110 报案了。"院长又问村里有没有电话，三子说："有是有，在村主任梁金远家。"李院长动了动嘴角，说："这样吧，明天听信儿，怎么个处理法我让乡法庭派人去告诉你。"两人一听有门，悬着的心便稍稍放下。

果然，第二天上午乡法庭就派人到梁家庙找梁三子，让他下午到县法院民事审判庭去。三子立即去找梁云，两人合计着到法庭怎么说，说哪些内容。三子说："是不是先去公安局，问问他们那天报的抢劫案的破案结果。要是抢劫与梁金远有关，这官司就赢定了。"梁云说："打官司和破案是两回事，我们的目的是为了扳倒梁金远这个村霸，还是先告他打人致残一案为好。"三子本来就听梁云的，便点头称是。

其实，梁云想得很现实，法院好不容易才受理此案，如果冷不丁再加上个抢劫案，法院借口案情复杂再给拖下去可怎么办呢？

二人商议已定，立即骑车进城。中午在饭店里吃了点儿东西，下午三点一上班就迈进了法院大门。一应例行手续之后，两人很快就坐到法院接待室里。民事审判庭庭长派了自己的副手亲自询问，那法官先看了他们从市里带回来的诉状，接着开始询问。书记员奋笔疾书，生怕漏掉一个细节一个字。三子早把应该说的话反复背了五十遍，且都是亲身经历的事实，所以对答如流。询问者虽然不形于色，但从偶尔侧头、偶尔颔首看得出，他对三子的回答挺满意。

询问结束后，办案人要求三子提供证据。三子这下傻了眼，因为足够说服力的病例已被劫匪抢走，他拿什么做证据。所幸有十几个人捺着手印的证明书还在手上，他便将证明书呈上去。法官看了看，说这证明书只能算作案件过程的证明，对于原告的被伤程度不起作用，让他拿出当初受伤时的病历。三子只好以实相告，说病历被匪人夜里抢走了。出乎意外的是，法官对于抢劫一话既不关心，也不惊讶，只作没听到，反而故作迷糊地说："怎么就不好好保管呢？"梁云见三子还要强调此事，就拽了他一下接过话茬，说："病历没了，这怎么办呢？"法官露出难得的一笑，说："打破个碗呀盆的还有条纹儿呢，别说是骨头了，去医院拍张片子呀。"三子说行，就要起身。到底还是梁云想得周到，他请法庭给开张介绍信，以免医院不予理会。那法官很认真地看了看梁云，说"还是你'油'"，便让书记员给他们开了介绍信。

去医院的路上，三子啧啧连声，惊奇万分。他说那次来县法院告状时，让他"轻伤不下火线重伤不哭"的法官就是这个人。同样一个案子，同样一个法官，几个月的时间，怎么就活脱脱地变了一个人？梁云说这很简单，是小祢或者小祢那位同学的信起了作用。三子表示同意他的判断，声言打赢了官司一定好好答谢小祢。

梁云和三子回到村里就听到一个惊人的消息，说梁老四给抓起来了，罪名是强奸罪和诬陷罪。接着又有好消息传来，刘玲玲的哥哥无罪释放并获赔偿费一万元，派出所邱所长执法犯法助纣为虐被撤职查办开除警籍。因为梁老四的骨头根本没受伤，他的病历是在医院托人造的，而邱所长就是其中之一的造假者。事情迅速发生了一百八十度的大转弯，刘玲玲辞了联谊酒店的工作返回梁家庙，准备暑假以后继续自己的大学生活。梁云乐得一跳三尺高，说："总算老天长眼，我的上访信起作用了。"梁三子问他何时写的，他说自从刘玲玲的哥哥被判刑后就开始写，三个月一封，从未间断过。梁三子不由得竖起了大拇指："哥，了不得，你真成了大状师了！"

就在这天晚上，祢清在家里又接到了李永哲的电话。李永哲说根据原告梁明远提供的证据，他和刑庭的弟兄们分析了一下，看来梁金远不抓是不行了。当然，这得通过法律手续，像调查、取证、双方律师控辩、庭审等。他说他已就此案向于副市长通了气儿，于副市长的态度是他所始料不及的，不但没像上次那样让他通融通融，口气反而是判决越快越好的了。他让祢清分析一下是何缘故，祢清脱口就是两个字——抢劫。

电话那头停顿了足足十秒钟，李永哲一声响亮的大笑后说道："所见略同！"

李永哲和祢清在电话里分析了情况，认为根据以往的经历，于副市长这样对待他的把兄弟形式上看是有点儿让人不解，但细细考虑却是很高明的。因为如今的情况并非一个简单的打人问题了，从法院到公安局，概念上讲还牵扯到梁金远是不是夜间抢劫强奸的幕后指使人问题。如果后者成立，那可是罪上加罪，轻则五年、重则十年以上徒刑了。倘若现在就事论事，单纯打伤梁三子一案，顶破天判上一年。抢劫案的侦破还有个时间问题，可能十天八天，可能仨月两月，彼时即便牵扯到梁金远的话，改判固然可能，但因为有了一定的缓冲期也就有了一定的缓冲力。

祢清和李永哲统一意见后，决定尽快判决此案。这样，一是为梁三子申了冤解了气，二是也能随了于副市长的意思，一石二鸟，何乐而不为？这两位同时放下电话，相互间又同时产生了一个对于对方的想法——这小子可是越来越滑了。

祢清和李永哲通完电话，习惯地在屋里走来走去。他有种不得已而为之的感觉，好像自己是拿着梁三子做了什么交易了。一想到当初立定的"民为邦本"的信条，心中立时涌起一阵难以解脱的悔恨与愧怍。他想再给李永哲打个电话，商议一下是不是等公安局将抢劫案侦破后一并审判。可是，拿起电话拨号时，却又不由自主地将号码拨到了广播电视局局长家。他指示这位与他同时上任的广电局局长，组织好力量，梁金远打人致伤案一经开庭，要尽可能做到全方位现场直播。

人类的历史和个人的阅历都能让人产生经验教训，只不过，对于经验教训的理解和体验却因人而异。梁金远以自己半辈子的人生经历得出的是如此经验——要想长期独霸一方，首先要有强大的家族势力。二十几年前，当时对于计划生育的要求相对较松，但那时他就是计划生育的积极提倡者，不过，大道理他只讲给别人听，计划生育也只要求别人实行，至于他的本家本族本户，在他的刻意荫庇下，则是能逃就逃，能脱就脱。他读书虽少，想的却是颇具学问：在乡下，有人才有财，人多才有势，有势才会出能人，有能人才会有权力，有了权力，也就有了一切——有朝一日我老人家下了台，可儿孙成群，一个一个长起来，别家难找撑门面的，大权不还得我家接管吗？一辈接一辈，岂不成了皇上老子坐天下，代代相传了？

凡事有利必有弊，若非大家族主义在心里作祟，他梁金远也不敢在村中作威作福，也就没有如今的受审判刑之忧。尽管那天林以得和李大头来后给他吃了定心丸，可戴着顶"取保候审"帽子的他仍免不了整日惶惶不安。

有位作家曾经在他的书里说过，某些小说里描写的"伪保长"式的村干部有是有，但只是极少数。绝大多数只是为了一己或者一族的私利而滥用手中的权力，但当真碰上硬茬，他就心虚了，畏缩了。梁金远就是这货色。梁老四的被捕和邱所长的被撤职查办，让他这个一直横行乡里作威作福的"人头"一下子就蒙了。原来，大家族的威力在法律面前竟是让人想不到的脆弱。只要法律认起真来，再硬的叉杆再大的家族势力也会变得一文不值。所以，当那天早饭后乡法庭的一位办事员骑着摩托车来到梁家庙，将一张县法院刑事审判庭的传票交给他时，他双眼竟然迷迷瞪瞪，傻了似的。他怔怔地半张着嘴，喘气也比以往粗多了。他的两只手一会儿摸摸胸口，一会儿拽拽衣襟，一会儿拍拍腰眼，一会儿又抓抓头发，最后像没处搁放一般，猛地插进裤腰里去了。那副神经质的样子，好像公安人员已经站在了他的面前，并且马上就要抓住他的手腕，像抓梁老四一样将亮晃晃的手铐咔嚓给他戴上。

唉！可怜的村主任，昔日的雄风哪里去了？

这时的梁金远很自然地就想到了自己的义兄，这位他当年曾为之两肋插刀舍生卖命的把兄弟，你为什么就不出来给兄弟说句话呢？

这时的梁金远想得很多很多，那诡谲的谋划、得志的豪情、胜利的满足和由此带来的享受与欢乐。而此时，那过去的一切都变得恍惚迷离虚无缥缈了。悬崖勒马并不迟，只是他已跌下了悬崖。

梁金远抻了一会儿，看看表，不禁吓了一跳。传票上的规定时间是上午十点半，而现在已经八点多了。要是别的事情，他可以打个电话叫乡里的小车，或者让村里名为公用实则归他的小四轮子送他。可是现在，现在这丢人现眼的事自然不便张扬，还是知道的人越少越好。尽管说纸里包不住火，也得挨一时算一时，否则让村人们得了消息，非得像赶会一样跟上一大帮不可。走，快走！法院里有规定，超过了他们限定的时间不到，是要派人来拘押的。他惊出一身冷汗，忙从屋里推出了自行车。此时此情中，只有骑自行车最随便、最隐秘，即使村民们看到了，也弄不清自己去城里干什么。

出了街口朝北拐，行有数十步，又站住。因为车胎充气不足，太软，不啻骑起来既慢且重，还一拧一颠地直蹾屁股。他三步并作两步蹿进路旁二别古的修车铺里拿来打气筒，由于神不守舍，手忙脚乱也没看清楚，就将打气筒的卡子夹在同样停在修车铺门口的一辆自行车带嘴上，吭啊吭地充起气来。充毕，将打气筒送回二别古那里，反身回来像忽然忆起什么似的怔了怔，这回倒没弄错，很麻利地推起自己的车子，一骗腿跨上就走了。可是，刚出去不远就又跳下来，不用问，还是胎气不足。摁一摁，果然车胎仍是又软又瘪。梁金远骂了句"娘个×"，便反身推起自行车，径直蹿进二别古的修车铺里。

二别古戴着缺了一条腿的老花镜，正抡挲着一双油手摆弄什么，见梁金远去而复返，不解地眨巴着老眼问他是怎么了。梁金远哭丧着脸说可能是内胎破了，二别古连说好办好办，放下手里的活就要找胶水、剪胶皮、找钢锉。梁金远一脚踢开他的胶皮圈，说是有急事进城，问有没有现成的自行车借他一用。二别古见他发这么大的火，很是吃惊，吓得连手中的钢锉也掉在了地上。他接连起了几起才从小凳子上立起身，说："你实在等不及就骑门外那辆车。"梁金远似乎想起了方才充气时的情景，拍了拍脑袋，一声不响地走出去了。

二别古一直把他送出门外，眼盯着他骑上车子往北而去，万分不解地侧侧头，说："主任今日邪门儿，跟火烧着腚一样，咋就沉不住气了呢？"

对于李庄乡梁家庙村委会主任梁金远打人一案的判决，平南县的大多数人都在一天晚上的电视节目里看到了。人们看到因为胜了这场官司而在法庭上放声大哭的梁三子，也看到了在戴上手铐的刹那而双腿发软几近瘫痪了的梁金远。

对于梁金远的判决，原告满意，于副市长满意，祢清满意，法院院长李永哲满意之余有些怨言——电视台真是狗咬耗子，干吗把这个案子搞得沸沸扬扬的？所以在电话里，他对着比他级别低半格的电视局局长发了顿脾气。

梁金远一案判决之后，梁家庙村的鞭炮声从太阳西坠时一直响到深夜。

30

那天中午，祢清下班回家，正在厨房里炒豆芽的刘洁对他说，看来工业联合厂要出大事了。祢清惊问出何大事，耍枪头子的刘洁本来性直，这时却对丈夫卖起关子来，说这是他们公安部门的纪律，没有弄清真相之前不能乱说。祢清见她神神秘秘的样子，嘻嘻一笑便不再问。刘洁本是搞点儿"拿糖"的小把戏，见祢清好像认起真来，押了一阵终于憋不住，不等人家追问，就把事情一股脑儿对丈夫说了。

原来，梁三子家发生的抢劫案叶局长早和李院长通了气儿。他征求李院长的意见，李院长建议叶局长稍稍将破案时间推迟一下。如今梁金远打人案已经定性，抢劫案的侦破问题自然就提到议事日程上来了。可是，出乎意料，抢劫案既黏住了梁金远，同时又把林以得给扯进来了。

公安局刑侦科的李科长精干而富有经验，他从梁三子提供的劫匪遗落的手机入手，查出里面在不长时间内就有相同的两个手机号码。而这两个相同的号码，又都是在抢劫案发生的那天夜里发出的。他和刘洁径直找到电信局，很快就查明手机用户是本县工业联合厂厂长林以得。案件牵扯到这个管企业的露水官，其影响其分量也是不可小觑的。因此，叶局长嘱咐李科长和刘洁，此事暂不外传，视案情发展情况再说。说这话时他看了看刘洁又补充了一句："当然，对县长是不能保密的，真要抓住蛤蟆抠出'籽'来，我们还得寻求县领导支持呢。"

祢清听了也是一愣，怎么，林以得还是个黑社会性质的头子吗？不能，这不可能。他不想过多影响公安局的侦破工作，但是为了尽快弄明情况，他还是认真地对刘洁说："你告诉叶局长，加大对此案的侦破力度，无论如何要弄个水落石出。这事他明白，这个林以得背景特殊。"

刘洁把祢清的意思一字不漏地转告了叶局长，叶局长意味深长地说："有这句话，我办起案来也就有了胆儿了。"

案子出了拐弯，林以得承认手机是他的。可是，他说这手机半个月前就丢了。问是在哪里丢的，记不清了。问他的手机平时在哪里放着，说在自己包里。既然在自己的提包里，偷盗者肯定是和他经常接近的人。李科长何等精明，立刻想到了他的司机。大部分人都知道，林以得的司机是他的干儿子，对他忠贞不贰。他的干儿子平时最爱唱一支流浪歌，有人问他怎么会唱这样的歌，他坦诚相告，说是昔日跟着一帮流氓弟兄学的。

调查司机。李科长当即决定，并将这个决定告诉林以得。又是出乎意料，林以得说他的司机母亲病重，早在十天前就请假回乡下了。李科长笑一笑说这好办，他问明司机的家庭住址，守着林以得就给当地派出所挂去了电话。他让派出所的干警立即赶到司机家里，传他下午就来县公安局接受调查。并再三叮嘱，前去传讯的警务人员自接到命令起，必须守在司机身边，直到下午送来县公安局才算完成任务。

林以得呆愣愣地看着这位小公安，一双羊眼就像被风刮进了沙子，狠狠地挤一下，又眨一下。好半晌，这才想起仍旧叼在唇上的香烟，猛使劲，一口吸进了半截。李科长办完此事并不马上离开，却显得若无其事般和林以得拉起了家常话。从天上到地下，从水中到沙漠，从欧洲到亚洲，从东洋到民国……一直拉到中午。林以得以为他要在此"磨"顿饭吃，强抑心中火气让办事人员给饭店挂电话。可是，李科长看看手表，嘴里却说了句差不多了，便招呼刘洁起身出门，一声再见，二人就跨上了三轮摩托车。

路上刘洁问李科长干吗在人家那里磨个没完。李科长眼睛一眨，说这叫阴谋，如果他们决定了要调查司机后马上离开，一旦林以得真与此案有染，他提前和司机串通怎么办？如此一拖延，即使他们之间真想做手脚也没有可以利用的时间。刘洁暗暗佩服，心想怪不得这个人破案率总比别人高。

林以得的司机是被派出所的警察送到县公安局的，当时已经下午四点多了。李科长不愧是侦探老手，他先将这名司机放在预审科里进行冷处理——不询问也不睬他，待观察到对方心神不安头上冒汗，这才冷不丁地进去突击。他不问打手机的事，只说是林厂长的手机丢了，到公安局报案，怀疑是他身边的人偷了去。公安局分析情况，认为他作为厂长的司机嫌疑最大。之所以这么判断，是考虑到他的过去、出身且有作案的前科。司机听到这话，心神稍安，可是他连声喊冤，说手机是在他手里，然而绝不是偷的。因为他妈有病，他得时常回家看看，家里没有电话，为了联系方便，厂长主动借给他的。至于厂长为什么忽然说丢了，他闹不清，可能厂长和他闹着玩，也可能厂长得了健忘症。

李科长暗暗发笑，他想这第一步算是逮着了，你承认手机在你处就好，以便我顺藤摸瓜。职业侦探的目光是有强大威慑力的，李科长再不说话，只是双目如炬，死死地盯着他，盯得眼前的猎物心中发毛，手足失措，一会儿抬头，一会儿低头，恨不得对方赶紧发问，自己赶紧回答。李科长见火候已到，就厉声问他某月某日夜间几点和谁到梁家庙作了案。

这司机又是连声喊冤辩解，不过非职业人员也听得出，这回喊冤辩解太过勉强，以致他自己后来也是语无伦次了。李科长心中已是了如指掌，干脆不再多费唇舌，将那存有手机号码的手机往他眼前一亮，恶狠狠地说："别人已经坦白交代，你还在这里狡猾抵赖。看来你是要自寻绝路啊？"

司机打了个愣怔，之后就口齿不清，浑身哆嗦，眨眼跪在地上，瘫了。

入室抢劫果然与梁金远和他的儿子有关，也牵扯到了林以得，但只是间接的。

那天晚上林以得他们从梁家庙回县城的路上，司机谈起了中午他和梁东喝酒时所嘀咕的一些内容，其中多是梁三子和梁金远打官司一节。梁东告诉他，一个县信访办公室的人给梁三子写了信，他爹得了这消息，回家后气得不行，顺口和他说了。那天恰好有几个江湖道上的朋友住在他这里，闻听此讯，自告奋勇撵上去拦截。本来只是问问信的内容，要是与官司无碍呢，就放他去。要是想打抱不平，那就不客气。不想阴差阳错，把个县长给劫了。弄得他爹跟疯了一样，见了他就又骂又打。司机说完这些话，林以得插了一句："我说小林，你今晚和小四儿联系一下，他有个活儿请你帮忙。"

司机说得很仔细，他说他把厂长和副厂长送到联谊酒店里去过夜，自己就开车回厂，接着就给一位江湖朋友打了电话。再以后，他低低地说："你们就知道了。谁承想那小子只顾忙着办好事，把个手机丢到三子床上了呢！"说者无意，听者有心，司机说到联谊酒店时，李科长和刘洁对望了一眼，各自在小本本上记了重重的一笔。

讯问已毕，预审科长和李科长交换了一下意见，按说像这样的嫌疑人至少得暂时拘押。但此人母亲病情正重，为了能够顺利破案同时又不致案情复杂化，在取得了嫌疑人绝对不透露今日讯问内容的保证之后，没收了那部手机，给他办了个取保候审的手续放他回家。而他的"保人"，正是送他来的派出所的警察。

这位司机也姓林，有个很好听的名字，叫林方君。但他并非林以得村里的，也和林以得没有任何亲属关系。十四岁那年林方君成了少年犯，被管教所管了一年放出来，劣性不改，仍在县城各处打游飞。一个偶然的机会，他在车站候车室里偷了正要出差的林以得的提包，被林以得拿住，只好跪地求饶。不想林以得非但没惩罚他，反而带他到饭店吃了顿饱饭，又给了他一些钱。不知是良心发现，还是这小子认定林以得是座稳固的靠山，之后不久他便径直找到林以得的家，跪地不起，要求林以得收留他。活该有缘，林以得这时还是副厂长，身边正好缺个跑腿的，就把他留在厂子里打零杂。林方君表现得十分机灵，深得上下好评。这以后林以得成为厂长，有了专车，就把他送到汽车训练班学习了几个月，归来就成了他的随身司机了。在工联厂这些年里，林方君不但自己春风得意，还先后将昔日的难兄难弟弄进来一批。这些人后来由于厂子不景气而先后逃走，有的找了其他工作，有的又重操旧业成为本地出名的流氓人物，那天上午大胆劫祢清的，就来自这一伙。而那晚他手机联系的也是其中的三个。他之所以这么做，一是为了好朋友梁东，二是为了效忠恩人林以得。梁东絮叨时他已有此意，林以得在车里那句话他又认为是在点化他。他自以为做得周密，却忘了多行不义必自毙。如今，他已在不知不觉间钻进了李科长设的套子，露了真情，说了实话。他非常清楚，不说实话，案子侦破之日他必判重刑，因为自己再也不是当年的少年犯了。当然，他可以逃走，逃得远远的，可是，那样他将永远没有家，更别说照顾病重的母亲了。再卑劣的人也多少有点儿天性，林方君想到母亲，心中一阵酸楚，竟然破天荒地双眼湿润了。唉！路子走到这份儿上，也只能破罐子破摔了。

31

祢清的办公桌上摆着两份检举材料，是信访办公室转来的，材料上明确写着请祢县长亲阅。

不是重要东西，信访办公室一般是不往他这里转的。祢清打开看时，一份是检举工业联合厂管理混乱，账目不清，厂长贪污受贿等。他略略一阅，放在旁边，翻开另一份时，却着实有点儿吃惊了。这份材料检举的竟是刘玉振，说他剥削工人、压榨工人，手段狡诈狠毒，有甚于旧社会的资本家。材料中所举实例并不虚妄，说凡进入利源集团的工人首先试用三个月，三个月期满，合格者录用，不合格者辞退。这三个月中，试用工的工资仅是正式工人工资的二分之一。按说这样做也无可厚非，关键是刘玉振用了移山填海的手法，三个月下来，他就宣布试用工绝大多数不合格，于是辞退，重招，再辞退继续重招。周而复始，用的全是廉价劳动力。祢清看着看着，额头上青筋暴突，这不是明目张胆地阴谋盘剥吗？这不是公然践踏劳动法吗？这个刘玉振胆敢如此，也忒阴狠忒歹毒忒张狂了吧。他合上材料以手支颌，立即开始考虑处理这个问题的办法。他又信手将放在一边的揭发林以得的材料打开来，漫不经心地往下翻阅。岂料看着看着竟然惊得立起了身，因为这后边所揭露的问题简直难以令人置信。工业联合厂每年仅织布厂利润就达几十万，但从来是只报数字不交钱，只报功劳不纳税。材料中列举事实，确凿可信。材料中指出，工业联合厂本来可以利用这些钱扩大再生产，扩大再就业，工人的工资发放很有保障，只是厂长把这些钱一部分送礼、行贿买路子，另一部分拿去搞自己的私人企业了。其中所举一例，让祢清心惊胆战，林以得在城外城中所开的联谊大酒店，名为经商，实是妓院。

检举人最后声明，此事若不处理，他将陈情北京。检举材料是打印的，当然看不出笔迹，也不知道是哪些人检举林以得，哪些人检举刘玉振。尤其让祢清疑惑的是，如此严重的问题，检举人前几年干什么去了，为何现在才揭发？还有一事，让他百思不得其解，这刘玉振刚刚租用了工业联合厂的房子几个月，咋就和林以得一勺烩了呢？一想到刘玉振，他的面前忽然出现了一双智慧而又略带狡黠的眼睛。几次交往之后，祢清就发现，放下学问与创业能力不讲，但就个性而言，刘玉振既有忠诚大度的一面，也有狡猾狭隘的一面。也就是说，这人有着双重性格。像那次在工业联合厂里的"狗牙"闹剧，确是因他而起。从表情举动上看，他嫌恶李大头的程度甚至超过林以得，然而闹剧一出，当时最关心李大头那颗假牙的也是他。他不仅率先跑出屋子去追狗，第二天又主动把大头用自己的小车送到一位开牙科诊所的同学那里，给大头补了质地上好的新牙。大头挺感激他，他也主动接近大头，没俩月，听说二人成了忘年交。工于心计，非同寻常啊！想到这些，祢清心中一动又一乐：嗯？会不会是这家伙……

祢清记不得是在哪本刊物上见过这样一则小故事——有一次，狮子吃了一头野猪，偶然在清亮的水中看到了自己的倒影：龇牙咧嘴，满口是血……有什么好说的呢？实在难看得很，为了今后能够顺利猎食，为了不让周围怀疑自己，它伸出前腿将水搅浑。

由经委、工商局和个体协会组成的联合调查组进驻利源集团；由审计局、税务局和公安局联合组成的调查组进驻工业联合厂。并且同日同时行动，这在平南县的经济史上也是破天荒的。

刘玉振对调查组的进驻表现得很紧张，他一边积极配合调查组对人事档案、工人的进出周期表的审查，一边惶恐地给祢清打电话，询问此举目的何在。祢清想了想，电话里不紧不慢地说："你不用弄鬼了，你心里明白着呢。"撂下电话心中暗道：瞧，这家伙还挺会演戏的。

比刘玉振更紧张的是林以得。审查账目他不怕，他审计局里有老哥们儿，上边还有个义兄给撑着，实在挨不过，不用自己找，他们也会出来给他打圆场的。他林以得有手段，从来都是防患于未然，早就从钱眼里穿进绳去，把某些人的手腕子牢牢拴住了。要命的是那个联谊酒店，他耳朵眼儿里已经收到信息，调查组之所以有公安局参加，原因也是因为这个联谊酒店。知道此店秘密的只有三五人，他首先怀疑的便是司机林方君。自从上回李科长与刘洁前来查证他的手机，他就感到事情不妙，他不该说手机丢了，而应该实话实说是借给了林方君。当然，他压根不会想到那个李科长出奇地敏锐，立即就联想到了司机身上去。这一来，谎言拆穿，肯定令人生疑。查证手机后的第二天他就得到了消息，司机林方君取保候审。这说明林方君已经出了事，为明哲保身，他便不再与司机联系。可是，如今调查组却出他意外地进了厂，这就不能再掉以轻心，他必须弄清林方君招了什么供，是不是在联谊酒店这件最最要命的事上走了风。人无远虑，必有近忧。他林以得春风得意几十年，关键一条就是每逢险情先瞅退路。

　　林以得想到这些年来自己的所作所为，想到工业联合厂每况愈下的原因，想到他苦心经营的"自留地"，这个八面玲珑的人也禁不住倒吸一口凉气。他感到头皮发麻，心脏下坠，像给一双大手将脖子狠狠攥住似的。他思来想去，想出了几着险棋。棋路虽险，但必须得走下去，总不能仰脸等死，坐以待毙。

　　第一着棋林以得很快想妥并走了出去，那就是给把兄弟于书诠打招呼。于副市长在电话里听他说了事情的过程后，沉默半晌才说道："看来，我得亲自走一趟了。"林以得听了这句话，虚悬着的心才稍稍放进胸腔里。随后，他就去找李大头。自从那晚"狗牙"事件后，他对大头基本上消除了疑忌，要紧事上仍旧视作知己。大头人虽油滑，阴点子却特别多，此时已然火烧眉毛，除了大头谁还能帮他？况且，还有人们说俗了的那句话——他俩毕竟是一根绳儿上的蚂蚱。

　　前几天，李大头请假回了老家，说是他的一个院中叔叔病了。为避人耳目，林以得几年来第一次骑上了自行车。路途并不远，出城往东不一会儿就到了。林以得推车走进李大头家里时，大头正坐在院中马扎上喝茶水，对于厂长突然造访，大头显然有点儿意外，说话竟然有些口吃起来："咦，厂、厂长，你怎么来了？"

林以得点点头，没说话。大头有点儿紧张，他半边屁股挨着马扎，似有随时拔腿就逃的架势。待到确信厂长此行并无恶意，这才小心地给林以得沏上茶："厂长，你喝！"

肖像描写挺难，但这里又非写不可。

年近六旬的李大头，那一只通红带钩的鼻子先就让人产生不好的感觉。且又眼小，嘴大，下唇还出奇地长，说话时一扇一扇，像个绷断了线的簸箕舌头。这要遇了那些专要"远奸近贤"的老叟，必是话不逾三回头便走。李大头的脑袋是有些大，加之个儿小，显得头更大了。他见人总是笑笑笑，因此，一张不算太胖的脸总是显得挺和善。要不是那只倒霉的红鼻子和长长的下唇，给人的印象倒是位忠厚长者。用带酸味的话说，他挺矜持，挺沉稳，平时从不多说话，只是用那对略略下陷的小眼睛朝周围打量着。因此，他给人的感觉总是在算计，在探索，在搜寻和琢磨。怎么说呢，总之，这个人圆滑，圆滑到近乎狡猾，此外，就什么也没有了。他并不通晓业务，也没有起码的专业知识和文化，当然也就更谈不上什么才智和品行了。可是，他却能够把自己的事情摆弄处理得极好极妥帖，这一点上，几乎没有谁能赶上他。

李大头十分用心地瞅着林以得，林以得似乎并没觉察。他坐下来，接过李大头递上的茶水慢慢呷了一口，好像茶水的清香勾起了心中的惆怅，低头叹了口气说："老伙计，大事不好啊！"

"沉住气，出了什么事了？"大头口气关切。

"不知谁捅了娄子，局子里盯上联谊酒店了。"

"这事蹊跷，谁他妈吃里爬外呢？"

"这我心里大体有数。"林以得期望地看着大头说，"要紧的是尽快想个招子，把咱头上的屎盆子甩了。"

李大头沉思了一会儿，忽然轻轻地点点头。他这一点头，林以得心中立刻觉得踏实了。因为他已看出，对方心里已经有了主意，大头已经想出了对付的办法。多年相交，他们彼此已经形成了近乎阴阳离合的联系。果然，大头阴阴地说："这也好办，实在追起来，就找个替死的。教老经理……"

林以得没作声，侧目望着大头咬咬下唇。看来，他也早有此意，只是经大头一说，想法更坚定了。

32

　　二十七八，月出一霎。晨曦微露，如银的月色已经淡了下去。

　　淡月余晖下的城外河堤上，祢清晃动着结实的身躯，在那槐荫柳影之间踱来踱去。今天，他起得格外早，以至每天清晨都要来此散步的人们一个也还未到。只有他，在这静谧沉寂的环境里，呼吸着清凉微润的鲜气芳香，凝神结思，考虑着一个既重要又棘手的问题。他力求想得再全一些，再深一些，尽可能做得更理智更完美。他那浓黑眉毛间的与年龄不相符的川字纹紧紧地挤在一起，突出了几条明显的竖棱子。越过河上的水泥桥，望着东南上仍旧罩在薄霭中的村庄，祢清的脑子就像一台超大功率的计算机，在不停地出着各种字码、数据，并时时做着利与弊的对比。

　　调查组进入工联厂不久，就已弄得车动铃铛响了。这里面牵扯到的人实在太多，仅县里的头面人物就有十几个。那个见风使舵的李大头自己半身不遂还惦着给别人治风瘫，将一本所谓的明细账交给了调查组，上边是他暗中记下的工联厂送给本县及市里一些人的好处费、联系费，还有逢年过节的慰劳金。大头提供的情况，和那些凌乱的账簿中的相应开销又对不上号，大头心细，后边都有注解，专案组看了弄不清真假，也只能做参考了。即使参考，也有价值，里面有些地方还算眉目清晰，从中可以发现很多新的线索，譬如工联厂在过去几年里所欠国家的上千万元贷款，其中一部分就是于副市长从中帮忙解决的。于副市长是否也像某些人那样从中得了好处费？这种事一旦证实，对于祢清来说又是一把攥不住的蒺藜针。

李大头至少是林以得的帮凶或同谋，这点调查组十分清楚。但调查组对他并不慢待，目的也很清楚，就是让他进一步揭发内幕，让案情进展得快一些。不过，让调查组略感惊奇的是，这大头来到调查组心安神定，照样扑扇着簸箕嘴唇像在戏台上说评书，似乎在这案子里他只有功劳没有罪。一位调查组成员气不过，板着面孔训了他几句，不想他竟哈哈笑了道："咦咦，不是说立大功受奖的吗?"

仅调查组的粗略调查、李大头的初步揭发，林以得的谋财手段就已令人毛骨悚然了。而和他似乎也有着更直接、更深入的财帛关系的几个县领导目前尚是个未知数，正是这个未知数和已知的情况，这才气坏了老艾，难坏了祢清。试想，县里的几个主要领导人与此有染，这个班子怎么办?

调查组需要搞个阶段性工作小结，小结的内容大体就是这些。小结送到老艾手里，老艾心无定规做不出决定。他细细看过之后转给祢清，让祢清根据情况权衡利弊，再作商议。说良心话，老艾之所以把"小结"转给祢清看，并非有意推诿，而是考虑到祢清今后的工作。不能修桥补路，可也不能给后人埋下障碍吧。

祢清看完老艾转给他的"小结"，一连啧啧了好几声。这可是个刺猬，捧着扎手，扔了又恋着它是块肉。他悉心琢磨，想到的与老艾不谋而合，最关键的是里面牵扯到于书诠。于书诠是副市长，自己的大恩人，和林以得关系非同寻常，同时又是主管农业的，今年扶贫工作也划分到他的名下。万一问题有谬或者出入很大，他祢清得罪了恩人，落个忘恩负义不说，整个平南县恐怕也要受连累。就拿扶贫工作来说，每年近千万元的扶贫款迅速断掉是不可能，但是迟拨、缓拨、少拨或者找点儿毛病难为你却是可能的。搞不好找些因由向上报你个已经提前"脱贫"，那么，这每年近千万元的扶贫款便彻底泡汤了。祢清不是没脑子，能不考虑吗?他在市里工作时就听说过这种事。当然，他心目中的于书记不会是这种人，但看到昔日的偶像竟也和林以得、梁金远这样的人搅

156

在一起，心中也不免开始七上八下了。别看老艾不明说，其实，老马识途，心里清楚着呢。他让祢清权衡利弊，再作商议，奥妙就在这里。

关键还是那个林以得。祢清恨死了林以得。

梁三子家被劫一案，前些天结案时真相大白，是梁金远指使的。按理说梁金远要重判，可李永哲迟迟不动，关键是看他祢清的态度。因为谁都知道他和于副市长的关系。这年月，拽拽耳朵腮动弹，很多人想的是八仙桌子盖井口——随方就圆。

昨天晚上于副市长给他来了电话，说今日要回平南老家看看。于副市长在这个当口回来，肯定不是单纯的寻故探亲。彼时，他要问起林以得和梁金远的情况和处理意见，自己怎么回答？是以实相告，还是虚与应付？是坦言秉公办理，还是讨好对方为之袒护？祢清在河岸上走了一百个来回后，一个词汇终于出现在脑子里——暂缓执行。他咬牙决定，暂时将梁金远的重判问题压下，将林以得的问题有选择地讲讲，看看于副市长的态度再说。然而思来想去，别无他法。

年轻的县长哦，你既要伸张正义为民做主，还要尊重领导顾及今后的工作，累呀！

细细寻思，这世间哪有容易事？都说看大门这活容易，可是，外边的人要进来，看大门的要询问，要盘查，这就是矛盾。说好了，皆大欢喜；弄僵了，就得吵架。

祢清那分工思索的千百万脑细胞在剧烈地活动着，不知疲倦地活动着……

清纯的晓风终于卷走了东方地平线上的最后一抹曚昽，红色的云朵如同炼钢炉里喷涌的火花扑簌簌地迸放出来，天际开始变得灿烂了。慢慢地，太阳跃出了地面，睁开那光芒四射的慧眼，迅速给大地镀上一层淡淡的金色。河堤上的树在尽情地沐浴着太阳的光辉，树叶在轻柔的晨风中悄悄颤动着。几声啾啾的鸟叫，打断了祢清的沉思，抬手看表，快要六点了。这时，周围的散步者越来越多，他望着静静流淌的河水，伸展双臂长舒一息，哼着"大刀向鬼子的头上砍去"走下了河堤。

33

　　十点一刻，门口喇叭声响，一辆小车驶进平南县招待所。老艾和祢清步出前楼大厅时，小车已在楼前停稳，早在院里待命而行的政府办公室齐主任，三步并作两步走上去，打开车门，相继扶出了于副市长和他的秘书。

　　于副市长轻易不回平南，此次来到老家，县里是应该好好接待一下的。昨晚祢清和老艾在电话里商量了很长时间，决定让副市长下榻招待所，晚上搞个小型舞会，再由祢清陪他回家看看。

　　于副市长那张福满堂的脸上，始终溢着毫无造作的笑容，他和站在院里的人一一握手，然后相携相让地走进了后边的高级招待楼。招待楼里设有专门的贵宾间，有舒适的床铺、宽大的沙发、光洁的写字台、大屏幕彩电。招待员也是百里挑一的漂亮小姐，高挑白皙，顾盼生艳。

　　于副市长瞧瞧房间设备，极为舒适地朝沙发上一靠说："与当年我在家乡工作时相比，真看出改革开放的好处来了。"房间内相继发出高低不等的笑声，齐主任见接待工作令上级满意，脸上一直绷紧的肌肉终于放松了。在于副市长喝茶休息的这一霎，老艾将他和祢清商量的关于副市长此次行程的安排计划说了说，问是否可以。于副市长和蔼地笑笑，说不必兴师动众，他下午回家看看，接着就要赶回市里去。因为市里有许多关于扶贫问题的工作还在等他定夺。老艾是个实在人，一听这话，脸都红了，他说副市长大老远地回趟原籍，不能这样蜻蜓点水，无论如何也得住上两天。祢清也在旁极力相劝，于副市长好像左右为难了

158

一阵子说："高情难却，那就给你们添麻烦了。"

可以这样说，于副市长的返乡省亲是真诚而郑重的。在祢清的陪同下，他到父母坟上坐了差不多将近一小时，又把院中老少兄弟集合到一起叙家常，最后，给几位院中长辈分别留了一些钱，这才依依不舍地上了小车。一路上他很少说话，有时还抽抽鼻子，眼膜处蒙上一层淡淡的泪花。祢清为他的举止所感动，便竭力劝慰他，说一些很能令人开心的笑话。直到进了县城，副市长的心情才好了些，他侧头看看祢清，语重心长地说了一句："小祢，我这个人哪，对于'情'字看得太重了。也许，这是我的长处。也许，这正是我的悲哀。你说呢？"

祢清点头应道："无情未必真豪杰。这是鲁迅说的，我看有道理。只是这情嘛，情嘛……"他尚未找到一个合适的词汇解释，汽车已经拐弯进了平南宾馆。

晚上七点多，天阴了，起风了，下雨了。

欢迎于副市长的舞会开始了，气氛热烈但不盛大。

虽说是穷县，到底是铁路公路的交会处，这种得天独厚的地理位置，使得此地的精神生活较之别的小县丰富而开化了些。娱乐厅里，中间是舞池，周围是茶座。虽说是茶座，却可以喝酒、可以吃肴、可以拉闲呱。你如果不怕别人白眼相向，还可以男女搂抱接吻，甚至说些无伤大雅的脏话。总之，这是个相对宽松的场合。

立体声录音机播放着"七十二首的土高国语演唱"。这曲子虽已陈旧得老掉了牙，但其节奏紧密、欢快又激越。特别是酒后曼舞，最容易让男人兴奋得发狂，让女人高兴得发嗲。老艾、祢清都不擅舞，又都不得不时常参加这种场合。于副市长可以跳几个狼步，奇怪的是今天却始终安如泰山，齐主任专门找了几个舞伴来邀他，他都笑嘻嘻地一一婉辞了。他只是极富情致地坐在位子上看，看那些男男女女们在舞池里似疯似癫。只是在偶尔间脸上才显出一种难以为人察觉的惆怅与落寞。前来作陪的人见副市长不下舞池，也只好干巴巴地陪他坐着。他们抽着烟，喝着茶，脸上的颜色变幻莫测，有的红润如珠，有的赭黄似土，有的暗藏鄙夷，有的面露巴结。娱乐厅外，风雨不断，雨点像牛皮鼓槌敲打着窗户。那黑色的夜，如烟熏墨涂，紧紧地裹挟着这个歌舞升平的小小世界。祢清坐在于副市长身旁，李永哲悄悄走过来，和他交换了一下眼色，就俯在于副市长耳边说了些什么。于副市长的眼皮跳了一下，点点头，然后面无表情地回过身来，没头没脑地对祢清说："小祢，梁金远的事，要秉公办案，不要考虑案子以外的因素，明白吗？"祢清打了个愣怔，一时竟不知说什么好。抻了一会儿，他才凑上去，低声对于副市长说："于书记，事情已经压下了！"于副市长并不意外地噏起嘴唇，朝他轻轻地点了下头，又朝旁边的李永哲瞥了一眼。

乐声更响，风雨更紧，风雨渐渐开始在外边嘶叫了。但是，娱乐厅内的人很少能够听到，因为弦乐队上场了。弦乐队在灯光闪烁的舞厅内不断变换着优美的乐章，那清越悠扬并且有着明显节奏感的曲子，把外边的风雨声几乎遮掩了。这里，人们无忧无虑地坐着、站着、跳着、呷着、天南地北地闲聊着。一切都沉浸在光明、温馨、欢乐的氛围里。

风声雨声欢乐声，声声动人。

在这动人的气氛中，舞得浑身舒缓的小芮走到祢清的跟前，她是和康副县长代表开发区来参加招待舞会的。小芮身上的汗水带着一股子香气，祢清嗅着舒服，就有意地靠她跟前坐了坐。茶座一方的灯光很暗，小芮坐在祢清面前并不显眼，小芮忽闪着好看的杏眼问他为何不去跳一曲，祢清坦率地告诉她说自己根本不会跳舞。小芮有些惋惜地啧啧了几下，说他应该学。祢清说自己压根不是那块料，小芮悄然一笑，说她可以带他。小芮说这话时又稍稍靠前了一些，几乎和祢清是脸对脸了，一双秀目轻轻地忽闪着，流溢出温润而又撩人的光波。这光波忽强忽弱，忽长忽短，坦露出一种底蕴、一种渴望、一种不屈的执着。

祢清痴痴地看了小芮一会儿，心里话，这姑娘长得并不太俊，但不烦人。那么，她身上怎么会有这种让人见了容易动心的魅力呢？思来想去，哦，看出来了，她的言行举止，细腻柔和，文静贤淑中，隐含着一般女性所难以具备的优雅。因此，她的脸，她的眼，她的身段，举手投足间都对异性透着一种可望而不可即的诱惑。越是这种可望而不可即，便越发充满着吸引力。

突然，祢清的胳膊被什么挠了一下，眨眼间，一张卷着的纸条塞在他手里。扭头看时，小芮朝他嫣然一笑，说了句没有任何内容的话转身走了。祢清当即明白，他怕别人看见让小芮下不了台，很麻利地将纸条夹进指缝中，依然全神贯注地看着舞池中的一双双一对对。稍沉，他起身走到洗手间里，借着灯光将纸条扫了一眼，上面写着："祢：最宝贵的一夜留给你。302。"

302 是开发区在平南宾馆开的房间号码。

祢清笑了笑，鬼使神差，这刹那他忽然想起了梁家庙的梁三子。

外面依旧电闪雷鸣，风雨像一把扫帚，不时扑过来把窗子狠狠地刷一下。玻璃上的水流一会儿重，一会儿轻，灯光映衬中，扭曲重叠，斑驳陆离，让人想起热带雨林里的蛇。可能是风雨的关系，也可能是想起了什么，祢清对着窗户叹了口气，忽然间变得心绪不佳。

祢清没有直接返回舞厅，顺着楼道径直朝西走去。楼道的尽头邻着大街，朦胧的路灯光下，街上的行人车辆也都朦朦胧胧的。祢清站在窗前，心绪茫然地打量着外面。

这楼道西首的南侧，是招待所的大门口，一群工人正在那里冒雨卸货。货是怕碰的，货是怕摔的，这货从遥远的南方辗转运来，专门为了装修招待所的。所以，卸货的工人就特别小心，宁可自己风吹雨淋，也要用身体保护好货物。一个少年装卸工扛着货包艰难举步，人太瘦弱，路太泥泞，货包太沉，终于难以支撑，他摇晃着跪在了地下。他怕货包触地，赶紧以身做垫——但还是晚了。货包滚落水中，有咔嚓嚓的响声传出，显然是碰碎了什么。一个工头模样的中年人走上来，对着跪在泥水里的少年踢了一脚，风雨中便听到一句带着鼻音的狠话："小子，你这个月的工钱算是交待了！"跪在泥水中的少年并不起来，也可能压根他就起不来，口中拖着哭腔哀求："大叔，别扣我的工钱，千万别扣啊！俺妹妹这几天上学，还等着这钱交学费呢！大叔，行行好咧！"

中年人咕噜了一句，骂骂咧咧走到一边去了。

阵风挟着雨点，从窗缝儿里甩进楼道，溅了祢清一身。祢清抹了抹脸，湿漉漉的，弄不清到底是雨水，还是眼泪。他几乎是下意识地跑下楼去，走出大门，冲进雨中，从泥水里将少年一把薅起……

舞会结束后，老艾和祢清陪同于副市长回到房间里。老艾坐了一会儿，推说有事走了。祢清不走，老领导来到他的辖地，当然要陪伴到底。两人相对沉默片刻，于副市长呷口茶水，将身子挪得离祢清近了些。祢清看出老领导有心事，就起身给他茶杯里斟上水："于书记，你一定累了，休息吧。"说着起身欲走，于副市长冲他招招手道："小祢，别走，我还有话和你讲呢。"

祢清故意犹豫了一下，还是坐在了他跟前。

34

村名很怪，叫半截林子庄。

很早以前，这里的确有片树林。那年，林子里的几棵老树干上出了洞，一群群马蜂就在洞里筑了巢。马蜂既凶且歹，常常结队袭击过往行人，还蜇死过拴在林边上的牛。马蜂的恶行终于激怒了村人，有几个壮年汉子计议后，在一个雨天里身披蓑衣，手执蘸了油的火把冲进林里，将熊熊火把挨个儿塞进树洞里。下雨天，马蜂们来不及也不能朝外飞，只能缩在洞里被烧成焦灰。它们作恶多端罪有应得，可惜那些树也陪着遭劫，大多被烧成半截焦炭。

半截林子庄由此得名。后来，人们叫着拗口，就称其为半截林子或林子庄。再后来，人们进一步简化，就只叫林子。

林以得便是林子人。

林子村往东不远就是梁家庙，林子村和梁家庙是邻村又是地邻。

现任副市长的于书诠，和林子以及林子的邻村梁家庙有着不解之缘。

三十多年前，于书诠这位农专毕业生来到了李庄公社。他是本县人，又是县农机局干部，上级领导看他既能说又能写，处事干练精到，便有意培养他。于是便把他放到李庄公社锻炼。淬火后，提拔重用。那时，于书诠年当弱冠，且是本地很少见到的大学生，从上到下，无不对他刮目相看。

运动一开始，作为既有文化又有能力还有一定威望的于书诠，好像是理所当然地被推向了风口浪尖。他拉起了一支队伍，这支队伍并非一些作品里聒噪不休的"造反队"，非但不造反，反而毫不犹豫地保起了公社领导班子。谁造公社领导班子的反，他这支队伍就和谁对着干。那时，梁金远和林以得都是村里的民兵连长，也都是这支队伍里的重要成员。他们在公社院里建立了指挥部，严密组织，交替值班，既指挥革命，也指挥生产。原公社领导班子在他们的保护下，很长的一段时间内毫发未损。

世事无常，变化难测。时隔不久，于书诠的指挥部终于让汹涌不息的大潮冲垮了。县里的司令部指挥部组成了什么联合兵团，浩浩荡荡率领人马来到李庄公社，他这个"土围子"被整个端掉。于书诠的部下都作鸟兽散，于书诠迫于形势，也只好甩下大印，落荒而逃。

其实，于书诠并没逃远，他来了个灯下黑，就在李庄北边的梁家庙躲着。民兵连长梁金远荷枪实弹，亲率本族父子兵为他保驾。他躲在这个大家族的深宅里，吃喝不愁，睡觉安稳，比在公社指挥部里时舒服多了。他的另一位亲密战友林以得隔三岔五偷偷到来，捎带着送酒送菜送安慰。用于书诠后来的话讲，在这段艰难而又光荣的日子里，他们三人建立起了超出同志感情的关系。

同志关系上升一步是什么，这有多种解释。于书诠他们却是做了这样的解释、这样的举动——在一个风高月黑夜，秉烛插香，歃血为盟，进行了三结义。

就在于书诠他们"同生死共患难"誓言发过不久，那些曾经将他们赶出革命阵地的联合兵团，也像他们当初的遭际一样被赶得鸡飞狗跳墙了。

于书诠顺理成章地回到了公社大院。"人到时来运转时，时时有好事。"时隔不久，公社建立"革命委员会"，于书诠以他的威望和战绩当选为主任，成了这个公社真正意义上的当权者。有了以往的教训，于书诠开始变得机智了，圆滑了。在接下来的年月中，于书诠凭着他的机智和圆滑，躲过一次次风的袭击、浪的冲刷，在人生旅途中这条窄窄的河道里，稳稳地驾着船，掌着舵，始终没再跌入漩涡。

当然，这多少也得力于他的结义兄弟——那两个一心一意保驾护航的。

脱产干部必须清正廉洁。于书诠也必须这么做。这时节，他的两个小弟兄已在村里掌了权，是说一不二的角色。为了保持自己的完美形象，他的额外收入差不多全部来自梁金远和林以得。所以，此后他的鉴定始终是一尘不染。于书诠感激那二人，隔三岔五就到他们那里去，"兄弟相聚亲，把酒话桑麻"。

那是个早秋天气，于书诠到村里去检查工作，中午在林以得家里多喝了几杯，一个晌觉睡到太阳偏西。他醒来后本要回公社，却又被林以得留住了。林以得差人叫来了梁金远，弟兄三人重整酒宴，一直喝到月上中天。梁金远一步三跌地返回梁家庙，于书诠就在林子"大队部"歇息，准备酒劲一退，再回公社。可能是酒喝得多了，也可能是吃得太咸了，他躺在床上翻身打滚，嘴里像着了火。他爬起来喝了几碗水，觉得身上仍旧燥热，便走出门去，坐在台阶上乘凉。

明月高高悬在西南天上，一片银光水华。月光透过房前杨树的枝叶空隙洒在地上，婆婆迷离，影影绰绰。夜虫儿轻轻地鸣，小风在悄悄地刮，刮来甜丝丝的香味，刮来阵阵笑语喧哗。于书诠听清楚了，这是林子村的青年妇女突击队员们的声音，她们是在村前的瓜园里，利用晚间义务给瓜田浇水。想到瓜田，就想到了瓜。想到了瓜，就嘴里更渴，身上更热。他想到瓜田里弄个瓜吃，却又手脚疲软，浑身解散，像被人抽了筋似的。他明白这叫"酒乏"，是酒后活动造成的酒劲"返潮"，暂时的。于是，他干脆靠在门口台阶上不动。蒙眬中，远处似乎有个声音隐隐喊道：睡吧，睡吧，在这清风明月中，甜甜地睡上一觉就好了。

他果然就睡了一觉。他醒了，但不是自己醒的，而是一个人把他轻轻推醒的。那人白白净净的脸凑在他的面前，一双好看的桃花眼冲他一眨一眨，一派的温柔，一身的香气，把个于书诠弄得虽醒犹醉。于书诠晃晃自己的脑袋，咦，这不是妇女队长林以萍吗？这枝平日里可望而不

165

可即的鲜花，此刻怎么到这里来了？他看天上，月光依旧。他瞧地面，仍是迷离婆娑。这既非幻境，也非迷蒙，千真万确就是她。

林以萍手中托了个篮球大小的西瓜，口气细缓靡软，像是小风在轻轻地刮："于主任，于主任，您怎么在这里睡着了？你一定渴了，应该吃个瓜。瞧，这是林大哥让我给你送来的。"

"送……来的？"于书诠已经缓过劲来，他眼睛看着林以萍手里的瓜，心里却有了另一种更加美好幸福的想法。他似笑非笑地说，"那就给我送进屋里吧。"

林以萍并没迟疑，很听话地把瓜送进屋里。这时的于书诠，手脚却是意外地轻捷麻利，几乎是紧随着对方蹿了进去。这之后，屋里发生了一件人们可以预料的事情，有推诿，有求告，有气喘，有淫笑……屋里没有灯光，只有月亮透过窗户看清了那场面的火爆。

风浪过后，桅断船漏。

林以萍哑巴吃黄连，有苦难说。她不敢声张，不敢哭喊，否则，妇女队长当不成，在村里连人也见不得了；于书诠狗拱面缸，自知惹了大祸。他只好求饶，只好许愿，否则，不啻丢人现眼，公社"革委会"主任恐怕也当不成了。被剥得赤条条的林以萍躺在床上泪流满面，却一语不发。她紧紧地抱住于书诠刚才胡乱丢在床上的衣服不放，显然是在思谋着有没有两全其美的办法；同样赤条条的于书诠跪在床前一边喘息，一边低声下气涕泪交流地说着人间最好听的谎话。月儿不再亮，风不再刮，时间长得几乎过了一万年，于书诠听得远处有人说话，他再也难以坚持那美妙绝伦的壮观姿势，只好丢下衣服，抛掉廉耻，在人声渐近时，爬起身光着屁股夺门落荒而走。

第二天上午，于书诠病了，早饭后就一直躺在床上不动。他两眼直直地望着房箔，自己也搞不清想些什么。他心乱如麻，头痛欲裂，一下子服了三片APC，没治住头疼，反倒弄得胃里胀闷呕恶。没办法，他只好反复数着房顶上的檩条，并且试着从某处开始数到边檩处，往返重复，双数为福，单数为祸。每逢数到紧要处，他的心就悬起来，有时吓得干脆闭起眼来，再不敢数了。他就这么也不知过了有多久，直到门外传来自行车的铃铛声。也不知怎么搞的，于书诠听到这铃声突然精神起来，同时有了一种峰回路转的感觉。

有人推门而入，是梁金远和林以得。林以得将盛衣服的化肥袋子朝他床上一扔，很认真地说："大哥，我就知道你非感冒了不可。昨天晚上你真是喝多了，醉得连自己的衣裳也忘了拿。"他口气随便，滴水不漏，好像根本不知道昨天晚上于书诠干了些什么。

于书诠的病立时转好，他忽地坐起来，直想翻身下床给两位义弟跪下。

几年后，于书诠调到邻县担任公社书记，仍旧经常来李庄公社找梁金远和林以得。他们相扶相依，过从甚密，久而久之，人们誉之为"三驾马车"。

最后，于副市长是含着眼泪说这样一番话的："小祢呀，当初没有梁林二位，就没有我于书诠，更不会有我于书诠的今天。我于书诠为党工作几十年，讲原则讲政策，但决不忘恩负义也是自己的人生信条。你是我最信得过的人，所以今天才老着脸皮和你说这些话，希望小祢你能理解我。"

室内静寂如死，两人手表的秒针同时发出嘀嘀的响声，于书诠擦擦眼睛抬起头，目光炯炯地盯视着祢清。祢清和他对视了足足半分钟，终于被他盯得低下了头，过了好一会儿才有气无力地说："于书记，您的意思，我明白了！"

35

第二天送走于副市长后，祢清将黄副县长派去工联厂调查组。他嘱咐黄副县长，加快调查进度，如果没有更重大更特殊的问题，可以考虑就现在的情况立案待查。随之，他又给李永哲打了电话，就梁金远的重判一事达成了某种默契——尽量拖下去。办完这两件事，他拿起提包跑回家，和衣扎在床上，蒙头大睡。

下午四点多，祢清仍旧心绪烦乱，头脑昏沉，躺在床上睡不着也不愿起。这时电话铃忽然响个不停，他本不想接，然而无休无止的铃声搅得他心头火起，他一把抓过话筒，厉声吼道："催命了怎的？"电话里传来轻轻的笑声，祢清听出是老艾，觉得很不好意思，忙缓口气说："哦，艾书记呀，对不起，我有点儿不舒服，好像是病了。"老艾说："我料到你会病的，不过，有个信息兴许就能治你的病。"

原来，平南县工业联合厂规模不大，事件轰动却不小。不知是谁唯恐这事不了了之，悄悄地给省、市纪委打了小报告。省、市纪委正在反腐倡廉，便迅速给平南县纪委打了招呼，让他们将工联厂的问题发展情况随时上报。纪检委的同志今天向老艾转达了上边的意见，身为一县之尊的老艾当然知轻知重，当即就把这个情况电话告诉祢清。果然，祢清听了，一下从床上挺直了身，对着话筒，冲着老艾，意味深长地大叫一声："天助我也！"

林以得去找李大头商议应对之计的那天下午，李科长又传讯了林方君。因为公安局已通过特殊手段侦查了联谊酒店，传讯林方君只是为了证实一下情况以便做出结论。公安局进驻工业联合厂是李科长提出的建议，其主要目标并非是联谊酒店，因为活动在本县境内的一帮黑道人物总与工业联合厂或多或少有着牵连，如此大张旗鼓，完全是为了敲山震虎。

传讯林方君大有收获，联谊酒店确是个淫窝。林以得经常单独带着"客人"前去光顾，据林方君坦白，这些"客人"有时就乘林以得的车。从举止穿戴看，都是有来头有身份的。林方君还交代，说他也觉得奇怪，这些人车接车送，看样子还是免费过夜，有的走时还从联谊酒店捎上礼物，好像厂长总是欠着人家什么。李科长问他的厂长是否跟他们这些黑道人物有瓜葛，他低头不语，默认了。问他是否也在联谊酒店宿过娼，林方君矢口否认，说联谊酒店的铁门整天锁着，林以得从来不许他们这伙人进入酒店的后院。至于酒店后院有女人，也是副厂长李大头酒后失言他才知道的。

审问完毕，李科长让林方君仍旧回家，不料林方君却要求将他拘押，说这样他更安全一些。因为"保"他的那位警察没有跟来，进城后他就发觉有人盯着。李科长一听这话眼睛一亮，他告诉林方君尽管放心回去，公安局是不会让他出现意外的。林方君半信半疑却也没有办法，硬着头皮答应。

林方君从公安局出来后没敢停留，径直骑车朝城外疾走。天渐渐黑下来，路上行人越来越少，他心里就像插进一根筷子，一别一别的。出城数里是一座小桥，桥下转出两个人来，一人拿着鱼竿，一人提着鱼篓。林方君行至桥的那边，恰好和那二人碰头。其中的大个子在前边拦住他，后边的矮个子伸手拽住了自行车的后车架。与此同时，他的车锁也咔嚓一下给锁上了。林方君是见过世面的，他并不心慌，定睛看时，哦，是他和他……

"咱们的事，一瓢子全泼出去了？"大个子低声喝问，像审贼似的。小个子用个硬硬的东西在他腰后一顶，他吓得一躲，但没躲动，因为大个子已经死死地摁住了他。而这时又有一人走上来，林方君是插翅难逃了。

　　林方君大难临头，他后悔没留在公安局里，后悔听了那个刑侦科长的话。他只好强作镇静，极力分辩，说林老板丢了手机报了案，公安局怀疑是他干的，这才传去审问。大个子嘿嘿一笑，说老板关心的不是手机，是他在公安局到底承认了什么。特别提到联谊酒店，问他是不是对联谊酒店说三道四了。大个子一边说一边朝小个子示意，看样子是要将他往路边的庄稼地里架。

　　天几乎完全黑下来，周围一片朦胧的暗褐色。这时，从城里方向传来轰隆隆的机器声，眨眼间，一辆三轮摩托驶过来。桥上的匪徒赶紧停住手，三人围住林方君，做出一副闲谈的模样。摩托车驶上桥面时，车上三人不经意地看了看他们，稍一减速就开过去了。可就在这一霎，林方君认出，坐在挎斗里的人正是审问他的警官，不过已经换了便衣了。摩托车刚过，后边又跟来一辆面包车。桥窄，车宽，桥上又有人，面包车只好停下。车上下来两个人，边打招呼边朝桥上走，请他们让一下。围着林方君的那三人只好散开，刹那间林方君像明白了什么，喊了声救命拔腿就朝车边跑。那三人一愣，扑上来追他，那二人赶忙伸手拦住。这时面包车上又跳下两个人迎上去，仨匪徒见这势头有点儿慌，回身要走，已经晚了，刚才开过去的三轮摩托唰地踅回来，两名便衣飞身下车恰好立在桥头上。两个捉一个，眨眼间全都制服了。

　　面无人色的林方君蹲在路边，连说好险。可他哪里知道，这是李科长有意设置的引狼出洞呢？

　　将这几人带回局里连夜审问，平南县境内的数起劫案迅速破获。这其中就包括近期城东发生的几件案子，青牛河南劫祢清的，还有梁家庙梁三子家黑夜被劫等。意料之中的是，那位花花太岁梁东和这些人物有牵连，夜劫三子一案果然也是梁金远指使的。再追问他们为何劫林方君，是谁指使，其中的小个子只说了老板两个字，就再也不开口了。尽管再也问不出什么，可李科长还是得到了他所想知道的。因为林方君又提供了新的情况，在他被劫时，这些人主要追问的就是他在联谊酒店一

170

事上说了什么。由此断定无疑，联谊酒店事情虽小，但案情重大。

治安、破案，是公安局的职责。公安局的人员第二天就从联合调查组里抽出来，专门进行对于联谊酒店的侦查工作。联谊酒店早处在公安局的监控之中，他的主人明白这个理，犯不着空费手脚而又授人以柄，所以在搜查后院时，无一遗漏地将"货物"悉数封存了。

林以得很庆幸，庆幸自己昨晚先行一步，差人专门找到老经理，让他李代桃僵，把联谊酒店的责任全部揽到自己身上。老经理不含糊，说滴水之恩，涌泉相报，自己是读过圣人书的人，不会干了卸了磨就宰驴的活。

有人说，世界是由骗子和傻子组成的。如此看来，这话不假。

可是，智者千虑，也有一失。这日公安局搜查联谊酒店，你林以得来掺和什么？他来了，理由也充分，说联谊酒店的经理是他的亲戚，亲顾亲顾嘛，不来看看不放心。

来就来吧，林厂长是平南地面上有身份的人，公安人员也不好阻挡。可是，你干吗也掺和到审讯班子里去呢？当人证物证摆在面前，公安人员讯问老经理到底谁是酒店的主人时，轻易不说话的老经理把个搓板一样的胸肋拍得叭叭响，指着墙上挂的营业执照说："难道你们不认字吗？那上边黑纸白字经理就是我。"公安人员点点头，表示同意他的回答。可是口气一转，问他联谊酒店除了经营食宿为何还"经营人"时，没等老经理回答，林以得却突然奋起而上，抡圆了胳膊照着老头脸上就是一巴掌："你这个人面兽心的老家伙，老不死还干些伤天害理的事！"

老经理脸颊立时肿起来，他咳嗽一声，喷着血沫子说了一辈子也不曾有过的痛快话："打得好，打得好！我一生念过私塾，进过学堂，享过福，受过罪，尝过国民党兵的皮带，挨过民兵班长的枪托——今儿个，亲戚里道又假戏真做，打我，往死里打我！人生自古谁无死，哈哈，够了，够了！"说着朝墙上一头撞去，没撞死，却撞了满头满脸的血。

正常的现场讯问被打断，只好先将老头拘押。公安人员忍无可忍，呵斥林以得，可林以得兀自气哼哼的。

林以得呀林以得，你半辈子总是穿花鞋走高道，这回可是聪明反被聪明误了。为此一巴掌，你将付出的是千百倍的代价。当然，这是罪有应得。

36

　　联谊酒店一案破获的同时，利源集团的问题也随之清楚了。调查组向祢清做了汇报，说利源集团利用廉价劳动力的事情的确有，但比例不是检举材料上说的那么大，只有百分之三十左右。他们已就此事向集团总经理刘玉振提出质询，刘玉振表示接受调查组的核定意见，向以往曾经受过损失的劳动者进行赔偿，并保证以后不再发生这类事情。

　　祢清看完报告，意味深长地嗯了一声，提笔在上面签了"已阅"。

　　祢清随后就得到了关于工业联合厂的调查情况。调查报告中说，工业联合厂在开头的两年里形势不错，那时有林以得这块石头镇着，各分厂的产值利润几乎没有完不成的。这在当时本县的企业形势中不能不说是一大成绩。也许正因如此，县里换了几茬领导而林以得始终在这个重要位子上坐着。可是，这里边仍有出入，利润除去上缴税外，那余下的年复一年的公共积累哪里去了？而近几年的情况变化却是既突然又令人难以置信，审计局的审计报告让人触目惊心，仅在过去的四年里，仅以厂部名义的不正当花费就在百万元以上。这些花费又呈年年加码之势，并且都是从各个分厂的承包任务以外抽取的。这与旧时的工头抽份子别无二致，弄得各个分厂只好瘦驴屙硬粪，三五年中相继垮掉了。调查组还发现了一个情况，这几年各分厂厂长撤换频繁，究其原委，是因某些分厂厂长不听林以得的话，也就是说，谁敢顶他谁敢不忍他的盘剥，谁就得下台滚蛋。林以得是工业联合厂的法人代表，他说用谁就用谁，打个报告送到经委工业局里就算妥了。

联合厂的账目混乱到令人难以置信的程度，产品产量与产值不符，产值与收入不符，收入与支出不符。审计局要查明细账，账本账册一大堆，都在所谓的财务科锁着。财务科长已经换了七个，会计也像走马灯，你方唱罢他上场。天！即使一部豆腐账，总也得有个一二三吧？没有，非但没有，账与账之间几乎接不上茬。如此财务管理，祢清闻所未闻，若非收到那两份同时揭发工联厂和利源集团的检举材料，若非他办事认真及时组织调查，这些情况他怎会知道？也许过上一年半载就永远也难以知道了。

账目虽然混乱，到底还有账可查。税务局关心的当然是缴税，他们用驴打滚的方式大体拢了拢，这几年工业联合厂仅税款就该上缴数百万元。可是，不光分文未缴，还欠下国家贷款上千万元。这些款项加起来，在这个本属穷困县的地方算得上天文数字，这个天文数字的款项，哪里去了？兔子驮跑了，北风刮飞了，还是顺着雨水漂走了？你总得有个说法吧？祢清怒火中烧却又忧心如焚，对于初时还想看在于副市长的面子上对其迁就从事的林以得，他此刻的感觉已远非惊讶和愤怒所能包容的了。

祢清揉揉额头，掐掐内关穴，努力镇定着自己的情绪，待心境平稳之后，才提笔在材料封面上一笔一画地写道：调查组的同志们辛苦。查下去，查到底，别管牵扯到谁。

第二天，当第二份调查材料放到祢清面前时，说句并不过分的话，这位虽然也历尽风雨经多见广的年轻县长，看了也差点儿气得昏死过去。公安局已从联谊酒店老经理的口供中得知，联谊酒店的经理虽然是他，但正如人们所知道的那样，实际上是林以得从工联厂抽资搞起来的，真正的主人是林以得。进货的款从工联厂里拨过来，卖货的钱交给林以得带走，几年来何止几百万？联谊酒店不光经营商品，也经营毒品，"经营人"——当然是女人。他们把领来骗来的女人首先逼做娼妓，时日不长，便通过秘密办法领出去，以高价卖给偏远乡下的光棍汉。这些，林以得当然不出面，全是由老经理一手经办。尤其令人难办的是，有的"买户"出于人尽皆知的原因，在公安机关着手调查时竟然矢口否认，有的还主动藏匿。祢清边看材料边叹息，他浑身燥热。

林以得财力上靠着工联厂，手段上利用联谊酒店，于不知不觉中抓住了一批人。这些人上至省市，下至乡村，形成了并不明显的松散联合。可是，林以得这么做的目的难道仅仅是因为敛财吗？你看不出他多么富有，也拿不出他有意囤积的证据，他的所作所为带有神秘色彩，这就更加让人生疑。然而，你静下心来细细咂摸，却能体味到这个人的可怕。在平南，凡属脸面人物几乎没有不知林以得的，也几乎没有不憷他的。都知道林以得上有靠山，下有关系网，在一个县的范围内，它像个泥潭，规模不大，却满是淤泥陷窝，所谓拽拽耳朵腮动弹，无论是谁，只要被他扔进泥潭里，你就欲出不能，欲挣无力。

这叫作"封杀"。

说林以得是黑社会头子可能令人难以置信，但他却实实在在地控制着一伙人，或者说控制着一伙人的头儿。从公安局提供的材料中越来越能看出，一些带有明显报复目的的劫案，或多或少都与此人有些联系。可是，你若不细心思考认真追查，却又找不到足够的理由证明是他指使干的。这就是狡兔三窟，这就叫阴险毒辣。这种人在村里叫作村霸，在乡里叫作乡霸，在县里呢，自然就是县霸了。一个地区一个县，治安不好或者经济总是不发达，领导者的眼界、胸怀、能力固然是首要的，而这种狗皮膏药似的人物，这种动又不能动、戳又不敢戳的毒瘤，不同样是一种社会障碍吗？

一县之首的祢清也不敢掉以轻心，他要掐紧、抓牢，稳扎稳打，用那种电视剧《雍正王朝》里说的霹雳手段，打开平南县万马齐喑的沉闷局面。

祢清在办公室里一直坐到深夜，终于在调查组送来的汇报材料上写下措辞谨慎的意见：公检法独立办案，我不加干涉。仅建议，查清所有与林以得在经济、生活作风等方面有牵连的人，形成材料，一份报艾书记，一份送我。

37

　　当年，于书诠调走后，林以得曾和梁金远商议，是否通过大哥的关系"打"出去，吃吃商品粮，也弄个一官半职的。梁金远说他自己没文化，出去干事是找罪受，倒不如在村里当个土皇上吃香。林以得听了，哧地笑了说："老三，你让两片豆叶遮住了眼，鼠目寸光哪!"

　　林以得没有利用他大哥的关系，他开始自己运作。

　　成功的生活经历，使林以得总结出了一套处世原则。自从于书诠调走后，他更充分体会到"县官不如现管"这句话确是至理名言。因此，林以得给自己立了座右铭——顺上而负下。这就是说，该拍的人，我一定想尽千方百计拍他的马屁。而那些必须依靠我和有求于我的人，反过来又必须得拍我。我拍上司的马屁是为了稳住自己的位置，而只要我有这个位置，下边拍我的人就会越来越多。我保这个位置要花钱，但我利用这个位置再从应该拿钱的地方去"拿"。这就是人世间的递增削减，这就是我林以得做人的准则。

　　林以得是个精明人，精明人是从来不吃死食的。他善于观察风向，喜观风向的人总是把自己的航向不停地调整。林以得渐渐看出，一村一屯是没有什么油水可捞的。因此，在一次与公社头头酒酣耳热之际，他提出了自己积虑已久的想法。他要去当时的社办工业当头头。他提出来了，也就如愿以偿了。

　　于书诠十分欣赏林以得的心机，他们三人在一起时他常说，林以得是"柔"，梁金远是"刚"，如果这两样集中到一个人的身上，那就是如虎添翼了。正是因为欣赏林以得的"柔"，所以于书诠在邻县升任县长后，就通过关系把他提拔到县工业联合厂当了副厂长。在他担任县委书记时，林以得已经成了厂长。

他这辈子可以说是风头出尽，坏事做绝，良心丧尽，人性全无……如今想要幡然醒悟，重新做人了，你信吗？

当然不信。可是，人到死时心亦善，这话不是没有道理的。林以得心中忽然有了种末日到来的感觉，随之而产生这种想法也就不足为怪了。

实话讲，林以得挥出的手掌落到老经理脸上时，他还没有怎么后悔。当老经理吐着血沫子叫嚷"假戏真做"后，他才突然明白，一个倒霉的局面是无论如何也难以挽回了。

林以得天生有一只嗅觉灵敏的鼻子、一副思维活跃的脑子，他能够从观察到的蛛丝马迹中很快推断出事情发展的好坏，这也是许多年来他一直立于不败之地的关键所在。满头血污的老经理被抬走之后，他就再也没有迟疑，瞅着周围乱哄哄没人注意，骑上自行车悄悄地回到家里。

他的家并不豪华，一个三合院，当然院墙很高，门窗都用粗粗的钢筋箍着。近几年，这个家对于他来说只是个饭店或者旅店，妻子也只不过是他偶尔要用的工具。今日他早早回来，妻子有点儿惊奇，见他一脸愁容，也不敢问其原因。小保姆昨天请假回家探望自己的父母，家中只有妻子一人。林以得扔下自行车，走进屋里，一头倒在床上，他微皱眉头，闭目思索。妻子凭着多年经验看出，他是遇上麻烦事了。妻子极尽小心地凑到他跟前，问他晚上想吃点儿什么。林以得稍稍睁开眼睛，像平时一样轻轻说了句"随便"，就重新眯起了眼。妻子欲言又止地站了一会儿，只好悄没声地出去了。

林以得的妻子是个没有多少文化的女人，先是在税务所里帮忙沿街收税，以后又调进工联厂，挂个虚名，在厂里的时间少，在家里的时间多。前二年办了"内退"，草草办了手续，便专心待在家里光拿工资不上班了。林以得不疼妻子，妻子心里明白，嘴里不说，半辈子就这么默默不语地忍着。林以得在家时，依仗权势前村后村"花"得很。离开农村后，妻子本以为要将她抛了，不承想林以得非但没和她离异，反而在不长时间内就将她和儿女带出来了。就这一点，一贯永远满足现实的乡下女人就挺感激。所以，尽管林以得近几年常常夜不归宿，她也只是将怨艾窝在心里，从来不问不说。

林以得不疼妻子，也不疼任何人。他十四岁那年，村里正吃大锅饭，每天开饭时，他去大伙房领饭，而每次领饭回来的路上，他总把一盆子菜粥喝掉一半，剩下的一半留给爹妈。他爹人高马大，饭量超人，实在饿得撑不住，就将生产队里的一头小牛捉来杀了吃肉。事情很快暴露，他爹被捉进监狱，连悔带病加饿，几个月就死了。他家成了"坏属"，队长每天逼着他那正患病的母亲下地挖野菜，挖得不够斤秤就不发给菜粥。这中年女人终于受不住，上天无路，只好入地了，在一个漆黑的夜晚，勉强挪到一口大井旁，破衣蒙头，狠狠心扎下去了。成了孤儿的林以得并不十分悲伤，反而埋怨自己的母亲想不开，与生产队长的关系也没表现出多么反常。他依旧在生产队里干活，依旧在大伙房里领饭，伙夫们见他孤身一个，有时还偷偷照顾他。大伙房解散后，他又出人意料地傍上了生产队长，有时干脆就在队长家里吃喝。时日一久，队长不再拿他当外人，于是，十几岁的林以得先是诱奸了比他大十四岁的队长老婆，时隔不久，又把不满十四岁的队长女儿也强奸了。队长爱面子又是自己引狼入室，这事传出去好说不好听，真是哑巴让狗日了，有口也难说，只好找个因由把林以得揍一顿，然后撵出去从此再不许进他的家。

林以得被逐出门，不犹豫下了关东，一去就是三年。三年回来后正赶上运动，他成了苦大仇深的积极分子，被视为培养对象。昔日的队长怕他借机报复，主动托人上门，就把女儿嫁给了他。

林以得的人生道理很独特也很奇怪，他常说，人世间一切都是假的，都是没有什么情义的，包括父母生儿育女也非自愿，完全是在他们的享乐中无意间造成。他说这话理直气壮，举例说明也让人难以反驳，他说你譬如男女苟合有了"私孩子"，为了保住自己的面皮，总要想尽千方百计将胎儿弄掉了。倘有真情，为什么就不能甘愿丢了自己的面皮保住那个孩子呢？所以说，人来在世上就是自私，就是贪婪，就是欺骗，根本说不上什么人性或善心。

林以得的人生哲学自己倒还身体力行。他认为他的女儿和儿子就是他和妻子贪图享乐而无意造成的，这点他不赖账。他已经给女儿找了个地位不错的男人，也已供着订了婚的儿子上了大学，他还准备让儿子到国外留学，为此他准备了足够数量的款项，存放地点和方式，连他妻子也不得而知。他这么做的目的也并非什么父子情，用他的思维来讲这也是一种欺骗，目的是为了让儿子将来能够反哺。

林以得在当今世上最佩服的是演员，所以认为最好的差事也是当演员。因为演员们在戏台上作假却又让人们信以为真，他们作风放荡却不被人唤作妓女流氓。稍有成就的，再找个流氓文人接连吹上几通，有时还可被称作"明星"甚至冠以"艺术家"。也许是正因如此，县里市里每逢有名演员跑来走穴，他是每场必到，不管懂或不懂，一律地喊好赞扬。门票再贵他也从不埋怨，他不埋怨，还给口出怨言的人讲道理做工作——你想想，到动物园里看看狮子、狗熊、大猩猩还好几块呢，就别说看这么个又唱又跳鲜乎乎的大活人了！

林以得熟读《三国演义》，且颇有心得。他常说，汉献帝虽是皇上，可事事要听曹操的。为什么，因为曹操手下有人，权重势大。就像民国初年的军阀，手中有人有枪，就能占地盘扩天下。他认为，只要上有根基，下有帮手，霸住一方一处，爱怎么就怎么。像自己这样一个联合厂的厂长，兵不过千人，将不过数十，却俨然公侯王爷。为什么？就是因为自己上有把兄弟做后台，下有亲信来保驾。所以，林以得自始至终没忘了培植亲信，扩充势力。然而，也许是个性所使，他却从来不认为世间真有好朋友。他手底下的人对他再忠诚，他也怀有戒心。有一次他和李大头酒后高兴，大谈世事人生，他问李大头，朋友的"朋"字怎么写。大头闹不清他的目的却不能不回答，就试试量量地说，不就是两个月字吗？林以得点点头又问他，你见过天上有两个月儿吗？大头一下子愣住了。林以得哈哈笑着说，既然天上不会有两个月儿，地上怎会来得这个"朋"字呢？他说完这话好像醒了酒，看看直着眼睛不知所措的李大头，有些后悔这话不该说。可是更让他惊诧的是，大头非但没抱怨，反而喷着酒气说他也曾这么想过。两人同时大笑，大笑之后又相互琢磨，相互尴尬。

不过，林以得相信上阵还是亲兄弟、打仗还是父子兵的古话。他认为，即使没有亲兄弟，结义弟兄也比朋友可靠得多。所以，他对于于书诠和梁金远十分信赖，可以说无事不谈，无话不说。

林以得躺在床上，以惯常的思维方式把该想到的都想到了。这时日已西斜，院子里静悄悄的，忽然静悄悄的院子里传来刺耳的响动，他吓了一跳，忙坐起来细听，原来是厨房里传来的水壶哨声。水开了，妻子为什么不把壶从炉子上提下来呢？再一想，哦，是去买菜了。在往常，水壶溢到门外他也不去理会，在他的意识中，这活本该就是妻子的。此刻不知哪根神经突然接触不良，把旧的意识切断，竟然起身走到厨房里干他不想干的活了。林以得提着水壶朝暖瓶里倒水，暖瓶里发出呜呜儿的响声。不知何故，他听着这响声心里发毛，越听越紧张，越听越害怕，连提壶的手都开始发抖了。忽然间，他感到面前的暖瓶就要爆炸，似乎看到暖瓶爆炸后的玻璃碎片划着惨白的光弧朝着自己面部飞来，他吓得哎哟一声将水壶丢到地上，反身跳回院子里，一边喘粗气，一边心有余悸地朝厨房里瞅着。壶中开水已经不多，洒出来的热水淌了满地，而暖瓶仍旧立在原处，等了很久也没爆炸。

林以得的脚步踉跄，他回到屋内重新躺到床上，被一种倏然而至的恐惧折磨得精疲力竭。他此刻的感觉很像小时听大人们讲的一个故事的感觉——一个本来胆大的人途中因避夜雨而躲进一座破庙里，他烦闷忧愁，就掏出烟袋吸烟。他刚刚划火点燃烟袋，黑暗的角落里忽然传来一声嘶哑尖厉的声音："我也抽一袋，借个火！"

院子里传来脚步声，接着就是妻子惊慌的自问自答："咦，怎么了？

哦，是谁家的野狗进了院。你看，把个暖瓶差点儿打了！"

是啊，林以得这霎真像个受惊的狗，于慌乱中摆出一副准备随时逃走的架势，待到四顾周围，确认并无危险存在时，就又显得若无其事了。

这天晚饭后，林以得以从未有过的深情眼光看了看妻子，拿起手边的提包走出了院门。习惯成自然，妻子的神经已经麻痹了，对于丈夫的行动甚至都没产生问一句的想法。林以得走出院子，她随即心情平静地关上门，落了闩。

38

祢清和老艾几乎同时接到工作组的电话汇报，说工业联合厂问题相当严重相当复杂，厂长林以得突然失踪，不知是出了意外还是闻讯逃走，调查组工作受阻，如今进退维谷，急等他们指导下一步的工作。

下午两点，县委召开了联席会议。担任工业工作的副书记、副县长以及经委、公检法的负责人全部参加，就目前工联厂的问题献计献策。在场者都很重视公安局叶局长的意见，这毕竟是他的专业。叶局长也当仁不让，他从公安人员的角度分析，林以得自杀他杀的可能性都不存在，从他失踪前后的情况来看，肯定是畏罪潜逃了。

林以得是跑了，许多重要问题一时难以找出答案，因此也就没法及时解决。可是，他那个联谊酒店的老经理却在公安局里押着。这是个糊涂别扭却又记忆力惊人的怪物，凡是从联谊酒店得过好处，凡是曾经夜宿联谊酒店的所谓主顾，只要他认识的，他都能记住。正因如此，这才给平南县带来了麻烦，才使老艾和祢清恰好处于进退维谷的地步。

牵扯到的人实在太多，仅县里的就有几十个。老经理清楚记得，副厂长李大头就带着利源集团的总经理不止一次地来过。这可以查证。但是，那些由林以得陪着或者送来的呢，林以得不出面，谁肯承认？除非他得了傻病。

更让这两位县长犯难的是，联谊酒店的那个老朽一口咬定林以得不止一次地带着市里的某重要领导人夜宿联谊酒店的后院。问他是不是看走了眼，老朽指天发誓，说剥皮剔肉也认得骨头，本乡本土本地，岂有看错之理？

然而，此事需要关键性的证明人林以得。老艾催促叶局长，叶局长实话实讲，说如今侦破一般案子都极难，别说通缉这样一个有背景有智谋并且清楚自身分量的人物了。这得需要时间。问需要多长时间，他说这可不是承包计件活，加班加点就能解决。就目前情况看，便是公安部下来限期破案令，也难说在某个期限中捉到林以得。他说让他的部下豁出命去干就是了。

一些关键性的账目不翼而飞，一些牵扯到人财物的事件虽然明知属实，但因为没有足以说明问题的证据而不能立案。老艾毕竟老经验，他和常委们大体商议了一下，决定立即将调查组改成工联厂专案组，由叶局长任组长并具体负责，立即展开追根究底的专案调查。叶局长说责任重大，面有难色。老艾当机立断，亲自担任组长，叶局长担任副组长，仍旧负责全面调查工作，遇上重要问题，可以直接找他。

还是老姜辣。艾书记此举可谓用心良苦，前些日子到市里参加工作会议时，他已得到确切信息，春节前后他就可以调到市里，平南的担子，就由祢清挑了。他不能临走前给这个年轻有为的县长留下后遗症，特别是这些择不清理还乱的地方性麻烦。因此，他将祢清从工联厂一案中"择"出来，使他腾出身心抓好县里的全盘工作。

屎盆子朝自己头上扣。这样的人如今是不多了。

心领神会的祢清对老艾真是感激不尽，散会时他和老艾使劲握了握手，两人相视一笑，彼此什么都明白了。

小汽车开走了，自行车骑走了，黄昏将临，县政府大院里显得空落落的。会上决定对林以得实行通缉，到底能否通缉到，目前尚属未知。可能办得到，也可能徒劳，一切都在可能中。而很多问题的落实，也在等待通缉的结果。

祢清虽然从这件案子里脱出身来，然而心里很苦闷。他招呼来小程，打算让他陪自己到城外散散步，如果可能的话痛痛快快喊他几嗓子。小程当然乐意，说是回秘书科里换双鞋。这时，县政府大门外人声喧哗，祢清吓了一跳，以为又有集体上访的群众把门给堵了。他和小程凭窗看时，却见一辆大篷车自东向西缓缓驶来，车顶上好像还立着一块木板牌。车门大开着，铿锵有力的锣鼓调子从车里传出来。哦，原来是推销产品的广告宣传车啊。祢清松了一口气，刚要转身走开去，不料那车竟在县政府门前停下了，车上下来一帮人，有一个蓬头散发的年轻人在叽里哇啦地说些什么。祢清定睛看时，吃惊不小，怎么瞧着像梁家庄梁三子呢？再细瞅，果然就是梁三子，正和他那辣货嫂子从车顶上往下卸木牌呢。木牌卸下来，由三子和他哥哥抬着，前边锣鼓开路，雄赳赳气昂昂进了县政府。县政府传达室里出来一个老头，刚想拦截，人家已经停住，木牌就摆在了传达室门口，原来是块匾。匾上写着两行大字：

山南海北找青天　青天就在大门边

看门的小祢新婚不久欠了一腚账，征得办公室的同意，让他爹来暂时替他，他跟着一伙人去东海边上贩虾酱了。

梁三子向小祢他爹说明送匾情由，老头一下倚在门框上，用手搓着身上的泥球朝外弹，嘴里连连说着"不敢当，不敢当"。这老头活了六十几年才知道，他一个看门的儿子还有如此神通。

184

39

刘玉振有喜有忧。

林以得如此迅速就垮台，他有点儿出乎意料。就像那年夏天降大雨，没有什么过渡，一夜之间出门望去，远远近近就是一片白澜江了。

林以得的悲哀，正是他刘玉振的喜庆。不过，他本想悄悄地不急不躁地去挖那座已经颓败的建筑物的墙脚，让它慢慢地一段一段地倒塌。没承想刚刚动手，这庞然大物就轰隆隆地垮了。它垮得太突然也太彻底，刘玉振没有足够的思想准备，接下来要干什么都没想好，就有点儿措手不及。

工业联合厂的垮台遂其所愿，给他扩充自己的地盘提供了方便。同时，他也感觉到了祢清的能力与果敢。祢清能从一份人们早就习以为常的检举材料中窥斑知豹，迅速组织力量进驻工联厂，从而揭开一个让人们久疑不定的谜底。这本身就昭示出他的超常胆识、超常魄力。他的主导思想不循旧规，他的工作方法也带有某些匪夷所思的成分。他给人的感觉就是开阔，就是强大，但不是死板、生硬，而是那种带有韧性的坚定。祢清的这些特殊之处，让刘玉振这样一位怪杰也不免佩服得五体投地。说真话，刘玉振这些年来佩服的人没有几个，不管你职务多高，学问多大，他都是以那种清高狂傲的心理不屑一顾地瞧着。用他的话讲，如果见不到你的瓢子是红是白，"我都当作脚下的泥"。

正因为佩服祢清，他才开始害怕祢清。当初尽管他把手脚做得近乎天衣无缝，仍旧没有瞒过祢清的眼睛。祢清仅仅在电话里一两句话，就已点明、戳破从而也就把他给镇住了。自己的小动作本身就是对这位县长朋友的不信任，并且带有威胁、逼宫和将军的意味。按常理，这是要惹人愤怒的。可是他又奇怪，祢清既已识破是他所为，缘何又不直接拆穿呢？他的"此时无声胜有声"，是否预示着"铁骑突出刀枪鸣"？

这个年轻的县长，有城府，深不可测。

刘玉振如此精明一个人，却有个近乎天真的想法，他想仗着自己和祢清的旧交新知，去祢清那里替新朋友李大头说些好话，对大头的所作所为不要追究刑事责任。李大头在林以得犯案前后无意中帮了刘玉振许多忙，他自己虽然还蒙在鼓里，可刘玉振心里最明白不过。不知是出于感激还是另有所图，工联厂案子一出，刘玉振就安慰李大头，说大头在这里边顶破天算个帮凶，他抽空到县长那里给讲讲情，公检法看在县长面上，不会处理过重。同时许诺，待工业联合厂的案子一结，他就聘请大头做利源集团的顾问。

李大头相信刘玉振，知道他的后台硬，所以工联厂大院尽管着了火，他老兄仍旧优哉游哉，一副轻松神态，好像如此大事于他无碍。他现在唯一要做的，就是尽量让刘玉振喜欢自己，依靠自己。他现在似乎才渐渐意识到，刘玉振和他交朋友的真实目的是为了整倒林以得，在工业联合厂的地盘上进一步扩充自己的实力。刘玉振的目的达到了，他的目的也达到了。因为他早就看出，工业联合厂败象已露，而林以得就像红透发紫的果子，再长下去就开始破皮溃烂了。并且，林以得对自己疑虑重重。这样的人，交友不可，共事不成，辅佐也不行。可是，那时林以得手眼宽大，自己也不能得罪他，只能是瘸子推磨，转一圈算一圈了。自从刘玉振进了工联厂大院，他就认定此人是个枭雄，而这个枭雄似乎也有意结交他，两相情愿，迅速靠拢，不长时间便无话不谈，成为莫逆之交了。李大头暗暗高兴，一个朋友一条路，将来不管形势如何，他总算有了新的依靠，再无后顾之忧。所以，他就尽己之力，拼命讨好刘玉振。他不光刻意安排他去联谊酒店，还领他进入工联厂的其他要冲之地。刘玉振借坡上驴，一有空就和大头把酒畅叙，表面上纸醉金迷，暗中却掏了林以得的老窝，摸清了工联厂的底细。

破墙乱人推，破鼓乱人捶。这是李大头的处世原则。现在逃跑在外的林以得既是破墙也是破鼓，李大头当然得又推又捶。唯有如此他才能洗刷自己，唯有这样他才能让刘玉振更满意。对于刘玉振所许诺的，他放心，因为刘玉振数度去联谊酒店，是他牵针引线当然也就如同亲眼所见，有把柄在他手里攥着，这种人既要钱财，也要面皮。可李大头哪里知道，刘玉振在他手里的把柄，由于联谊酒店那老朽的锥子眼睛，如今已不再是秘密。

因为惧怕，刘玉振这段时间越来越不敢和祢清联系了。但是，李大头已在表侄那里得到消息，说工联厂原领导班子中，对他也已立了案了。李大头心慌，就来催促，刘玉振无奈，还是硬着头皮给祢清打了两次电话。祢清则在电话里不软不硬地让他吃了窝脖。第一次说是忙着，没聊几句就撂了电话。第二次刚上正题又被截住，祢清告诉刘玉振，目前首要问题是先扫自己门前雪，别以为林以得垮了你就一定顺心遂意。这话机锋已露，弄得刘玉振这个"人精"一连几天心里七上八下。

刘玉振当然不知道，他是"成也萧何败也萧何"。祢清在发现刘玉振"闷头和尚偷念经"后，心中的确有点儿反感。你既然请到祢磊与我接触，我看你的确是个人才，也决心扶持你提携你，何不坦诚相见，干吗搞这鬼鬼祟祟的动作呢？因此，他就刘玉振其人再次向祢磊摸底。祢磊沉吟良久，对他的同学做如下评价：好伙计。有远见卓识和非同一般的能力。喜欢得寸进尺。

事实证明，祢磊所言不佞。

为了免生枝节，在工业联合厂一案结论之前，祢清必须和同样受到牵扯的刘玉振保持距离。不过，这位县长仍是重人才也重交情，他背地里给公安局叶局长打了招呼，在刘玉振去联谊酒店一事上，看能否法外施恩。

祢清在电话里嘱咐刘玉振先扫门前雪的话终于兑现了。

凡是被老经理咬出来的曾经到联谊酒店的人，都要一一追查。刘玉振是李大头带着去的，老经理认得很铁，三头对质，无可抵赖。他是在一天下午被传到专案组接受调查的。专案组两个挺文静的年轻警官让他填了张表，例行询问之后征求他的意见，问他认打认罚。刘玉振问认打怎么讲，认罚怎么说。两位年轻警官相互交换了一下眼色，其中一位板起娃娃脸说："认打，先刑事拘留十五天。究竟怎么处理，还得看案情的进展再说。认罚呢，一次性罚款一万元，然后通报全县。"

刘玉振立时脸色焦黄。他明白，以自己目前的身份处境，相比之下还是认罚的好。区区一万元，这倒无妨，倒霉的是还要通报全县。试想，通报一出，岂不是明摆着丢人现眼。父母面前怎么交代？亲朋面前怎么做人？更要命的是妻子，这位县团委的女干部，本来就对他疑神疑鬼，这下可好，真有把柄可抓了。他沉默许久，呻吟着问那俩警官，能否通融一下不通报呢？俩警官再次交换了眼色，还是那个板着娃娃脸的说："也行，不过得加倍罚。"

刘玉振喘了口气，说自己认了。随后就是立据、签字、画押等一套流程。

刘玉振回到利源集团，坐在办公室的皮椅上想心事。两万元买得几夜舒服，还被人反复羞辱，真他娘的冤死了。他有点儿恨李大头，要不是这老狗拉自己下水的话，何来这番折腾呢？一会儿他又转了想法，这事能怪人家吗？都是自己不检点造成的。话又说回来，自己和大头交朋友，也只不过是想利用他。如今达到了目的，前后比较，区区两万元算得了什么？在外国，搞点儿商业情报还常常投进几十万上百万，就别说这么大一个地盘了。他现在唯一担心的是弄垮了林以得而得不到工联厂。本利相当的生意，他刘玉振自出道以来还没做过呢。当今之计，是赶紧掌握信息。

李大头神色沮丧地推门走进来，他说表侄告诉他，专案组通过对他的立案侦查已大体掌握了材料，他这次怕是在劫难逃了。他央求刘玉振看在朋友一场的份儿上到县长那里求求情，无论如何得背地里给他说句话。刘玉振一愣，随即现编现卖说："你老兄领我走瞎道，我倒霉也不忘朋友。祢县长那里我去了，他说已经替你通融过，你的案子本来该判八年，人情面子加法律，法院答应在二到三年间考虑。"

大头脸色煞白，就跟刘玉振桌上那张书写纸似的。他呻吟了几声，从牙缝里流出几个字："我谢谢兄弟您了!"其实，听其言，观其行，大头心中已有底。哼! 还吹乎自己和县长交情怎么怎么铁哥们儿呢，闹半天不过是剃头挑子一边热罢了。尽管如此，他也不敢翻脸，因为事情到了这份儿上，他除去在刘玉振这棵树上吊死，还真是别无选择。

40

祢县长如今才弄清，办案子也像剥玉米，先拣外边熟透了的一层一层往里剥。林以得一时之间难以缉拿归案，于是证据确凿的案内人便开始处理了。该罚的罚，该押的押，该判刑的就正式逮捕了。

渐渐地，灶冷锅凉，专案组也就逐步撤出了工联厂。工联厂仍旧需要运转，厂里的工人还得吃饭，这就需要有人管厂守摊。刘玉振早就瞧准了这一步，专案组撤出不几日，他的申请报告就又通过程秘书转给了祢清，提出要求，愿将利源集团和工业联合厂合并经营。方式变了，申请书注明一式几份，分呈县委、县政府、经委和个体协会。口气缓了，再不是上次那种虎视眈眈的"吞并"，而是委婉公平的合并经营。

祢清看着申请书上关于合并经营的各项理由与益处，想起这是上次他在批复中提出过的，心中暗暗佩服这家伙思维真是敏捷。申请书里列举的理由真是全面、充分又留有余地，无论是谁看到这样的申请书，即使不愿批准，一时间也舍不得丢下他。怪杰，真正的怪杰。祢磊评价他有远见卓识和非同一般的能力，一点儿也不为过。

尽管时下祢清在一县之内权力很大，这仍旧不是他一句话就可以定盘子的。他想了想，在申请书上签署了"可以考虑"几个字，便把具体事项交给分管工业的黄副县长去操作。因为还要和县委以及经委、工业局统一意见，然后再交县委常委会议决。这同时，有关工业局与"合并经营"的承包者之间的合同书、协议书也是必不可少的。

祢清是很看重刘玉振的，刘玉振这人也确实毛病挺大。几个月来，他已逐渐了解并多有觉察。然而，这个人那非同一般的观察与管理能力，似可抵补他本身的缺陷和不足。再说，若非这样一个人扎进工联厂去，工联厂的问题何以会暴露？何以会清除林以得这样一个毒瘤？打不掉林以得这个土碉堡，谁又能料想他在今后给平南的工作会带来什么麻烦，制造多少个障碍呢？从这一点来看，似乎应该感谢这个刘玉振了。当然，他在李大头身上用的手段不光彩。

儒家学说认为，人分圣贤君庶小。德才兼备是圣贤，有德无才是君子，有才无德是小人。圣人千年难遇，贤者百年难寻，芸芸众生君庶小，这个刘玉振当然算不得君子，可你也不能把他视作小人。祢清看法折中，说他是个介于正邪之间的人物，可大可小，可疏可近。祢磊说他"得寸进尺"很有道理，这种秉性用在正道上是美德，用在个人私利上则是个永远也难填满的沟壑。最初接触时，祢清还真打算扶持培养刘玉振，他的想法，至少要把这个人才弄成本县管理工业的一二把手。如今看起来，扶持可以，培养不行。

把工业联合厂与利源集团合并经营，祢清打心里同意。他想得很客观，这样可以收回工业联合厂的剩余资金，当然是要包括不动产在内。另外，还可利用刘玉振的企业管理才能，使工业联合厂重新启动，扩大生产，提高效益，每年为县里提供一笔数目可观的利税。刘玉振绝对精明，他在保证利税兑现的前提下，却在申请书里不露声色地暂时占据了那笔近千万元的国家贷款。他说得很诚恳，合并后，请县领导认定，不要把厂内现有资产抵还所欠国家贷款。他很清楚，工业联合厂这堆破烂摊子里，仍有一个令内行垂涎的资金数目可供暂时利用。如果县里不答应，恐怕境内不会有第二个人去收购那些陈旧的设备房屋。答应了呢，久而久之，连折旧带损耗，闹不好就变成负数。近千万元贷款成为坏账死账，最终和银行去扯皮的，还是县委、县政府。

窍门满街跑，看你找不找。这就是窍门。

工业联合厂的问题虽然还有许多省略号，但终于算是告一段落了。祢清心中清闲了许多，这天他找来小程，开玩笑说："梁家庙的梁三子送来'青天匾'，是不是该去谢谢人家？这段时间为工联厂一事忙得昏头涨脑，累得难受也憋得难受，顺便也出去散散心解解乏。"小程说："那匾人家梁三子是送给门卫小祢的，碍你什么事了，这不是自作多情吗？"祢清指指已经放在墙角处的那块木头板，嘻嘻一笑说："你看，贩虾酱的小祢回来后，看着匾莫名其妙，想想这事受之有愧，就让他爹扛着给我这当县长的小祢送来了。既然如此，咱们何不做个顺水人情，找梁三子寻寻开心逗着玩玩呢？反正明后天是大礼拜，闲着也是闲着，你说呢？"小程笑了笑，点头应诺。

天气格外晴朗，太阳从地平线上升起后，有几缕薄如轻绡的云彩在东方天际处游荡。几乎没有风。通往梁家庙的公路上，行人车辆也不多。杨树槐树静静地立在路边，像两行仪仗兵列队等候检阅。透过树的空隙，可以看到公路两侧的玉米一片片一方方，黑乎乎绿油油足有半人高了。有不知名的鸟儿在玉米地里唱着离奇古怪的歌，似乎那一方天地本来就是它们的。远处棉田里，星星落落散布着肩背喷雾器的农人，听不到他们说话，却能隐约看到他们左晃右甩的动作。忽然间，一只红眼睛毛兔从他们前边不远蹿出来，坐在路边处不屑地打量他们一眼，蹾蹾屁股重又钻进庄稼地里去了。那神态傲慢且有迁怒之意，好像行人无端妨碍了它的什么。小程笑起来："瞧了没？秋天的兔子大过官，你看，这小子连你县长也不怕呢。"

蓝天绿野，上下映衬。草木禽兽，各有情趣。祢清正沉醉于这野外美景，听小程如此说，半天也没回过味来，却顺口吟道："秋日秋景秋醉人哪！"

两人身心轻松，骑车缓行，不知不觉已到青牛河石桥。青牛河从这里往西不远拐向西南，小程告诉祢清，顺河朝西南走，十里之外有座水闸。水闸尽头，就是邻县地界了。因为是闲逛，祢清就有闲情逸致，他和小程商量，意欲顺堤西行，去看看那座水闸。县长发了话，秘书能说什么呢？

自古河水向东流。可是，石桥东西各十几里处，青牛河水却是由东

192

向西流。原来，这青牛河是千百年来自然形成的"串通河"。上游是城北一条大河的分支，这分支从平南城的东边流过，南北行有三十几里开始转向西，流经李庄乡全境，到水闸西南不远就径直向南去了。它流程约有百里，最后注入南边的另一条大河。青牛河的形状大体像个 N 字形，有人也叫它曲里拐弯河。

堤是坡堤，路是土路。坡堤路旁，长着高低粗细差不多的柳树。人行路上，没于林中，听蝉鸣看飞鸟，满眼的诗情画意。行不多时，东南岸边忽现河汊，小程说那就是李庄以南长着槐树的小河源头。这小河呈一弓形，与青牛河相衔相携，把个李庄乡的三分之二几乎包起来了。剩下的三分之一虽在青牛河南与小河河西，却都能借着两河涝能排旱能浇，地势十分有利。所以本县有句俗话，叫作城北城西一大片，赶不上李庄一溜线。祢清听罢点点头说："赵恒，他是个福将啊！"

十里地本不算路，两人说着笑着就到了水闸处。祢清看时，这里以闸带桥，桥的南端西侧还有个村落。小程指指那个村子告诉祢清，这个村的西头，就是两县地界了。听说近年有个老光棍汉在西头盖了座房子，两间压平南，两间压邻县，老光棍就在此处开了个饭店，门口挂块牌子，起名"两头赢"。祢清听着很有意思，说这小子聪明，弄不好将来"两头赢"就是本地一景。以后修县志，把不准还得作为特殊条目的内容收进去呢。

祢清和小程走到桥西闸下，只见五孔闸内五块凸面铪薄壳闸板全部落下，闸板边缝处流水汩汩，在桥西冲起数道洄流。一位打鱼人手托旋网，姿势优美地朝着洄流唰地甩过去。不时有欢蹦乱跳的鱼儿被他网上岸来，挣扎一阵，最终仍是翻着白眼被装进篓里。虽是闲逛，祢清还是三句话不离本行，他一边饶有兴味地看着打鱼人甩了一网又一网，一边和小程说这闸起码也得二十岁了。小程说差不多，因为打他记事起，这闸就在这里蠹着。祢清指指闸墩上的一道道裂纹，说该修修了，要不再过三几年非老化垮掉不可。小程嗯了一声忽然笑嘻嘻地问祢清，要是他在平南以西的邻县当县长，见了这闸又做何打算呢？祢清一愣又是一乐，然后很认真的口气说："我盼它今年就塌了。"

早秋的太阳依然火辣，所幸善解人意的溜河风飕飕地刮过来，这河道以里倒也凉爽了许多。祢清和小程又爬上闸板挨个儿看了一遍，回到岸边已经十一点了。祢清掬一把河水洗洗脸上的浮土，甩拉着双手对小程说肚子饿了。小程的意思赶去梁家庙梁云家里吃饭，祢清摇摇头又指指河南岸的村子，说就在这里填填肚子算了。

祢清和小程过桥进村，村落不大，还算繁华。村头喇叭、柏油街面、酒肆饭铺、零售小店，真可谓麻雀虽小五脏俱全。小程指指沿街几家小饭店，问祢清进哪个门，祢清说去看看"两头赢"。小程心想，这么大的官，这么大个人，还是贪玩。心里咕哝着，脚下已是顺街向西去了。

让祢清和小程同时感到吃惊的是，"两头赢"的老板竟是麦前大篷车里遇到的胖汉。这胖汉眼拙，没认出这两位旅伴，这两位旅伴却认出了他，因为他长得太特殊了。胖汉见来了生意，大圆脸立时笑成仙人球，手脚不利索却很殷勤，跑前跑后涮壶沏茶。他问两位顾客用什么"膳"，小程迷糊了一阵儿，说吃凉面条吧，再弄四个小菜四瓶啤酒。胖汉说声"好嘞"，就在屋内墙角的"烹调间"里动了手脚。祢清看了看屋内，原来胖子不只开饭店，还兼营酒烟糖茶小食品，也是麻雀虽小五脏俱全。胖汉炒菜还挺内行，不大会儿，四个小菜炒好端过来，四瓶啤酒也咯吱吱启了盖，说："您二位慢慢喝，我这酒菜可都是货真价实的。"

祢清喝着啤酒问胖子，这店为什么要起个"两头赢"的怪名。胖子双眼眯成一条缝，说这就是文化。他指着东西各两间屋告诉祢清，两边都有床，床上都有铺盖，我东边睡两宿，西头睡两夜，天天过新鲜，这不是两头赢吗？平南来了收税的，我说我的生意在邻县。邻县来收我的税，我说我的买卖在平南。那收税的还能为了个猫蛋大的饭铺两县对证？这样一拖再拖，就谁也收不去了。你想想，这不又是两头赢吗？

祢清点点头，表示赞成。小程心里话，怪不得祢县长说这小子

194

聪明。

二人喝着啤酒，胖子在墙角处开始煮面。热气一阵阵地扑出来，但因屋子前后窗子都开着，穿堂风溜溜地刮，人在屋内倒也不热。加之喝了啤酒，身上心内，更加凉爽了。这时，胖子已将煮好的面条捞进凉水盆里，麻汁、蒜泥也已备齐，说了声"二位要吃招呼一下"，颤着满身胖肉，一溜小跑颠儿出屋去。

祢清和小程看得真切，胖子在屋前不远的半截茅厕里小解。不大会儿，胖子就甩拉着手出来了，一边扎裤腰，一边急匆匆地朝屋里走。回屋后也不洗手，就伸五爪做笊篱，将那满盆的面条一把接一把地捞进碗里。小程见状大怒，刚要起身呵斥，祢清赶紧劝止。他笑眯眯地招呼说："哎？老板，你把面食换一换吧，我这位兄弟刚刚喝啤酒凉了些，肚子阵阵发痛。行吗？"

胖子一脸的为难，指指碗里的面条："这，这……"

"这好办，面条钱我们照付。哦，有馒头吗？"祢清说着起身走过去，胖子刚要伸手摸馒头，祢清忽然改了主意说，"算了，馒头也不吃了，你给拿包饼干吧。"

"好说好说，出门在外，图个相互照应嘛。啊？哈哈！"

41

从"两头赢"出来后，两人顺着村街不拐弯，径直向东走。冲着街口一条路，很快就到了小河的水泥桥上。青牛河上的这条支汊并不大，但水泥桥建得很宽也很长，桥的设计者很有眼光，因为谁又能保证几年后这条小河不再展宽呢？

水泥桥下的这条路直通梁家庙，也恰好经过梁三子的菜园，这过程有点儿无巧不成书的味道。此时中午刚过，田野里静静的，静得让人发怵，你侧耳细听，似乎能听得到阳光穿透空气的声音。偶尔一丝小风，路边的庄稼叶子便发出细微的哗哗声。鸟儿噤声，日光火辣，尽管四周是一片有着生机和活力的绿，可早秋的午后仍是显露出一种难以言表的空旷与落寞。

越过两条排水沟上的简易桥，祢清和小程看到了梁三子的菜园。他们没有进村，直奔菜园北首而去。三子在菜园的北首盖有一间小屋，泥坯为墙，秫秸棚顶前出厦，这是一般瓜棚园屋的模式。要想体会千百文人凭着想象讴歌颂扬了千百年的田园生活，这里大约就是最好的场所了。三子不在园里，想是中午回家吃饭了。三子的园屋里放了一张凉床，凉床上铺有草席，凉床北头放个水桶，桶里盛着清爽爽的井水，一只葫芦瓢在水上静静地漂着。祢清两人将自行车放在屋后背阴处，便一头钻进屋内，双双侧歪在凉床上。

真幸福啊！小程抹着头上的热汗，连连抖着几乎湿透了的小褂。祢清猛吸了几口屋中的凉爽气息，心中的躁闷与身上的暑热渐渐消散了。

他凝神望着屋外，远处田野和蓝天的连接线上，隐隐约约升腾着白色的雾岚，而近处的天上地下，空气几乎是干燥透明的。大自然神韵万象，相形之下，人的生命力和理解力就显得十分渺小而单薄了。

见到梁三子已是下午三点多。

梁三子并不是回家吃饭，而是和他爱人到城里卖菜去了。夫妻俩来到村西公路上，三子的爱人推车回家，三子从车上的兜里摸出两个硬馒头，就直奔园里来了。三子一只手朝嘴里塞着馒头，一只手在菜地里薅着刚刚露头的小草，根本没注意到有人在他的园屋里窝着。三子身披小褂，裤腿卷到膝盖上，专心致志地在菜园里劳作。太阳依旧炽热，向大地源源不断地喷洒着火，三子只顾俯身菜地，似乎全然不觉。三子距小屋并不太远，祢清想喊他，可是张了几次嘴，情感涌动喉头发紧，竟然一次接一次地哽住了。

梁三子终于发现了祢清和小程，是在他直起腰来的一瞬间无意发现的。他有点儿惊奇地愣愣神，随之就在菜垄畦背间蹦跳着过来了。一边蹦跳一边叫："我猜着你们就准来。"三子跑到小屋前，迎着从屋里出来的祢清又亲又抱，嘴里不住地说着些语无伦次的感谢话。

望着蓬头垢面干瘦黝黑的梁三子，祢清的心里阵阵发热。三子至今不知他的真实身份，这倒缩短了两人之间的距离，使他们从感情到接触上更加亲密。试想，如果三子知道面前立着的是一县之长，他是否还能这样又亲又抱呢？难说。三子又和小程拉了拉手，算是打过招呼了。他冲着祢清反复絮叨，说多亏他从中帮忙才打赢了这场官司。他说他最初并不相信祢清有如此能耐，直到市法院里的邢庭长说了他们的关系并给开了信，直到县法院里的人看了信马上就给处理，他才明白祢清是有路子的人。祢清听着只是笑，声言官司之所以能打赢，关键是他梁三子占住了理。

此刻的梁三子既累又热，说完这些话后就疲惫地蹲在了墙角上。他喘了口气，问祢清到东海边上贩虾酱的生意如何。祢清给问得一愣一愣的，不知做何回答。三子说："这也用不着难为情，你们吃公家饭的每月拿那几百元钱，在城里花费又大，还不得占住碾子误了磨。抽空找点儿外快，凭力气吃饭，又没抢谁夺谁的，害什么羞啊。"小程却知道他是说门卫上小祢，不好解释，就暗暗地乐。三子见他偷笑，也笑了说："你俩扎堆一块儿，一定是合伙去的东海边吧？哎？我可告诉你们，贩回的货可别自个儿卖，这不是冬天，闹不好就得臭了。要批给二道贩子们，人家有冰柜，少赚点儿，保险。"祢清这时已听出子丑寅卯来，赶紧称是。梁三子人虽很累，嘴却不闲着，问祢清他们来这里干什么，是不是打算做点儿蔬菜生意，要是这样的话，他一定得帮忙。小程这回脑子转得快，说今儿歇礼拜，他们俩又去李庄找那个朋友玩了，午饭后回来路过这里，顺便看看的。三子信以为真，哦了一声说："近日常有城里人来北边的青牛河里捞蛤蜊，运回去用酱油腌了，晚上卖给专在街边小摊喝啤酒的，挺赚钱。要是你俩礼拜天闲了没事干，还不如来这里捞蛤蜊呢。"小程终于笑出声来，心里话：好得很，这主意不错，县长来你这里捞蛤蜊？

三子大约说得口渴了，起身走到北边的水桶跟前，抄起水瓢咕咚咚一阵猛喝。祢清望着水桶前狂饮冷水的梁三子，望着梁三子那青筋暴突的手与颌下一动一动的喉结，心中阵阵发紧。农民，这就是农民。他们在一年的大部分时间里，喝凉水，啃凉馍，穿着汗渍斑斑的衣裤，袒胸露臂地在田间劳作。他们用自己粗糙皲裂的手，生产出细腻干净的粮食、棉花、蔬菜、瓜果，然后又汗流浃背运进城里、市里、机关里、学校里，再用同样粗糙的手接过几毛几块最多也就几十块的钞票，眼里脸上，还流露出接受恩赐般感激的神色。当我们坐在装有空调的办公室里，喝着香茗，看着小说，拉着闲呱，听着音乐，嘴里不时大骂"人心不古，天下不公"时，心中是否有他们的身影、他们的模样、他们的喜怒哀乐？

祢清的眼睛有些潮湿，便悄悄地抹了一下。这刹那，一幅幻影忽然出现在面前——黑瘦的梁三子被几个匪徒捆住手脚堵上嘴，眼睁睁看着自己的妻子遭人强暴。他拼命地挣扎，扭曲着身子，仰脸向天发出无助的哀叫："我要公道，要——公——道！"距他几步远，梁金远背靠大

198

树，时而不屑地瞅他一眼，时而发出一声声瘆人的冷笑……

"小小子，快成人。长大了，进衙门……"祢清耳边响起早年那位老头唱过的民谣，心里阵阵发紧，一句话脱口而出："案子一定要重判！"

一旁的小程吓了一跳。

从三子口里了解到，如今梁云成了梁家庙的当家人，是赵恒到村里主持宣布的。三子还说，梁云成了村委会代理主任后，先把装在梁金远家的电话移到了自己家里，原先专供梁金远用的小四轮子也开进他家的大门洞里。梁云还把前几年摘掉的大喇叭重新安到屋顶上，每天也不再总是下地干活，闲来无事，就冲着喇叭读报纸、念中央文件。祢清问："那他地里的庄稼可怎么办呢？"三子有些惊奇地看看祢清说："咦嗨，你糊涂了，乡里乡亲的还不帮凑着干吗？"

一丝阴影在祢清的脸上唰地掠过。很突然也很迅速，三子和小程都没察觉。祢清问三子家种着几亩地，三子伸出两根手指，其中一根又歪下说："我和老家分开过了，两口人，一亩半地。这里菜园是半亩，那一亩在村西，当初梁金远'孙'我，把个土台子也给算上了。土台子有三四分，南边还行，北边光长草不长庄稼。我就把南边翻了翻，每年种一季春地瓜。雨水好呢，就收点儿。雨水不好呢，就算锻炼身体了。"祢清听了没作声，心里却在想，按规定这种地是要折半的呀。

梁三子死拉活拽要将祢清和小程弄到家里去，说是祢清给他办了天一样大的事，无论怎的也要到家吃顿饭，还要捎着两瓶大曲酒。三子说这酒买了好些天了，想给他送了去，不知他在哪里住。祢清再三解释，再三推辞，三子就是不依。祢清无奈，只好说："你给我送到家里去吧。"三子连声说好，要他说明家庭住址。祢清就有些后悔，可是话已出口，如水泼地，再也难以收回，只好把住址告诉他。三子听了瞪着眼问："你个看门的也在县政府家属院里住？"祢清点点头，说："咱们县政府官兵平等。"

三子见实在请不动祢清和小程，就到邻近的瓜园里弄来两个西瓜，三个人在园屋里边吃边拉呱，说得高兴，忘了时辰，待到走出园屋看时，日已西斜。

公路上，从城里返回乡下的人多起来。迎着一个个审视的目光，祢清和小程的自行车其快如风。

两辆自行车的后车架上，各驮着一大捆油绿油绿的芹菜。

五天后，平南县召开了公审公判大会，前些日子抓获的抢劫团伙成员分别被判轻重不一的徒刑。与这伙人同时判刑的还有梁金远。梁金远是重判，由上次的判刑六个月加判六年。

公审公判大会结束后，李永哲找到祢清，说是对梁金远重判一案最好跟于副市长通个气儿。祢清想了想觉得有道理，便给于副市长打了个电话。在电话里，祢清先是委婉地将林以得一案向于副市长做了汇报，话中特别提到省、市纪委对此案的关注。于副市长一声不吭，只是静静地听他说。祢清汇报完了，于副市长闷闷地说了一句"小祢你真是用心良苦啊！"祢清意识到对方要挂电话，忙又接着讲了梁金远的问题，说抢劫团伙的成员把梁金远给"咬"了，有好几个重大案子他都在背后插了手，如果梁金远不改判，对这个抢劫团伙便不能结案。所以，请老领导谅解……

电话里，于副市长抻了抻，口气一如往常的温和而平缓："小祢呀，多行不义必自毙，这是他自找的。我不光谅解，还得谢谢你呢，谢谢你为民做主，伸张正义。"祢清赶紧说："于书记，你可不能夸我，这是法律部门……"话没说完就被打断，只听于副市长哦哦两声说："对了，有个会需要我参加，咱们以后再谈，以后再谈吧。"电话啪地挂了。

祢清把电话听筒擎在手里，好半天没有放下。

12

　　谁也没想到，祢清和小程从梁三子那里回来没有一个月，光亮了几十日的老天忽然在黄昏时乌云遍布了。紧接着就是大雨倾盆，雷声也特别剧烈，每一次雷声似乎都震得地动山摇，惨白的闪电像龙的巨爪，不停地在空中腾挪、撕扯。大雨整整下了一夜，一夜之间，平南大地便白茫茫一片了。清晨，祢清出城察看水情，往东走了半里地便积水漫腰。看看不能继续前行，他便原路返回城边。刚刚踏上环城路，就见小程浑身泥水地从城南跑来，见了他瞪瞪眼，一屁股坐在地上说："天爷，可吓死我了，这水势，你怎么可以胡乱跑呢？"

　　这时远处有人唤祢清，祢清一回头，却是艾书记在北边的道口站着。艾书记拄着一根木棍，挽着裤腿，看样子是要到哪里去。祢清知他身体不好，赶忙走过去，问他吃没吃早饭。艾书记摇头没回答，望着这无边无沿的涝洼叹口气，眼里隐隐泛着泪花。祢清见此情景就劝他："艾书记，你回家吧，刚下过雨，天凉。"老艾蹾着手中木棍说："我来平南几十年了，没记得这平南下过如此大雨。这下，老百姓可怎么过呀！"祢清怕他伤感过度，就让小程将他半搀半拽地劝回城里去了。

　　李庄乡差不多每隔半小时就向县里打一次电话，一向受益于青牛河和青牛河支汊的李庄，如今反而深受其害。由于地形特殊，东北方来不及流入青牛河里的积水，就自选水路朝着李庄境内铺天盖地压过来，而李庄境内的水本来就难以排进河里，这一来就等于灾上加灾。青牛河的那条宝贝支汊本是李庄境内的天然引水渠，如今倒像一座拦水坝，将境内的大水牢牢阻住在李庄三分之二的区域里。青牛河下游的拦河闸成了真正的"拦河"闸，两台七十马力拖拉机努得腔后冒黑烟，五块闸板才勉强提起三块。闸上的管理人员冒着生命危险下到闸后看了看，不知什么人出于什么目的，丧天良竟将闸槽用木楔子塞住了。木头遇水自胀，闸板和闸槽几乎成了一体。这满河的大水即使五孔齐泄也难应承，何况如今只有三孔？

受之于利，必遭其弊。一位老叟立在河堤，喟然摇头叹息。

赵恒的嗓子几乎喊哑了，他每隔半小时向县委、县政府汇报一次灾情进展情况。晚上，他向祢清提出一个建议，将那条汊河河堤扒开，朝东南方分洪泄水。祢清当即严厉阻止，说这样肯定会弄出人命，引起两县纠纷。事情一旦闹大，谁也不敢担这个责任。

幸亏祢清是明白人，邻县几个乡早有所备，水势形成之初，已经派了人在这条河汊子上几公里的范围里往复巡回。李庄乡的人无论明掘暗扒，后果都是不堪设想的。赵恒得到这一消息，红着眼睛说："往日请客送礼朝我们要水，今儿倒好，几乎兵戎相见，决意把恩人淹煞。罢罢，我们只好弘扬点儿龙江精神了。"

雨后第三天，祢清到李庄察看灾情。他乘了一辆越野吉普车，是准备在水里泥里折腾的。车过青牛河，就已经是擦着水皮行驶了。地基挺高的公路也已上了水，远远看去，梁家庙东的土台子像个孤岛，而昔日丰茂油绿的大田，完全是白茫茫一片。谷豆瓜菜俱遭灭顶之灾，已经甩棰儿的玉米露出半截身子，在风中摇曳颤抖，像垂危病人招手求救似的。此时的河南大洼，渺渺茫茫，十数里连绵水泊，水泊中遥见有木筏独舟的影子，那是农人打捞漂浮在水面上的蔬菜瓜果。

吉普车在梁家庙西的公路上停下，祢清和小程下车朝西望去，梁三子的菜园没了影子，园屋塌了，坏墙上几根檩条像高射炮的炮筒，直挺挺地朝天空斜伸着。跟在吉普车后的县电视台的记者不失时机地将摄像机伸向四周，最后长时间地在祢清身上定格。修车铺里的二别古正站在门口用草帽扇凉，他好像认出了祢清，便要凑过来看个究竟，而此时祢清却忽然反身钻进了吉普车。

午饭是在李庄乡政府吃的。赵恒强打精神陪着祢清，他眼窝发黑，面孔浮肿，一副熬夜操心不胜疲劳的神色。他冲着祢清几乎哭出声来："祢县长，我这一年的日子可怎么过呀！"

祢清知他话中含义，安慰他不用担心，对于李庄的灾情和他本身的事情，县里是会考虑的。

这种情况下谁也没有心思喝酒，当然也不能喝酒，只是草草吃了点儿饭。祢清没有午睡的习惯，当然有习惯也不能睡了，便和赵恒坐在院中树荫下摇着扇子，一边喝茶一边商量下一步的救灾工作。

祢清从李庄乡回城没站住，立即赶往开发区。各个引进项目开工不久，万一让水泡起来，无论对外商还是对本县，损失都是难以估量的。幸运的是，开发区干部素质高，干劲大，雨一停便全部投入到排水救灾中去。加之地势较高，预设管口管道齐备，半天抢排后，就只有一层刮皮水了。

祢清赶到开发区管委会时，小楼里只剩了康副县长在那里坐镇指挥。祢清刚坐下不久，小芮就从外边走进来。她挽着裤腿，露着胳膊，头发蓬松散乱，还弄了一身一脸的泥巴。小芮见了祢清，先是一愣，随之便面露羞赧之色。她说了声"祢县长你来了"，便拔腿朝自己所住的三楼奔去，好像害怕祢清会嘲笑她。康副县长一乐，很认真地对祢清道："小芮今天一直和开发区的同志们在各处排水，中午饭也没顾得吃。你瞧，一个大姑娘家，弄得都快没人样了。"

小芮从三楼回到祢清他们这里时，装束打扮就完全变了。月白裤裙，鹅黄上衣，桃形领口处吊着个粉红蝴蝶结。由于头发和面部都做了认真的修饰，脸上重又显现出那迷人的胭脂红色。人们常说不怕不识货，就怕货比货。同样，一个人也是如此，现在的小芮和刚才的小芮再比，已是平添七分秀色。人言秀色可餐，当然更可看，祢清就定定地看了小芮几眼，小芮便低了头。康副县长性情诙谐，指着小芮对祢清说："祢县长你瞧了没，咱们小芮见了你，立即就上了妆了。"祢清也似属无意地开个玩笑说："说的是，女为悦己者容嘛。"小芮虽然飞红了脸，却不忸怩作态，坦然地给祢清沏上茶水，就挨在他身边静静地坐着。

小芮对祢清是一片真情，祢清已经感觉到了。缘于一种难以诠释的复杂心理，他一次又一次地辜负了她。今天，虽然由于涝灾弄得心绪烦乱，可小芮在他身边一坐，仍旧有种说不出的热辣和愉悦相混合的甜蜜感悄悄地从心头淌过。他很想与小芮说几句什么，但总又找不到合适的话题，只能问些累不累苦不苦的无聊透顶的闲话。尽管小芮眼神温情依旧，可他再也找不到那晚舞会上两人相处时的感觉。祢清明白，这是心绪不好的缘故，就有意支开小芮道："女同志，不抗折腾，快去休息一会儿吧。"小芮犹豫着站起身，看他一眼，恋恋不舍地走了。

几天后，县里召开了常委会，决定向上级如实汇报灾情，要求加大对平南县的扶贫力度。同时又做了一项特殊决定——二十年来从未有过贫困村的李庄乡，也终于有了包括梁家庙在内的重点扶贫对象村了。

一场暴雨，抢险救灾成了平南县的头等大事。人们的好奇心和注意力，也悄无声息地被渐渐转移。

各种救灾物资不断地运到平南，又由县里组织的班子根据受灾情况分发到各乡镇。青牛河以南是重灾区，祢清亲自指挥那里的赈灾工作。于是，很多人的目光便随着县长的脚步投向了李庄乡。李庄乡的赵恒还真有魄力，积水刚刚消退，他便很快从失望与沮丧中解脱出来，带领全乡干部群众开展生产自救。人们利用各地送来的救灾物资，在被水浸过的土地上种萝卜、种荞麦、垒大棚、种蔬菜。有技术有力气的，由乡里统一组织，统一联系，分别进城赴市，打工卖艺。一时间，李庄乡人心腾跃，气氛热烈，老百姓的脸上渐渐消除了愁容，泛起了喜色。祢清暗暗夸赞说，还是老赵有办法！

这天上午祢清接到市里的电话，说副市长于书诠今日将到平南视察，和副市长同行的还有市扶贫办公室主任。这是个让人听了能够因过度兴奋而中风偏瘫的好消息，其中的内涵，恐怕傻小子也能理解。祢清当然不会放过这个好机会，他可以借此争取到更多的救灾物资，如果手段灵活，把不准还能增加今年的扶贫款呢。

祢清和老艾刚刚计划好如何接待，办公室人员来电话，说接到手机通知，于副市长的车已经进了城了。祢清对着电话说了句"招待所里接待"，就和老艾跑出门上了小车。

老艾、祢清的车与于书诠的车几乎同时到达平南宾馆，同时停住。

老艾和祢清跨出车门时，于书诠也正好夹着个小皮包钻出车。他看到老艾和祢清时，一下张大了嘴，字字清楚地说："哟，艾书记、祢县长啊，听说老家这儿遭了灾，我就忙不迭地朝回蹿。我第一句要告诉你们的，就是市委主要负责同志非常关心平南的灾情，要扶贫办全力支援呢。好，咱慢慢叙，慢慢叙。"说着，伸过胳膊要握手，不料腋下的皮夹啪地掉在地上，里面甩出许多的小瓶小包。有个瓶子摔碎了，药片像绿豆一样在地上滚来滚去。于书诠那白胖的脸上显出一丝不自在，匆匆地和他俩握手后，就要蹲下身去捡东西，嘴里不停地唠叨："瞧这脑子，可是真坏了。"

秘书过来扶住他，一边哈腰捡药片，一边告诉老艾和祢清，于副市长近来身体欠佳，前天刚从青岛疗养回来，昨天还在市医院里检查。惦着平南的灾情，拧着今天要来。这不，还有两个重要项目没检查呢。老艾和祢清很感激，连忙向他道谢。一群人说着让着，走向宾馆后楼去了。

吃过午饭，老艾回县委办公室准备开会。祢清则必须留下，一是陪着于书诠，二是向书诠汇报灾情和救灾工作情况。工作汇报是单独进行的，没有例行的汇报会，也没有秘书在旁边记录，只有他们两人。于书诠说回到老家了，不搞那些花里胡哨的东西，那样只是过场，私下交谈才能听到真话。祢清很是佩服他的看法，便非常认真地一五一十地把平南的灾情说了一遍。于书诠非常耐心地听着，不时在一张纸上记点儿什么。汇报结束后，于书诠没提问题，也没提看法，而是接连给在另一个房间里的扶贫办公室主任打了两次电话。一是让主任和市民政局联系，暂拨五十万元救济款来平南。刚放下电话又抓起电话，还是找那位主任，让他马上派人到市农委联系，把刚刚进口目前还在青岛码头上的一批化肥直接运到平南来。说这事他临来时已和农委主任讲好了。

放下电话，于书诠就不再提工作上的事了。他说："祢清你是我的老部下了，我不跟你搞那些冠冕堂皇，说就说心里话。你太年轻，阅历也浅，有些事该嘱咐的我就不客气了。"接着便以埋怨的口气说了些祢清不注意身体健康之类的话，还特别提到他乘着吉普车去李庄察看灾情的事。他说："如今通信交通这么方便，你完全可以坐在办公室里等汇报。也只有这样，才能显出领导者的派头、领导者的尊严。否则，时日一长，有些人就不拿你当壶醋了。"于书诠的话，带着浓重的感情色彩，有着类似父兄般的关心、教诲和体贴。然而，祢清听起来却有点儿不自在，总觉得如今的"于书记"已经在自己和他之间架起了一层无形的隔膜。

晚上不再搞宴会，这是于书诠特别嘱咐的。宴会可以不搞，小吃小喝却是必不可少。招待所餐厅里只预备了一桌饭，县里作陪的也只有老艾和祢清。

一场暴雨，平南县秋季收入将减少百分之四十。

于副市长没有食言，回到市里后就和省里有关部门联系，追加了二百万元扶贫款给平南。他在电话里告诉祢清，这是自扶贫工作开始以来数目最多的一起追加款项。为了不使他这个父母官作难，市扶贫办公室已经起草了关于把平南县列为重点扶贫县的报告。只要工作做到家，相信这个报告是能批复的。这就意味着，今后平南县每年可多得扶贫款几百万元。祢清有点儿激动，问他县里如何配合做这个工作，于副市长在电话里轻轻笑着说："放心吧，只要你把平南的工作做好了，不让我分心，这里面的工作一概由我来做。"话中机关，祢清当然理解。祢清想，到底是老干部老领导，无论何时，总是处处以工作为重，丝毫不掺杂个人成见。按说，他应借此机会向老领导解释点儿什么，可是，受一种非常微妙的复杂心理所驱使，他只是简单地说："于书记，我代表全县人民谢谢你了。"这话一出口，他就感到那边着实愣了一阵，接着是哈哈好好的干笑声，于副市长撂了电话。

一场天灾，使平南的各项工作不得不重新调整。基层领导班子当然也得调整，在于副市长的提议下，赵恒调任县经委顶替退居二线的老主任。平南县既然将要成为重点扶贫县，扶贫办公室便是重点单位。为了加强力量，搞出成效，由赵恒这位经委主任兼任扶贫办公室主任。

这次天灾之后，刘玉振再度成为平南县的新闻人物。

县里召开了扶贫救灾会议，凡是有财力的集团和各县直单位领导都参加了。会议内容很实在也很简单，就是动员人们捐款。刚散会，刘玉振就找到主持捐款工作的办公室副主任，开口就捐十万元。这个数目在小小平南立即引起了关注，人们争相称赞，说这才算汉子，这才是真正的大款。县电视台专门对他做了采访和录像，市台、省台也先后转播。市报专门来了记者，写了文章，在报纸头版以"致富不忘救灾——访平南县著名私营企业家刘玉振先生"为题配上照片发表。这一来，刚刚从"通报"的阴影中跑出来的刘玉振，一下子就声名显赫了。

这举动树立了威望，树立了形象，树立了人格，把从前的是是非非、坑坑洼洼也一板子抹平了。刘玉振的眼睫毛都是空的，他何乐而不为呢？

有句老话叫作"榜样的力量是无穷的"，这句哲味十足的话真对，真正确。你瞧，刘玉振在捐款一事上做出了榜样，有谁不向榜样学习呢。短短五天内，从小学生到县长、县委书记，从下岗工人到财大气粗的集团经理，人们纷纷伸出援助之手，把大小参差面额不等的钱钞源源不断地送到救灾扶贫办公室里。这就是国人的美德，这就是水乳交融、相濡以沫的华夏子孙。短短的五天内，小小平南县收到捐款数百万元，大大超过了省扶贫办追加的扶贫款。

刘玉振是个瞅准潮头好捕鱼的人，盛名之下，他又做了件让人眼红心热的大事情。他有个远亲在国外，通过这个远亲，联系了几位颇具影响的东南亚和日本企业家。其中两位早想在中国国内物色一位代理人，他们有意于刘玉振，刘玉振却无意于他们。可是，刘玉振并不割断与他们的联系，经常通通电话，交流交流信息。平南受灾后，刘玉振看出时机已到，立即和其中一位日本朋友打招呼，以本地受灾为由，请对方伸出援助之手，要求双方合资搞食品加工新开发。就在那位日本朋友沉吟琢磨之际，他已经拟订了详细的开发项目和具体计划，同时又向一位东南亚的朋友发出了意向征询。这两个国外商人，既想吃鱼，又怕沾腥，迟迟不愿投资。可是，他们又不愿失去刘玉振这样一位朋友。他们注重的人才是有学历、有资历、有能力、有财力的。这些条件刘玉振全占了。同时，几年来的业务联系也证明了刘玉振的非同一般，以他们的眼光看来，这样的人是不多见的。所以争先拉拢他，以图让他做自己在中国北方的业务代理人。刘玉振自然明白本身的分量，他要自己创业，自己发展，他不愿仰人鼻息成为他们在中国发财的"代理"。他在大学里学习中国的经济发展史时，知道外国人初入中国时就专门找中国人做他们的"代理"。那时，他就对这些假洋鬼子嗤之以鼻，说这些人既没本事又没出息。如今轮到他头上，他当然不愿意。他对这些外商朋友抱着奇货可居的心理，不亲不疏，不即不离，这就更吊起了对方的胃口。如今刘玉振提出不做他们的代理人而做合伙人，答复呢，平南这个地方确实太小，几乎没有扩充的余地。不答复呢，又恐失去刘玉振这样一位相当有用的朋友。就在洋鬼子——也可能就是假洋鬼子们犹豫不决时，聪明的刘玉振退了一步，他让外商朋友们不用投资，只需包销他的新产品，而他的新产品又是一种食品原料，只要有人的地方，就离不开食品。那位东南亚的外商朋友立即答应，表示十天后就可来中国签订协议。他便将这消息电话告诉日本朋友，日本朋友心眼儿多，原想抻他一抻杀杀价，岂料别人捷足先登，再也沉不住气了，当即表示，一星期之内来跟他签订合同。

两名外商为了一笔业务几乎同时来到平南，这在平南的历史上相当少见。书记出面，县长出面，还惊动市、省招商办相继派了人来。接待规格之高，在平南县实属罕见。

谈判进行得很顺利，一是刘玉振的新产品能够让外商从中获利，二是两个外商见刘玉振这位中国朋友在当地有如此威望，更加认为此人了不起。这两位也并非宏商巨贾，以他们的实力要想进入中国这个庞大的需求市场，还真离不开刘玉振这样一位精明强干的知情人。

谈判的结果令人非常满意，刘玉振的新产品全部由两位外商包销。

价格虽然不高，但因产品原料全部取自本地的土特产，年年生产，岁岁收获，附加值又很大，如此下去，一年即可收回全部成本。

这两位一心要将刘玉振纳作他们代理人的外商，却在不知不觉中钻进了刘玉振的套子，成了刘玉振在他们国家的商业代理人。

这就是心计。

这就是能力。

45

上午十一点，祢清和赵恒还在办公室里研究刚刚拟订的重点扶贫计划。小程走进来，犹豫着说刘玉振找他。祢清打了个愣，一拍脑袋说："昏了头了，刘玉振从九点钟就等我回电话。"他用手指点着小程，"快通知他，要他马上来。"小程说："人家早就来了，在会议室里等着你呢。"

"叫他来，叫他来，叫他到这里来。"祢清翻着面前的一个小本，一连说了好几句。

小程退出去，赵恒起身要走，祢清留住他，说刘玉振的事很简单，很快就能答复。他们今天上午必须把重点扶贫的问题大体定一下，以便在下午召开的常委会上讨论通过。

刘玉振新开发的产品项目，不是什么高科技，也并非时下吹嘘得几乎能让人老而不死的补品。相反，它的科技含量很低，是一种极平常但现在看来又挺稀罕的豆沙馅。这种豆沙馅是由绿豆、红豆、大枣、红糖加上一些辅助作料，经过改进了的制作程序加工而成。像普通的豆沙馅又有别于普通的豆沙馅，从原料到配方到卫生防腐，完全符合国际有关标准。这些标准要求来自国内的许多食品规定，也来自刘玉振国外的几位商界朋友。人有远虑，便无近忧，可见刘玉振对此"蓄谋"已久。这种豆沙馅自从投产以来，由于人手齐备、原料充足、操作简便、价廉质优，产品不但外销量大，在本地也很快成了抢手货。一些单位个人争相购买，有的自用，有的赠友，有的还作为平南土产特产拿到市里省里去"公关"。达官贵人富豪大款们在外吃腻了鸡鸭鱼肉海珍面包酥油，回到家让老婆保姆和面擀皮蒸上一锅，吃上几个，改改口味，也是一种享受。如今，酒楼饭店的经理老板都是八只眼，豆沙馅行情走势显而易见，他们灵机一动，立即托人购来，制成佐餐，一炮打响。惊动了面食加工厂，惊动了糕点作坊，纷纷来利源集团采购订货，一时间，"平南豆沙"甚是走俏，厂子里日夜加班竟也是供不应求了。

刘玉振审时度势，借着顺风好扬场，他决定增加设备，扩大生产，潇潇洒洒地赚一把。他把计划告诉祢清，祢清很赞成。他向祢清提了个要求，帮忙在银行里贷款五百万元，以利周转。五百万元不是个小数目，祢清也不敢贸然答应，只说给他尽力想办法。祢清心里也有一本账，这个忙他无论如何也得帮，只是怎么帮才没有后顾之忧。自从刘玉振接收了工业联合厂，启动旧设备，恢复旧项目，利源集团又投入财力、物力、人力，工联厂已经旧貌换新颜，头两个月利税就有几十万。既解决了县里的部分财政困难，又解决了上千下岗工人的就业问题。前些日子的新产品项目开工之后，虽然眼下还谈不到盈利，但成本收回后的发展优势显而易见，这也让一直拖着全市尾巴走的平南小工业得以扬眉吐气。

瑕不掩瑜。祢清这样评价他。

祢清对自己评价不低，刘玉振很快就得到了消息。这是个有隙就乘、有孔就钻的主儿，他趁热打铁，马上来找祢清。他提出自己的要求时，好像已经判断出当场得不到答复，所以只简单地说了一下就告辞了。昨天下午他又向办公室要了电话，问县长是否可以接见他。办公室向祢清汇报后，祢清让他今天早晨听电话，电话迟迟不到，他捺不住，就径直赶到县政府来了。

刘玉振见祢清正和赵恒研究工作，很识趣很机灵地笑笑说："对不起，打扰了。我知道领导们忙，就打了个报告送来，有空您就看看，没空以后说。"言罢，将一份装订齐整的东西放在祢清面前，点点头转身作别。祢清叫住他，说贷款问题他已和市里的某家银行打了招呼，可以

213

办，不过利息很高，还是短期信贷，如果同意的话，就马上写个申请材料。

刘玉振犹豫了一下："短期信贷？哦，行行行，没问题，贷了，我贷了。"

赵恒望着刘玉振走出门去，回头对祢清说："这人是挺有气魄。"

祢清啧啧着没说什么，继续和赵恒商量扶贫计划中的关键问题。两人谈一会儿在记录本上写一会儿，不知不觉晌午了。祢清说该吃饭了，赵恒说是该吃饭了。祢清也没征求赵恒的意见，便打电话让机关伙房准备饭菜。赵恒问中午是否"喝一点儿"，祢清说："下午还要开常委会，喝是可以喝，但只能点到为止。如果老赵你馋酒的话，晚上到我家去喝，管够。"赵恒的嘴角朝外咧了咧，心想：怪不得有人说祢县长专会饶酒喝，想想，我一个下级到你家去喝酒，能两手甩空拳吗？赵恒知道祢清是个酒仙，有限的工资，刘洁又管得严，有时难免用"请"的办法在下属中赚些酒喝。他也知道，祢清虽然好酒，但在公私问题上却依然保持了共产党人的本色作风，从不占公家的便宜。招待所里的名酒佳肴应有尽有，却没有谁可以站出来说看到过祢县长往自己家里捎过带过。所以，几个月来，他在平南官声不错，酒风也是有口皆碑的。招待所所长曾经真心实意地往他家里送过酒，所长前脚走，他后脚就打电话让小程把酒送回去了。不过，你去他家喝酒，即使成捆成箱地带了去，临走也休想带回一滴。人们就笑，说祢县长不占便宜不贪财，只是见酒眼开。

中午吃饭时，还真没喝多少酒。离开饭厅时祢清又再次嘱咐赵恒："你要馋酒的话，记着到我家去喝。"赵恒一边答应一边想，祢县长家里的藏酒肯定是不多了。可是，我去他家带什么酒合适呢？

今天祢清邀赵恒到他家喝酒，实非有意赚他，而是真心请他。因为刚刚饭桌上赵恒给他解决了一个难题，刘玉振的贷款问题再不用操心了。这笔贷款，他是跟市里某银行商量过，但十分勉强。时下人们的信誉不知怎的越来越低了，银行行长们总是担心别人坑他们。所以，提出

214

的条件是让祢清出具担保，并且贷款时间只有三个月。祢清乱事缠身不说，这里面还有个对刘玉振的信任程度，哪能分出心来做那个保人？可刘玉振这里又推托不得。他便有些进退两难，心里也七上八下。赵恒在饭桌上提出的办法，却无意之中让他解脱了。

在那次县里搞的捐款救灾活动中，由于刘玉振"振臂一呼"，所以就有了"从者无数"。几天的时间，全县捐款达数百万，加上外地的支援、上边的救济，待扶贫追加款到位时，县内的"自救"早已不成问题。赵恒和县里领导商量了一下，决定把追加的二百万元留存。留存并非久存不用，而是准备把这笔款项留到秋后，作为重点贫困村的特别扶贫资金。可以用作救济，可以用作开发新项目，譬如大棚种植、畜牧养殖、家庭手工艺。

这笔钱存在银行里，放在扶贫办公室的账号上，不增值，不生养，只有些微利息。可是，把他贷给刘玉振，就能由小变大，由少增多，秋后冬来，增值程度是可想而知的。最起码，它会给本县提高效益扩大收入增加利税了。所以，赵恒一提这件事，祢清顿生一种智者千虑也有一失的感觉。是呀，自己咋就没想到呢？

祢清想把此事和老艾通通气，又一想，老艾向来尊重自己的意见，短期行为，扶贫办公室又是县政府直辖，主了吧。他将此事电话通知刘玉振，刘玉振在电话里喜不自胜，连说就是一百万也不嫌少，太及时了，太及时了，拖一天，丢一万元哪！祢清当即在脑子里过算了一下，可不，这平南豆沙的效益就是这么大。他告诉刘玉振，这笔款只能用两个月。刘玉振问他是从哪里弄来这笔款的。祢清回说："这你就不用过问了，两个月归还，可以吗？"刘玉振从电话里笑出声来："别说两个月，即便两星期也行啊，时间就是金钱嘛。"

当然，赵恒得写个与扶贫相关的材料。

当然，祢清得在赵恒的扶贫材料上签字。

当然，这位年轻县长的签字立即生效。

46

秋收秋种之后，平南县的工作重又步入正常轨道。人心安定，计日程功，大好形势下，县里决定激流勇进，搞个招商引资突击月活动。

S市是江南的历史名城，那里的一家服装制作集团看准了平南的地理条件和资源优势，有意投资建一座中等规模的服装加工厂，进而把这里搞成江北第一家品牌生产批发市场。

这项资金的引进，对平南经济的发展举足轻重，仅就头三年的优惠税额算，平南财政就可增收上千万元。如果径情直遂，再顺势引进规模相同的一两个项目，三几年内平南实现真正意义上的脱贫绝对有把握。为了迈好这关键的第一步，老艾和祢清轮番出马，旬月之间，三下江南。

祢清带着康明、赵恒、小芮，又于昨天上午来到了S市。那家服装制作集团的决策人可谓大手笔，看准输赢，立即下注。祢清他们这次到来，目的定位上只为了一纸合同。所以，他们轻轻松松地，晚上参加了合同签订仪式。

仪式结束，集团董事长余兴不尽，特意在本市一家有名的酒楼设宴款待祢清一行。祢清本是海量，今晚心情又特别好，宴会上便放觥倒觞，酣畅淋漓，大开大合，尽显北方汉子的豪爽。那位董事长更是性情中人，本来就对这位年轻县长怀有一份远非名利可图的敬意，此刻见祢清举止大度，一无遮拦，也不禁推杯换盏，真格地舍命陪君子了。坐在祢清身旁的小芮有点儿着慌，她怕县长酒后有失，便借着给董事长敬酒的空当将祢清替下了。董事长生意上精明，人际上粗疏，和小芮连干三杯后，扬颔大笑："芮女士红颜豪情，和祢县长夫雄妇杰，天作之合，了不得，了不得！"小芮双颊飞红，醉眼惺忪，对于董事长乱点鸳鸯谱竟然毫不辩解。

　　宴会结束，祢清踉踉跄跄回到宾馆房间，顺手将门往后一推就坐到了床上。他觉得有些醉眼迷蒙，浑身就像着了火似的，喝了两杯水，三几下脱光衣服便倒在床上了。随后上楼的小芮走到他房间门前，见房门虚掩着，便悄悄地走进来，见祢清只穿件裤头躺在床上，整个身体全部暴露在自己面前。祢清的皮肤不算很白，但四肢粗壮，浑身没有一块赘肉，平滑的小腹还有几块整齐的腹肌。腰很细却很有力，屁股结实而性感。这刹那，床前的小芮再也迈不动步了。她很想扑上去搂住祢清，不管对方是什么态度，哪怕遭到呵斥或拒绝。然而，她迟疑了很久没有行动，她不想在祢清进入熟睡时打扰他，因为年轻的县长实在太忙、太累、太不容易了。此时此刻，绝对应该让他好好休息。忽然祢清动了动身子，勉强睁开眼，见小芮立在床前，不好意思地拽过被单盖住身子："小芮，你也去休息吧。"小芮眼睛有点儿湿润，但仍旧抑制住心中的躁动，很大方地问他是不是还需要什么。祢清想要坐起来，身子却软软的，他只好躺着朝小芮摆摆手，表示什么也不需要了。小芮显然误解了他的意思，迟疑了一下，款款地走到他床前，俯下身子问他是不是有什么不舒服的地方。刹那间，一股温馨柔和的香气缓缓扑向祢清，小芮那长而细密的睫毛在他的眼前忽闪颤动，灯光朦胧中，对方的脸儿几乎就在他的面前，娇嫩粉润，美轮美奂。祢清禁不住心荡神移，情思缥缈，一股强劲的类似磁性的东西在心中涌流跃动，弄得他全身燥热，手足乱颤，一时间真想做点儿什么。他明白自己想的是什么，越想就越有点儿控制不住自己。这时，房间门响，有个人影晃了一下又出去了。祢清意识中似乎打了个激灵，赶忙咬紧牙关，稳住心旌，终于把持住了。他闭上眼睛，喘息着说："小芮，好姑娘，你走吧，我要休息了。"

　　小芮犹犹豫豫地走了，祢清的眼睛半睁半眯，心中七上八下，好像有什么事情让他后悔。正要蒙眬睡去，屋门又轻轻响了，小芮复又款款走进来，手里提着一把暖瓶，站在他的床前，探着身子深情地瞅着他的脸。大约三分钟，见他并无反应，便把暖瓶放在一旁的茶几上，停有片刻，顺手带上门出去了。祢清的心怦怦乱跳，他心中暗说，好汉难过美人关，此话一点儿不假。这霎，外边刮起了风，吹得窗前的梧桐叶唰唰响，像是有人在吟诗作歌。电话铃响，祢清强撑着抓起话筒，一个弱弱的女音在柔柔地说："祢县长，我给你念一段词吧，'万里南天，鹏翼直上扶摇，那堪忧患终生，萍水姻缘恐成梦。几度相思，弱女自悲于心，但得如君知己，桃花颜色亦千秋'。"

祢清虽然醉了，可也听得出来她念的并非什么词，而是小凤仙写给蔡锷的挽联。只是，聪明的姑娘把内容做了些修改，让人听起来更加悲切伤感，哀婉凄绝。是啊，护国将军蔡锷，那铮铮铁汉不是也被美女小凤仙征服了吗？小凤仙敢爱敢恨，身心俱付蔡锷。蔡锷不幸病殁东洋，这女子痛不欲生，将满腔的爱、一生的情凝结集聚，成此美文。祢清暗道，没承想这小芮还真有点儿文学细胞，她怎么就记住了这副挽联的内容并能文为我用呢？祢清用力翻了翻身，终于坐了起来。这时，他酒意稍消，很想到另一个房间和小芮说点儿什么或做点儿什么。可是，想归想，却没有那么做。不知怎么搞的，鬼使神差般他很想再听到小芮的声音，所以，就拿起话筒凑到耳朵上——然而，此时话筒里只有电话的蜂音：嗡嗡嗡……

祢清拿出手机，拨了号，机子里传来一个女人的声音："你好，哪一位？"

"小祢今晚不在家，对吗？我……"

"这个坏蛋是不在家，你来吧。"对方回答干脆。

祢清喃喃着，卡住了。

那边女人嘻嘻一笑："你个没正经的，弄什么鬼，当我听不出来吗？"

祢清把戏过后，很歉意地说："对不起，又让你守空房了。"

"不用惦记着，现在的业余选手多得很，随便可以到街上寻一个回来嘛。"

"不，还是找职业的。"祢清嘿嘿笑着说，"职业选手本事大呀。"

"你该死吧你。"对方口气软下来，"明天回来吗?"

"当然。"祢清也换了话题，"哎，我昨天出来时听说，你们新近侦查的那个劫案有头绪了?"

"哎哟，说来你都不敢相信，你猜牵线的是什么人?"

"什么人?"

"是被劫的女人的丈夫啊!男人在外头赌博胡混，女人在家养鸡赚了钱，男人跟她要钱她不给，这就勾了社会上的流氓无赖黑夜打劫。"

"真是人心难测。罪犯抓获了吗?"

"哪里就那么容易呢……"

两人又交谈了一会儿，就相约关了机。祢清关了灯，独自在床上坐着思索。窗外风声依旧，黑夜依旧。祢清醉意全无，睡意全无。

短短几个月的时间，平南开发区已是面貌大变，资金不断注入，建筑群拔地而起。前不久，一家台商路经此处，说这真是块风水宝地，当即以令人瞠目的速度在这里建起了一座工厂。紧接着，几个大城市的企业也相中了这里的人力资源和物产资源，相继到平南投资发展他们的企业。

这天下午，平南开发区正在建设中的清源服装公司工程工地上，塔吊林立，机器隆隆，厂房、办公楼的墙体参差不齐，一幅幅大标语格外醒目。

工人们或上或下、或里或外地紧张工作着。

远处路上，运砖、运灰、运钢筋的汽车、拖拉机往来穿梭。路旁的柳树上冒出新芽，小麦开始返青，有小鸟儿在叽叽喳喳地叫。

工地西侧，一破落小村依旧存在着。

工地南侧的土丘上，祢清正和手执图纸的工地指挥张副主任在比画、谈论着工程的进展情况。突然，手机响了，祢清刚一接听，脸色忽地变了，连连冲着手机喊："克制，克制，不能动公安。我一会儿就到，一会儿就到。"他关上手机重新拨了号，口气也随之变得轻松了："小程啊，张先生让我们去和丰华房地产开发公司当面谈谈，这是应该的，完全应该的。什么？估计只有两千万，没问题，二百万也不嫌少，积少成多，由小到大嘛。只是，眼下有突发事件，我还真是抽不出身来，对对，乱事缠身啊。这不，小刘庄那边为搬迁一事动了手了。这样吧，我授权给你，由你去和丰华接洽。对，全权代理。放心，没有什么干不了的，年轻人要知难而上呀。就这么定了吧，回头我打电话通知办公室，让他们给你出具一份委托书。好，说定了，就这样了。"

晚上，小程拉上窗帘打开灯，晃动着身子找了个尽可能舒服的姿势仰靠在沙发上，全神贯注于电视片《州城风光》。

在优美的音乐声中，深沉忧郁的大运河与京沪铁路并行南北，衬托出一大片鲁西北的黄土地；旭日东升，金花四溅，给这座千年古城铺漫上一层淡淡的光晕。光晕中，镜头悄然向西，连绵而至的高大建筑与旧式街道交相映现，诉说着小城历史的沧桑和现实的辉煌；新开发的色彩斑斓的新湖风景区、文化广场与指天欲飞的"世纪风"，宣泄着与时俱进的神奇和浪漫，令人耳目一新；宽阔平整的街道引导西行，途中和新城开发区的主街道形成一个巨大的近似立体的"人"字，"人"字的下端，小桥流水，花圃叠翠，将气势恢宏的开发区管委会大楼映衬得越发壮观雄伟……

电视播音员语气沉重：有着丰富的历史文化底蕴的平南城气象万千，引人入胜，然而，十分令人遗憾，它仍是个欠发达地区！

为了发展，为了争气，为了尽快崛起，更是为了解决平南几千名下岗职工带来的再就业压力，祢清来到这里后，与县委书记老艾通力合作，先是争取到部分资金改变了小城的主要街道和重要建筑，让平南以崭新的面貌出现在世人眼前，抽时间就风尘仆仆到处招商引资，可谓宵衣旰食、殚精竭虑。为了争取到清源服装公司来平南投资，老艾和祢清带人轮番三下江城，他们的诚心拜望和顽强不息的敬业精神让那位性情倔强的老董事长万分感动，当即决定将自己的一家分支企业落户平南。为了答谢这个县里的深情厚谊，老董事长还特地介绍了实力雄厚的丰华房地产作为向州城发展的意向投资人。

为了尽快啃下丰华这块多肉多油的"骨头"，祢清决定带着小程再下江南。然而事有凑巧，前天开发区内发生了搬迁户与施工人员的纠纷，双方秣马厉兵，大有刀兵相见之势。祢清接到报告跑到现场讲了一通道理，不光没起作用，反被搬迁户们联名告到了市里。这不，今天又因搬迁问题，小刘庄也和开发区摽上了劲。没办法，为了掌控全局，他只好暂缓行程，由小程一人受命危难单骑闯关了。

事实上，即使没有县长的授命，小程也要找个借口单独成行。因为他和女友娜娜网上聊天时已有约定：今年秋高气爽日，双双聚首到江城。

小程到达江城时已是晚间，江城大酒店前霓虹闪烁，热闹而祥和。出租车停在酒店门前，服务生提着行李，引领着他直达三楼的预订房间后站在原地不动，小程想了想从包里取出一张纸币递给他，服务生意味深长地笑笑，躬身接过后走了。小程洗了把脸，首先想到的是打电话，第一个电话是报告给祢清自己顺利到达，第二个电话当然是打给娜娜了。可是，他还没拨号，手机已经嘀嘀嘀地响起来，是短信——娜娜发来的。

"——想你没有时间的限制，念你没有空间的隔阻，我盼，盼望尽快和你分享共同的爱。"

喜出望外的小程赶紧回信："一根无形的网线，把我们的心牢牢系紧，你拽住那头，我扯住这端，用力，越拉越近。"

短信很快回复："近了，我们越来越近了，已经听到了彼此的心跳。挥挥手，驱散无谓的思虑，让我们的心贴得更近、更近，近得已经感觉到了彼此的呼吸，这呼吸，你只为我，我只为你……"

小程有些情急难耐，顾不了矜持，更顾不了煽情，三几下拨号直呼道："娜娜，你现在到了哪里？我——想你！"

手机里传来娜娜咯咯的笑声："宝儿，我已到香港了。"

小程仍旧高声嚷着说："这么说我们明天就可见面了？"

娜娜："不，今夜，就在今夜，我转机乘夜航去和你相会。"

小程："那好，我去机场接你。"

娜娜："不用的，有出租车……"

手机里传来一阵噪声，电话挂断了。

小程幸福地倒在床上打了几个滚，跳起来到服务台上打听从香港来的飞机班次。服务生查了查告诉他，得到下半夜了。

娜娜是台湾人，小程大学时期的同学和恋人。毕业后娜娜回到台湾继续读硕士，小程没这条件，他参加了工作。分别两三年，他想她，她也想他，不断地网聊，不断地通电话，就是难以见着。娜娜去年硕士毕业后接着读博士，瞅这硕博相接的空间，得便来大陆和他相会。

入夜，小程一直坐在大厅沙发上等着，不时还到外边望望，唯恐娜娜走错了门或是找不到这里。凌晨三点多，酒店门外传来一声汽车喇叭响，还真是心有灵犀一点通，小程像弹簧一样跳起来迎出去，果见一辆红色出租车在酒店门口停住，娜娜已经婷婷玉立地站在车门旁了。小程兴奋地跳了个高，跑上去就要拥抱。车里钻出个穿着朴素的老头来，以与之年龄不相符的快捷速度往外跨了一步说："年轻人，你要干吗？"小程傻了一傻，娜娜咯咯笑起来："爷爷，这就是小程！"老人怔一怔，笑了，打量着小程说："好好，不错，那老朽就自报家门吧，本人姓秦，名怡斋。呵呵，秦怡斋！"说着伸出手来。

爷爷？小程心里咕咚了一下，啊哟，哪里像爷爷，纯粹是个老保镖！出于礼貌，他还是立定身子握住老人的手："爷爷您好！"

白天小程很忙，他得前往丰华房地产公司与项目谈判人接洽。晚上回来时，秦娜已在大厅等着，她也不问谈判进展如何，拉了小程的手直奔餐厅。晚餐是自助餐，小程用食盘盛了鱼、牛排和青菜，端一杯红葡萄酒，和秦娜拣了处僻静所在坐下。秦娜看了看小程的酒杯说："我也来一杯。"

小程马上立起身来："小生甘愿效劳。"

秦娜乐了，甜丝丝地看着小程走到酒水柜前取来一杯葡萄酒，二人举杯对饮，小程问道："老人家呢，怎么没来用餐？"

秦娜告诉小程，说爷爷昨夜太累，傍晚在他外出回来前，自己陪他出去吃了夜餐小点，所以早早回房歇息了。秦娜讲本地的夜餐小点很有特色，而爷爷又特别爱吃小点。小程点点头，说爷爷是个很随和的人。两人边吃喝边聊天，都没有酒量，却又都在兴头上，一杯下肚，两人已是酒酣耳热。小程看看表说："娜娜，天不早了，咱们回房间吧？"

"怎么，等不及了呀？"娜娜歪起头，眼神迷离地望着小程，莞尔一乐。

小程很出神地看了一会儿秦娜，轻轻咬着下唇道："难怪说灯下看美人，三年不见，你越发妩媚了呢。"

秦娜开心地笑起来："小程，你终于也会恭维人了。好好，饭可以不吃，酒可以不喝，意醉神迷颠鸾倒凤的美好之夜不可不过。走！"

性情爽直的台湾姑娘站起身，也不乘电梯，拽着小程咯咯笑着直朝楼上跑去……

第二天早饭后，秦娜和爷爷说了一声，就和小程一块儿出了江城大酒店。他们乘出租车来到门口挂着金字招牌的丰华房地产开发总公司门前，小程走进去与值班人员接洽，秦娜则在公司门前的小湖边溜达着玩。湖中碧波荡漾，鱼儿嬉戏。有几只小船在水中划来划去，对岸隐约可见人影。小湖边上方石铺路，垂柳如发，花草相映，游人如织。秦娜本就是陪爷爷来大陆观光旅游的。奇怪的是，爷爷来到江城后，也不大出门走动，每天只是不停地打电话，好像在思谋或寻觅着什么。秦娜了解爷爷的性格，也不多问，乐得和小程每天耳鬓厮磨。此刻玩兴正浓的她本该没有心事，却已有了心事，不停地扭头朝丰华公司门口看看，再看看，终于，她看到小程脚步疲沓地走出了公司的大门，慢慢下了台阶。

秦娜赶忙迎上去。

小程与秦娜并行湖边，显得神情郁闷。秦娜说："你有心事？"

小程勉强一笑："你的观察力还真强。"

秦娜："可以和我讲讲吗？"

小程："怎么不可以呢。是这样，和丰华接触了两次，不知怎的，总感觉他们诚意不大。"

秦娜："何以见得？"

小程："他们只是关心我们那里的优惠条件，别的不谈。"

秦娜："哦，这只能怪你求成心切。"

小程："这话怎么解释？"

秦娜："你是不是先炫耀了自己那里的投资环境如何如何优越？"

小程："难道不对吗？"

秦娜："对方是个相当精明世故的人，他马上就窥透了你的心思，所以先来个提前压价。这是谈判桌上的学问，也是我研究的管理学中的一个课题。注意了，下一步他提出的条件有可能更为苛刻。"

小程："经你提醒，我倒想起来了，难怪他总是笑嘻嘻地眯起眼睛望我。我们那里有句俗话，叫'仰脸女人低头汉，眯缝眼的好暗算'。"

秦娜怔一怔，瞧瞧自己挺着的胸颈，轻轻打了小程一下。小程嘻嘻一笑。

秦娜："看不出，你先生还挺狡猾的，出口伤人，不怕遭报应吗？得了，你心中有数吧。咱们也到那边租条小船儿，好吗？"

小程："好的，正想借这一湖清水冲刷我心中的虚烦懊闷呢！"

晚上，江城一家酒吧情侣间里，桌上摆放着鲜花，蜡烛的光焰在轻轻地抖动着。透过珠帘，偶尔可见招待小姐的身影，隔壁时有青年男女低低的笑声。小程和秦娜相对而坐，两人喝的是再普通不过的桂圆红枣枸杞茶。

秦娜："怎么，今天的谈判还是不顺利吗？"

小程："如你所料，条件苛刻。"

秦娜："哦？哪些内容？"

小程："首先提出的是土地征用价格，最高限价只四千元。"

秦娜："每平方米？"

小程："啊哟，我的大小姐，是每亩地呀！"

秦娜吃惊地笑出声来。

小程："我们当地政府规定很明确，每亩至少一万元。损害农民利益的事，谁干了谁负责。即使这样，我们县的财政上也已贴进数千万了。丰华提出的条件，不是明摆着在开玩笑吗？"

秦娜："可以用堆积木的办法，引他一千一千往上长。"

小程："这个谈判对手的确精明又世故，他提出这个价码后，便不再和我谈投资的事了，只管天南地北地乱扯。"

秦娜："这就是策略，淡化你的抵触性思维。"

小程："可是，你有千变万化，我有一把死拿。这事横竖不能妥协，不能，绝对不能。祢县长经常说，让百姓吃亏的事，打死也不干。"

秦娜："可以把这事跟你的祢县长汇报一下嘛。"

小程："哎呀，祢县长万事缠身，够闹心的了。这不，前些日子开发区的张副主任在拆迁中又砸伤了，这种时候，我是无论如何不能给他增加负担了。"

秦娜："那么，这种压力，只有你自己承担了。"

小程："所幸有你。"

秦娜："我？"

小程："是啊，你真好，我再烦再累，见到你就能精神倍增。"

秦娜："谢谢你这么看重我。"

小程："只是，你快要走了！"

秦娜："其实，我也不愿意走。哎？这样吧，待会儿回到酒店后，你跟我一块儿去找我爷爷，劝他到平南一游如何？"

小程："太好了，那咱们现在就去。"

小程很快结了账，和秦娜手拉手地走出了茶室。

江城酒店的豪华套间里，八十多岁的秦怡斋精神虽好，但脸上时有怅惘之色。秦娜和小程走进房间，老人脸上露出一种无奈而又欣喜的笑："今晚你们去哪里玩啦？"

秦娜："就在前边街上的茶室里。"

秦怡斋："玩得还算开心吧？"

秦娜："当然。哎，爷爷，和您商量件事，过几天，咱们随小程到平南一游好吗？"

秦怡斋的目光转向小程，似在征询什么。

小程："我也建议你们去，同时也代表地方上欢迎你们。平南古属燕赵交界之地，有很多名胜古迹可供游览。秦老先生和娜娜小姐是应该去那里看看的。"

秦怡斋："哦哦，古来齐鲁多名人，燕赵之地多慷慨悲歌之士，应该去看看，应该去看看。这事嘛，哦，暂不能定，等你的业务有了结果再说吧。啊？哈，你们这两个小鬼头哟！"秦老先生说完朝他们扬扬手说，"你们先到别处玩去吧，我想点儿事，哦，想点儿事。"

小程和秦娜被"逐"出房门后，相互吐了吐舌头。小程问："娜娜，我看老人家整天不算太开心的样子，是不是有心事啊？"秦娜低着头说："我爷爷多年来就这性格，只要闲下来，就两眼直直地做冥思状，谁也弄不清他到底想的什么。"

又是一天。

天近黄昏，丰华房地产开发总公司门口仍旧人进人出，秦娜持手机在街对过商店门口站着。不一会儿，小程提着皮包走出来，左顾右盼朝四周张望。秦娜就喊他："喂，在这里呢！"小程跑过来："娜娜，我们去哪里？"

秦娜："先到虞美斋吃饭，然后去舞厅，咱们放松放松好吗？"

小程："正合我意。走！"

一辆出租车开过来停住，两人坐进车里，小程往前一指说："虞美舞厅。"

舞厅里人很多，曲调温柔的《人鬼情未了》回旋在空气中，舞伴们跳得如醉如痴。一曲舞罢，秦娜、小程回到东侧座位上，每人一杯咖啡，慢慢地喝着。

秦娜："刚才跳舞时，看你总打不起精神，又遇到难题了?"

小程："是的，对方简直是得寸进尺。我答应他地价可以商量，他不置可否，却又提出三年不缴税。"

秦娜："用你们的话讲，这可是原则问题。"

小程："没错，我们的地方政策是三年内减税。要说三年不缴税，别说在我们那里，你就是走遍天下恐怕也没这等便宜事。"

秦娜："我劝你干脆放弃得了。"

小程："已经投入了这么大的精力，我还是想努力把它搞成。"

秦娜："对方的投资额是多少?"

小程："大约两千万。"

秦娜："两千万啊?"

小程："数量虽不是太大，可搁到我们那里却也能解决许多就业问题。"

秦娜："既如此，你就应该将这些情况全部汇报给你们县长，你曾说过，你们祢县长虽然年轻，却才华横溢并有丰富的谈判经验，也许他能从中找出协调办法。"

小程："看来只好如此了，回到酒店我就给祢县长打电话。"

秦娜："再跳一曲吧?"

小程："来!"

47

农历十一月，天仍然不冷。应了那句俗谚，涝年冬暖。

下起了毛毛雨，接连几日，持续不断。祢清本来情绪不佳，小雨连绵，更令他心烦意乱。赵恒刚刚来过，和他商量有关重点扶贫村的落实问题。也正是这一问题，近期把他搞得寝食难安。挪用给刘玉振的二百万扶贫款，刘玉振至今没有归还。可是，市扶贫办公室已经催了好几次，让平南赶紧把扶贫资金的落实情况上报，以备省里下来检查。赵恒问他怎么应付，他苦笑着说："怎么应付？扶贫工作是丁卯合榫的事，又不能造张假表上报。我们这叫作茧自缚，还是赶紧催促刘玉振吧。我打个电话，你亲自跑跑，找到他说明利害，让他快速解决。实在不行，我再找银行想办法。"

赵恒答应着走了，祢清在办公室里走来走去，万一刘玉振那里近期不能完璧归赵，他可真是坐了蜡。这二百万是扶贫款，专款专用，不得挪动。要是悄悄地走了又悄悄地回来，其间还可变通个理由，因为地方上常常把些专款挪作他用，到时上边追起来，总能找个借口搪塞支吾。关键是款项原路返回。现在，如果刘玉振再将此事拖下去，他祢清就得到别处化缘堵漏。这样，万一上边认起真来，他将无言以对。事情虽是赵恒提出，但他点了头，签了字，主要责任是他祢清。

祢清打开了窗户，想探出头去吸几口清新空气。一缕雨丝被风刮过来，他打了个寒战又缩回了头。

外边，阴沉的天，潮湿的地，阵风和阵雨飘忽不定，时断时续，人畜鸟兽全部躲进了自己的巢穴，树木花草也完全失去了以前的盎然生机。不时有清凉的雨水味刮进来，但旋即就被屋里蒸腾的热气淹没，仅存一点淡淡的凉意了。祢清摇头叹息，又重新把窗户关上了。

刘玉振并非赖账不还，而是发生了意外事件。

商场就像一盘棋，既要熟悉路数，又要看懂、看透棋谱。刘玉振看懂了但没看透棋谱，在楚河汉界的格斗中不慎走了瞎着，以致弄得手足失措、捉襟见肘。

那二百万元加上刘玉振自己筹集的部分资金，一下子投入到利源集团的食品加工业中，周转快，范围大，恰如性情活泼的化学成分，既能催化，又能组合，平南豆沙原是如日中天，现在更加锦上添花。越是这样，刘玉振发财的欲望越强烈，总想尽快把投资赚回，将生产规模扩大、再扩大。为了多产快产平南豆沙，他催促全厂人员齐上阵，日夜加班加点，说这叫作歇人不歇马。他虽是老板，也和工人们一样吃食堂，加夜班，眼熬红了，人熬瘦了，一头原本黑油油的美发很快变少变灰，像秋后路边的马莲草，下半截直戳戳地朝天立着。

他承受得了，工人们却受不了。有人开始骂他，说他是中国新兴的黑心资本家的代表人物，只知赚钱，不顾人的死活。终于，有几个学过社会发展史的小青年举旗反抗了。他们说赚一千挣一万，到我们工人手里的能有几何？倒是他刘玉振，赚大钱，当大款，花天酒地乐无边。他刘玉振是剥削者，我们工人是被剥削者，我们的剩余价值全被他巧妙榨取了，我们不能再这样犯傻。他们反抗的手段很原始，怠工或破坏生产工具。有人将碎石泥块掺进生产线，有人把机器螺丝拧松弄掉让产品粗糙质劣不合格。还有个愣头青将家中一把珍藏多年的细瓷景德壶砸碎掺进原料里，说硬邦邦脆生生的，让外国鬼子们吃去吧！这一连串的动作，打乱了刘玉振的好梦，也毁掉了一大批价格不菲的豆沙。

世界上最精明的商人在日本。

豆沙是分三批运往日本的。刘玉振的那位日本朋友收到第一批豆沙时，就已查出了其中的杂质成分。他不声张，不退货，待第二批、第三批相继运抵后，才将此事向刘玉振正式提出。刘玉振不相信，立即对剩余豆沙进行检测，检测的结果让他目瞪口呆，千真万确，豆沙里有不宜食用的杂质，尽管含量极少，但有关食品检测的国际标准仍不许可。刘玉振为这批货整整和那位日本哥们儿交涉了一个月，最终好容易达成协议，货物收下，对半折价。其实，这批豆沙经工艺提纯后，仍可作为标准食品原料，仍然可以维持原价，刘玉振不懂，上当了。这样，刘玉振纯赔几百万，他的日本朋友则从中获利三倍还要多。

事情出现后，当然得追查责任。几位肇事者有的开除，有的赔款，有的法办。义正词严的谴责没有了，消极反抗的行动没人干了，仅仅剩下了懊丧、后悔、哭泣和检讨。

连赔本加整修，一反一正，刘玉振亏损的惊人数目是可想而知的。打鹰的让鹰啄了眼，他刘玉振半世精明何曾吃过这种亏，一怒一悔，血压升高，在自己办公室的老板椅上晕倒了。送院抢救，住院治疗，折腾半月，方始痊病。

赵恒找到刘玉振时，刘玉振正躺在床上打电话。这次通话看来很重要，刘玉振只顾得向赵恒招手致意，嘴里依旧叽里呜啦地说着什么。赵恒先还面露愠色，因为刘玉振太失礼了。可是，当他听到那听也听不明白的异国语言时，终于消了怒气静下心来，十分耐心地坐在椅子上，边听边伸直脖子，像突然遇到了天外来客。直到刘玉振关上手机跳下床来，他的眼睛还直勾勾地瞪着刘玉振，像仍然处于陶醉状态似的。

刘玉振给赵恒泡了杯茶，赵恒呷了一口问刘玉振："你小子刚才呜啦的是哪国话？"

"你听着是哪国话？"刘玉振干黄的脸上有了笑意，从抽屉里拿出盒"一枝笔"放在赵恒面前。赵恒抽出一支打火点燃说："我听着是洋毛子话。"

赵恒还真听不懂，他知道刘玉振是个全才，会说英语、俄语、日语，也懂南方话、胶东话和维吾尔族语，天知道他刚才到底说的哪方话呀。刘玉振也知他听不懂，不再难为他，告诉自己刚才说的是马来西亚语。赵恒惊得小眼溜圆，他做梦也想不到这个一心只想发财的私营企业老板竟还会说马来西亚语。他问刘玉振跟谁学的。刘玉振说在大学里跟一位马来西亚留学生学的。赵恒佩服得直咬牙，心想，这人真他妈的成了精了，你说这世上他还有不摸的东西吗？艺不压人，这不，用上了。他心里这样想嘴却那样说："刘玉振你真了不起，你会好几国语言呢。"刘玉振摇摇头，有点儿不好意思地说："这算个吗？文豪辜鸿铭会八国语言，北京大学老教授陈寅恪会多国语言。我算个吗，嗯？算个吗？"

一杯茶喝尽，一支烟吸完，赵恒终于记起了自己来干什么。他将祢清关于催讨那笔扶贫款的意思说了个大概，刘玉振的脸上红一阵白一阵，末了叹口气说："我可是太对不住祢县长了。人哪，不认钱不行，光认钱也不行。这个理我渐渐明白了，天下万物，人是第一的。"

赵恒知他所言为何，也不答话，心想，马累极了还踢辕呢，别说是人了。你拿着人当牲畜使，这下可知道锅是铁打的了吧？刘玉振沉默片刻，像忽然间忆起来似的告诉赵恒，他刚才打电话就是为的这件事，那位马来西亚朋友挺义气，听说他遇到了难题，答应提前汇一笔预付款来中国，眼下已在办理汇兑手续。赵恒听了一愣，问他准不准。刘玉振说："事情都到了这份儿上，谁还敢说瞎话吗？"赵恒点点头，没再说话。刘玉振见他无动于衷，催他说："快给祢县长回电话，别再让他心里七上八下的，我已是一百个对不住他了。"赵恒说："无妨，我回去做口头汇报就是了。"刘玉振见他有一搭无一搭的神情，很觉奇怪，这样的好消息，看上去他怎么倒有点儿不高兴呢？

赵恒发现了刘玉振那锥子一样的眼光，慌乱了几下，又喝了两杯茶，这才告辞。起身时，顺手抄过那盒"一枝笔"装进兜里，深不可测地说："老弟，你快要成为平南县的大名人了。"刘玉振笑了笑没说什么，他心里话，我早就是平南县的大名人了，怎么还"快要成为"了呢。赵恒重重地和他握手道别，迈着巨蜥般的大步出门钻进了一辆红色桑塔纳。

赵恒走后，刘玉振心里仍旧忐忑不安，他觉得应该亲口给祢清回个话，可他又怕祢清发脾气，忖量半天，还是拨通了祢清办公室的电话。接电话的正巧就是祢清，从祢清的口气里他听出，赵恒还没来得及向他汇报款项已备的情况，心想这个电话还真是打对了。他以急不可待的口气把自己刚刚确认的好消息告诉给对方，只听得祢清在那边长舒一口气，说了句"谢天谢地"，就撂了电话。

办公室里，祢清一手持笔在面前的文件上勾勾画画，一手擎话机接电话。他停住手中的笔，朗声道："小程啊，你讲的这些问题我都清楚了。还是咱们的既定方针，努力争取，坚持原则。丰华的工作继续做下去，有百分之一的希望也要做百分之百的努力。作为引资项目来说，两千万算不得惊人数字，但两千万投进来，起码可以减缓一下我县的部分就业压力，也可以增加地方财政收入。至于对方所提条件嘛，这样吧，我安排一下手头的工作，马上去和你会合，咱们共同研究，再想法把这个项目冲一下。好了，就这么办。再见！"

雷厉风行，祢清第三天上午就到了江城大酒店，因为事先知道小程要和祢县长商谈工作，秦娜决定今天陪爷爷外出散散心。说来也巧，爷儿俩刚出酒店大门，恰巧遇到小程从机场接祢清回来，秦怡斋见了从出租车上跨出来的祢清，忽然哆嗦了一下，立在原地怔怔地望着对方出神。

小程和祢清走上来。

小程："秦娜，和爷爷出去呀？"

秦娜："是的，我们想去看看古城墙。"

小程："来，介绍一下，这是我们祢县长，刚到。"接着转过身对祢清说，"这是秦怡斋老先生，这是秦娜小姐，我和你说过的老同学。"

祢清握住秦怡斋的手："您好，秦先生。"

秦怡斋的手颤抖着，一时间竟说不出话。

秦娜："爷爷，您怎么了，祢先生问您好呢！"

秦怡斋："哦，对不起，失礼，失礼，您好，您好！"

祢清疑惑地看看秦怡斋和秦娜，转身与小程朝酒店内走去。秦怡斋忽然说道："祢先生请留步。"祢清转过身来。秦怡斋说，"祢先生，晚上我们共进晚餐好吗？"

祢清想也没想就答应道："好的，好的，那我们恭候了。"一边朝酒店内走着，一边对小程说："人在江湖走，广交天下友。老人家真豪爽。"

当天下午，祢清与小程就和丰华房地产总公司进行了再次接洽，由于牵扯到一些原则性的问题，洽谈仍是无果而终。两人回到江城大酒店时，小程刚好接到秦娜的电话，说是她爷儿俩已在醉八仙小餐间里等着了。两人也顾不得回房歇息，径奔醉八仙小餐间。果然，秦老先生已在主陪位上坐着，见二人进来，忙起身和祢清握手，并把他让在主宾位上。年轻的县长见多识广，秦老先生一片诚意，不好推让，只好就座。

招待小姐介绍着一道道菜名，又一一斟上红葡萄酒，秦怡斋首先举杯道："水酒一杯，给祢先生接风洗尘。"祢清连忙起身回敬："祝秦老先生福寿康年。"

一杯酒罢，祢清从招待员手里接过酒瓶，给秦怡斋和秦娜各斟一杯酒说："听小程讲，秦老先生和秦娜小姐是从高雄而来，今天游览了这里的古城墙，感觉还好吧？"

秦怡斋："古典、雄奇、壮观，不减当年。"

祢清一怔："这么说，秦老早年来过这里了？"

秦怡斋点点头，又摇摇头，笑一笑，未置可否。

秦娜："祢县长这一来，我看小程的精神清爽多了。"

小程不好意思地笑一笑。

祢清："小青年嘛，头一次独当一面，这就相当不错了。"

秦怡斋："听小程讲，贵地的招商引资成果显著，祢先生栉风沐雨，功不可没呀。"

祢清："过奖了，过奖了。招商引资工作也是我们那里发展地方经济的重要出路。人力资源有余，发展基础不足，各打各的优势吧。这项工作开始以来，地方经济已经翻了几番，这条路，看来是走对了。"

秦怡斋："如此发展势头，可喜可贺。"

祢清道："咱们既然是朋友了，我就冒昧地问一句，今儿初次在酒店门口相遇时，不知老先生为何以别样眼神看着我？莫非……"

秦怡斋："哦，对不起，你让我想起了一位故人，他的模样很像你，若非年龄差距，我一定会错认了。"

祢清笑笑："有这么凑巧的事？看来咱们之间还真有缘分。"

秦怡斋："的确有缘分。敢问祢先生，可曾当过兵？"

祢清："没有。可是，我爷爷却是一个身经百战的老兵。"

秦怡斋："啊？令祖可好？"

祢清："身体还算健康。"

秦怡斋："现在何处？"

祢清："离休后住在市敬老院里。"

"哦！"秦怡斋一听这话，端杯的手颤得很厉害。祢清急忙问他："老先生哪里不舒服吗？"秦怡斋摇摇头："不，不不，我今天真是太高兴了，太高兴了。来呀，为祢先生的祖父大人的身体健康干杯！"四个人举杯同饮，气氛重又显得轻松了。

晚餐后，秦怡斋把祢清和小程邀到他房间小坐。房间客厅很宽大，秦怡斋和祢清坐在单人沙发上，秦娜和小程坐在双人沙发上，连喝茶水带闲话。秦怡斋似属无意地再次问了问祢清祖父的情况，话题就又转到了与丰华公司的谈判上。

祢清是个心中能装两顷地的人，损益亏盈一般不形于色。然而一讲到这件事，却也不禁叹了口气："唉！丰华提出的条件，确实难以答复。看来，我们这次的引资工作，只能是一份遗憾了。"

秦怡斋："这种空手套白狼的手段，在商界是屡见不鲜。"

祢清："可惜了一个两千万的项目。"

秦怡斋："区区两千万，倒让二位如此劳心伤神。"

祢清和小程同时吃惊地望望秦怡斋，纳闷他何以说出如此口气轻松的话。当然，碍于老人的面子，他们不好意思问，也不能问。抻了一会儿，祢清转脸对小程说："小程啊，我们和秦老先生爷儿俩一块儿玩几天，然后就打道回府吧。"祢清话刚说完，却见秦怡斋从沙发上端起茶杯轻呷一口道："祢先生，何不明天上午就走，我和娜娜随二位同行，正好借此机会到平南一游。"

秦怡斋突然的决定让秦娜和小程惊喜不已。娜娜跑上去，轻轻搂住爷爷的脖子，吧地亲了一口。祢清也很意外，几乎是下意识地对小程说："好好好，明天上午就走。小程，马上预订机票！"

现代交通虽然大大缩短了人类行程的时间，但从省城机场到这稍显偏远的平南县城仍有一段不小的距离。祢清等人进入平南后，天色已交黄昏，正是人们下班的高峰时段。城内，汽车、电动车与自行车穿流如梭，令人眼花缭乱；现代建筑与宽敞的新辟街道交相辉映，提前开张的夜市里熙熙攘攘，演绎着这个鲁北城市越来越繁荣的市场经济。

出租车在以前的县招待所如今的平南宾馆前停住，小程、祢清、秦娜、秦怡斋先后走出车门，走进宾馆，在招待员的引领下走进早已预订好的房间里。

晚餐。

祢清坐在主陪位上，秦怡斋坐在主宾位上，小程、秦娜两侧相陪。看着招待小姐将一道道具有地方特色的菜肴布于餐桌上，祢清举杯道："以平南特产给秦怡斋老先生和秦娜小姐接风，干杯！"

秦怡斋："谢谢二位盛情款待，谢谢！干杯！"

祢清："秦老先生和秦小姐来到平南，就是平南的客人了。希望你们多住些时日，在本地各处转一转，看一看，回到台湾后，把所见所闻和台湾的父老乡亲说一说，请他们来大陆时，也抽时间到此地一游。"

秦怡斋："一定，一定，海峡两岸人，隔海不隔心嘛。"

祢清："小程，有些事我需要处理几天，你就陪秦老先生他们吧。"

秦怡斋："祢先生和小程先生政务繁忙，我们自己四处逛逛也就是了。有事相烦时，再电话联系。"

祢清："不，你们初来乍到，人生地不熟的，我事情多一些，有失陪伴，还是让小程代劳，陪你们看一看平南的旧貌新颜。也就是说，小程是你们的导游了。怎么样，小程，能胜任吗？"

小程看一眼秦娜，笑笑说："县长请放心，我一定当好这个导游。"

祢清："为秦老先生和秦小姐在平南游览愉快而干杯！"他放下酒杯说，"我只要能抽出空儿，就来陪伴二位。哦，对了，饭后咱们到宾馆楼顶上看看平南夜景如何？"

秦怡斋连声说好。

饭后，几个人登上楼顶，举目远眺，只见整个平南华彩四溢，光晕如曦，新湖荧波，万般灯火霓虹尽皆入目。祢清侧脸对身边的秦怡斋说："秦老，平南夜景还可以吧？"

秦怡斋啧啧赞道："老朽看过，感慨良多呀。"

"可是，"祢清指指西边开发区和北边的新扩街道说，"就在几年前，那儿还是荒地一片呢。"

秦怡斋点点头："是啊，发展之快，真个令人瞠目结舌。这平南，正所谓'栉足高楼，天河绕游，光彩夺目，江北明珠'啊。"

祢清："秦老文思敏捷，妙语连珠。钦佩，钦佩！"

秦怡斋："过奖了，过奖了，我是有感而发。"

祢清的手机响了，是县政府办公室主任打来的。主任告诉他，今天上午又有几百名下岗工人堵了县政府的大门，同时打出了"我们要工作，我们要吃饭"的横幅标语。祢清叹了口气，灯光下，脸色像是刚刚烧热的锅底，他用手遮住手机说："好的，今晚我就去和艾书记汇报，争取四月份完成那个投产项目。另外，至于招商问题嘛，东方不亮西方亮，我会积极再想办法的。"

祢清接完电话，略带歉意地对秦怡斋爷孙二人说："真对不起，有点儿工作上的琐事，我得先走一步。从明天开始由小程专门陪伴你们，我抽空再来看望吧。"

秦怡斋连说打扰打扰，当即与祢清握手告别。

第二天上午，小程陪同客人们游览了新湖风景区里的明月桥、文化娱乐区、中心广场、世纪风广场。接下来的两三天中，又到各处看了看，秦怡斋兴奋地说："没想到平南竟有如此深厚的文化积淀呢！"

小程告诉老人，这只是平南的一部分，真要看下去，十天半月也转不过来呢。这天，看过古运河之后，天已傍晚，小程询问到哪里用午餐，秦娜嘻嘻笑着说："你是导游，你说去哪儿就去哪儿呗。"

小程说："那好，就去开发区城外城，在那里吃午饭。"

几个人朝轿车走去，小程抢先一步拉开车门。

秦怡斋和秦娜坐在后排，小程坐在副驾驶座上，不时地回过头来和秦怡斋、秦娜交谈。秦怡斋问起平南还有哪些名胜古迹，小程想了想，带点儿吹牛的口吻道："刚才我说过，要看遍平南的名胜，得十天半月的时间。平南历史悠久，但真正兴盛是从明朝始。特别是明成祖朱棣建都北京后，南粮北运，平南就成为大运河上皇家四大仓储转运基地之一。明代中央管理漕运的分支衙门'户部分司署'就设驻平南。那时，'户部分司署'前立有三座三门式牌坊。正中'军国重寄'坊，左侧'司计转漕'坊，右侧'持筹积贮'坊。另外，县署前还设有'燕南都会'坊和'齐鲁屏藩'坊。平南独特的小城组坊，是除京城以外其他地方所没有的。城西官道上'九达天衢'坊南，大西门外，与官道交叉十字路口，立有'东连齐鲁''西通漕运''南接藩省''北拱京畿'四坊，称作平南的西四牌楼；城内还有北组坊四座，称北四牌楼；朝阳门外有南组坊四座，称南四牌楼。其他如进士坊、大中丞坊、世科坊、蟾宫坊、两世完节坊、父子传芳坊、祖孙接武坊、兄弟联芳坊、忠孝两全坊、孝子坊、贞节坊等比比皆是。再说状元府、太宰第、进士宅等，又是一批学士文人的遗迹……这只是牌坊一项，若能复原的话，仅此就可看上两个月。"

秦娜："哟嗬，你都要成为史学家了。"

小程："不敢当。我生在平南，长在平南，大学毕业后又回到平南，本乡本土本地人，是比较了解平南的。"

秦怡斋颔首道："是的，平南有着典型的齐鲁与燕赵相结合的数种地域文化特色，如果加以合理开发利用的话，当是前途无量啊。"

小程说："所以呀，我们才加大招商引资力度，意图借助八方之力，开发这片底蕴丰厚的热土。"

秦怡斋竖起大拇指："明智之举，明智之举！"

午饭后，他们到了开发区的娱乐园。娱乐园前奇花异草，人流如织，可是，秦怡斋忽然犹豫了一下站住不动了，他侧侧头朝小程说："小程啊，我不想进园里去了。"

小程："为什么？"

秦怡斋："这几天游景览胜，已是大饱了眼福。你们不是有片工业园吗？今天，我想去你们的企业里看看，开开眼界，不知可否？"

小程连说："没问题，没问题。"

汽车径奔工业园，又径直开进台资企业"兴达实业有限公司"。公司传达员认识小程，热情地走上来打招呼。

小程问："林老板在家吗？我有朋友想参观贵公司，烦您通报一下。"

传达员答应着跑回屋内，抓起了电话……

小程："秦老先生，这里是一家台资企业，今年才来的，如今已是产销两旺，宏图大展了。董事长和我很熟，一会儿咱们和他拉拉，这是个很友好也很风趣的人。"

正说着，办公楼门口闪出一个中年人来，西服革履，精神抖擞。小程走上去说："林老板，今儿专程来拜访您呢。"

林老板笑嘻嘻地道："传达报，贵客到。请进，请进了！"

林老板很滑稽地哈腰一揖。

秦娜："这人果然有趣，咱们进吧。"

秦怡斋和秦娜在车间师傅的引领下，走进了生产车间……

林老板看着走进车间的秦怡斋，将小程拽过一边，神情出乎意料地紧张。他问小程，这是不是才来的台资持有人。小程说不是，只是两位台湾朋友，在江城相遇，返回之际，特意请他们来平南旅游。

"咦嗨！"林老板瞪起眼睛，嘴也张到了空前的宽度，"程先生你有所不知哟，这人可是个大财佬呀！"

小程："什么？就他，秦……"

林老板："没错，秦怡斋。高雄秦氏财团的掌门人，下有斋字号的蚨、瑞、凤、岐四大公司，分别经营金融、纺织、食品、运输行业。"

小程："你认识他？"

林老板："啊哟，商界巨头嘛，我能不知道？要说认识，还是在前几年一个企业恳谈会上见到这老人家的。当时秦老坐在贵宾席上，我只能远远地望他。"

小程："我给你们介绍，认识一下？"

林老板："不不不，像我们这种身份，怎敢和他搭话。再说，大财佬们往往忌讳最多，是轻易不愿人家晓得他们身份的。算了，算了。"

小程也暗吃一惊，自己和秦娜相交数年，竟不知她家还是台湾的商界巨贾。真人不露相啊，看老爷子的穿戴举止，没人能想到他会是家财万贯，最多只是个趁俩钱的土财主。

当天晚上，小程照顾秦娜爷儿俩歇息之后，只说自己有件私事要办，径直去了祢清家。祢清正趴在写字台上看一份施工设计图，见小程匆匆而至，抬起头道："这几天秦老先生爷孙俩玩得还算高兴吧？"

小程坐在沙发上，就手拿起一只苹果削着说："游览了一些地方，可今天不再去看风景名胜，非到各企业看看。我原以为老头是出于好奇，后来听兴达的林老板讲，才知道秦老先生在高雄是个大企业家。"

祢清抬起头："哦，是吗？"

小程点头："一点儿没错，高雄秦氏财团的掌门人。"

祢清听了，没说什么，只是习惯地叩击着写字台。

小程说："这倒是个机会，我们何不做做秦老先生的工作，请他来平南投资呢？只要提出来，我想他不会拒绝。"

祢清继续叩击着写字台，眉头微微地皱起来。最后轻轻地摇着头。

240

小程咬了一口苹果，站起身，迟疑地望着祢清。祢清在屋里踱着步说："人家既然是出来旅游的，心中就一定没有投资经商的意向。作为朋友和平南的主人，我们只能提供方便，不可给人家增加意外负担。秦老先生内涵很深，自接触以来，从未透露过自己的底细，我想，这自有他的道理。人家小心包着，我们干吗非要给人家揭底呢？你说对不对？"

小程轻轻地点着头："可也是！"

祢清立住脚步说："这几天我只顾瞎忙，有些冷落了客人们。这样吧，明天上午我去陪陪那爷儿俩，看看他们还有什么要求没有。出来旅游，也不会待很长时间，到人家返程时再相陪，难免雨后送伞之嫌。"

小程咽下一口苹果，仍是那句话："可也是！"

上午十点半，一辆轿车从宝利德纺织有限公司驶出来，坐在车内的祢清看了下手表，对身旁的秦怡斋老先生说："今天中午，咱们到仙人湖去吃饭吧？那里可是水鲜米鲜鱼更鲜啊。"副驾驶座上的小程回头道："对，全是从湖里刚捞上来的鱼，吃哪条指哪条，现捉现剖现做，味道有多鲜，你想想就知道了。"

秦怡斋有点儿不好意思地说："多谢，多谢，全凭二位安排了。"

汽车行有半小时，到达了位于平南以东的仙人湖。站在岸边，只见湖水荡漾，波光粼粼。湖岸不远处，一只小船儿在湖水中慢慢划动，打鱼人正将一张渔网朝着阳光方向抛撒开去，铅坠叮当处，只见水花四溅，激起一片光晕交错的彩虹。打鱼人慢慢收起网缰，提起网兜，将网里一条条肥鱼抛入船舱内，鱼在存水的船舱内蹦跳着，迸起阵阵水花。

几个人看了一会儿网鱼的，信步走进了湖滨鱼餐馆内，找一个靠近窗户的餐桌坐下。透过鱼餐馆的窗户，仙人湖的远水近景豁然入目。桌上先有四样土产凉菜：拌金针、拌蓬菜、老醋花生米、炸香椿。旁边摆放着一瓶地方名酒。随着"来了，来了"的叫声，招待员捧上一盘清蒸金尾鲤，接着打开酒瓶盖，给每人斟上一杯酒。

祢清端起酒杯："这几天诸事缠身，没能陪伴秦老先生和秦娜小姐，今日水酒一杯，略表歉意。来，干杯！"

秦怡斋起身回敬："老朽无德无能，承蒙二位多方照应，不胜感激，不胜感激！"

小程和秦娜相视一笑，显然对他们那种带着某种江湖味的对话感到滑稽。秦娜陪同干了一杯红葡萄酒，和小程悄声说："乡野情趣，别有一番韵致，看到这里的一情一景，让我想起了台湾的日月潭。"

这话却被旁边的秦怡斋听到，侧过身说："娜娜说得对，我也有此同感。"

招待员连续送上清炒鱼仁、焦熘鱼片、白扒鱼卷、盐爆鱼条、云罗鲢鱼……秦怡斋连忙摆手："好了，好了，多承厚意，多承厚意。"祢清看看桌面上的菜，对招待员说："那么，再来一个奶汤鲫鱼，凑成'四面康泰，八方团聚'。"

秦怡斋击节道："说得好，八方团聚。来，为八方团聚干杯！"

鱼餐馆里响起阵阵欢笑，小程轮番斟上酒来，秦娜一杯下肚便已双颊飞红，她的身子悄悄靠向小程，小程会意一笑，朝前一凑，两人已是半身相依。秦怡斋咀嚼品味着一块鱼片，似属无意的口气侧身问祢清："祢先生，记得您说过，令祖曾经从军行伍？"

祢清点头说："是的，一个老兵。从华北到江南，走遍半个中国，打了许多仗，建国后复员回到家乡。如今年纪大了离休了，又不愿拖累我父母，就住到市敬老院里了。"

秦怡斋："哦？可敬可佩。祢先生，我有个不情之请。"

祢清："请讲。"

秦怡斋："我很想见见令祖。马上！"

祢清："秦先生干吗这么着急？"

秦怡斋："请不要多问。我只想马上就见到令祖大人。"

祢清、小程都惊奇地看着秦怡斋。祢清手中的酒杯端起来又放下，他看看秦娜，发现秦娜也正愣愣地望着爷爷。

祢清："那好，我们饭后就去市敬老院。"

敬老院娱乐室是三间平房，舒适而宽畅。桌上摆着象棋盘、扑克牌等。他们走到门口，见祢老爷子正和一位老人下象棋，祢清走进去说："爷爷，有位老人想见你呢。"祢老爷子抬起头，不经意地问："见我？我有什么好见的。"秦怡斋这时已随后跟进来，来到祢老爷子面前立住，犹豫片刻，猛地抓住祢老爷子的手，但迟迟说不出话。他仔细地打量着祢老爷子，又看看祢清，似在比较着什么。

　　祢清："秦老先生，你是不是看我不像我爷爷的模样？"

　　秦怡斋："像，很像。"

　　秦怡斋脸上的肌肉又在微微颤抖，稍沉问道："老兄弟，听说你是位老兵了？"

　　祢老爷子笑了笑："没错。"

　　秦怡斋："当年都在哪里活动来？"

　　祢老爷子："嗬，地方多了，江南、江北、东北、华北，以后又打过长江，跟着我们司令员一直打到南海边上。"

　　秦怡斋的手颤得更厉害，喘气明显变粗。祢老爷子吃惊地看着秦怡斋，不知他这是为什么。秦怡斋镇静了一下放松了口气："那么，还记得不，1942年在江城市外，救过一个商家子弟？"

　　屋里的人全都围了上来，目光齐聚祢老爷子身上，就像发现了一件意外传奇似的。祢老爷子笑笑道："江城？没有啊。我从来没有到过那里，更别说救人了。"

　　秦怡斋咳嗽了几声，皱皱眉头问道："哦？仁兄今年高寿？"

　　祢老爷子没及回答，祢清抢上说："我爷爷今年已经七十六了。"

　　秦怡斋忽然咳喘加重，秦娜赶忙走上来扶着爷爷。秦怡斋稍做喘息，自言自语道："唉！糊涂了，我糊涂了，那时，你，你才十几岁呀！"

　　祢老爷子惊奇地问："你，你说什么？"

　　秦怡斋忽然仰身大叫："天不助我！"一句未了，突然仰身昏倒了。屋里的人们乱成一团，秦娜连忙说："大家不要慌，不要慌，我爷爷素有此病，不要紧的。"

祢清打电话叫救护车，小程帮着秦娜将秦怡斋平放在一条沙发上，敬老院的人们闻声赶来，大伙议论纷纷，弄不清到底发生了什么。

秦怡斋被送进了医院，他躺在病床上，氧气瓶的过滤器里不时地冒着簇簇水泡，从输液器的莫菲氏管里，可以看到液体在有节奏地滴着，一下，一下，像鼓槌一样叩击着人们的心。医生和护士进进出出，用注射器往盐水瓶里加注着药物。祢清、小程和秦娜站在房内一侧，不停地相互做着手势，低声交谈着。

液体一滴、一滴……秦怡斋插着氧气管的鼻孔动了动，终于慢慢睁开了眼睛。一位医生回过头对众人说："老先生醒过来了。"

三个人轻步上前，秦怡斋眼前由昏暗到朦胧，由朦胧到清晰，终于看到了床前站立的三个人，他苦笑道："人老不争气，让你们担心了！"

祢清俯身上前，握住他的一只手，轻轻抚摸着，不说话。

秦老先生的身体还真硬朗，第二天便能坐起来吃东西了。早饭后他仰靠在床头上，有点儿痴迷般在看着床头柜上的半杯茶水，一束阳光透过玻璃射进来，正好照在茶杯上，杯口冒出来的缕缕热气显得更清晰。

秦娜正给爷爷数脉搏，小程拿着条湿毛巾走过来说："你稍挪一挪，我给爷爷擦把脸。"小程仔细地给秦怡斋擦手擦脸，老人脸上漾起幸福的笑容。他看看小程，又看看秦娜，很是满意地点点头。

小程又将手巾洗好叠好走过来时，秦娜也站起了身："脉搏每分钟七十六次，很标准的。"

小程放心地吁了口气："老人家恢复得真快。"

秦娜接过小程手里的毛巾擦擦手道："昨天我就跟你和祢县长说了，爷爷是椎底动脉供血不足，多年的老毛病了，加上这几年血压出了点儿问题，情绪一激动就晕过去。只要看他呼吸正常，保险没问题。你说是吧，爷爷？"

此刻，秦怡斋脸上的皱纹都是舒展的："娜娜已经把爷爷的病摸透了。"

三个人正说着话，病房门开了，祢清手捧鲜花笑呵呵地走进来："秦老先生，夜里睡得好吗？"

秦怡斋连忙翘起身："哦，祢先生，我夜里睡得很好，谢谢您惦着。"秦娜接过鲜花，顺手插在床头一侧的花瓶里。

祢清扶秦老先生重新躺好，然后坐下来："说真的，昨天我真是害怕了。"

秦怡斋歉意地一笑："惭愧，惭愧，一种习惯性疾病。"

"哦，习惯性疾病，那更得小心了。"祢清也学着医生的样子摸摸秦老先生的脉搏说，"年纪大了，得随时注意哟。"

秦怡斋叹了口气："唉！祢先生，不瞒您说，心病，我这是心病哟。"

"心病心治，不要闷在心里，说出来兴许就好了。"祢清安慰他。

秦怡斋看了看窗外，眼中闪过一丝忧郁和怀念："唉！说来话长啊，那是1942年的夏天……"

从老人的叙述中，人们可以看到这样一个场景——江城郊外的村头，一个院落的门关着。黎明时辰，周围渺无人迹，两个短衣打扮的人押着青年秦怡斋走到门前，鬼祟地瞧瞧四周，然后敲门。一个矮个儿老头开门露出头来，同样瞧瞧四周，点头让他们进去。

远处树后，一位手提匣枪的人暗中注视着这里。

过了一会儿，两个短衣打扮的人又走了出来，往东而去。提匣枪的人身手敏捷，轻灵地靠近了那座院落，然后飞身上墙，翻进院去。不一会儿，院内传来啊的一声。接着，提枪人带着青年秦怡斋开门走了出来，左右瞧瞧，快步朝西奔去。

秦怡斋："壮士，你为什么救我？"

提枪人："我知道你是正经生意人，被土匪绑了票的。"

秦怡斋："请问壮士，你是怎么知道的？"

提枪人："昨晚他们把你弄进城边小店时，我正在那里住着。眼看着他们把你堵上嘴，封住眼，由这两人往外弄，我就悄悄跟了来。"

245

提枪人带着青年秦怡斋继续前行，远远地望到了市区建筑。提枪人停住脚步对惊魂稍定的秦怡斋说："你从这条路照直前行，一会儿就进了市区。大白天，不会再有危险了，你走吧。"

秦怡斋跪地叩头："大恩不言谢，只求壮士留下姓名，来日当厚报。"

提枪人："不必了。"

秦怡斋跪地不起："请壮士务必留下姓名。"

提枪人："那就告诉你，我是新四军的侦察员，一直在这一带活动，所以对这里的情况就比较熟。好了，你起来吧，咱们就此别过。"

秦怡斋："啊！"

提枪人回身就走，渐渐消失在远处的树林里……

病房内，祢清、小程和秦娜静静地听秦怡斋回忆述说。秦怡斋讲完事情的经过，深深地喘了口气说："救命之恩，恩同再造。壮士不告诉我姓名，我却牢牢记住了他的模样。那之后，为避兵祸，我们举家南迁，后来便到了台湾。虽然隔着千山万水，却无时无刻不在思念救命恩人。开放以来，我这已是第四次回大陆，在江城一带寻访那位新四军的侦察员。也到民政部门打听，也在报上多次登载'寻人启事'，可一直就是没有结果。也是事有凑巧，我见到你祢先生后，发现你的模样长相极像当年那位救命恩人。又得知尊祖曾是共产党的军人，便深信就是我苦苦寻找的恩人。为慎重起见，我一直没有声张，只想给自己给恩人一个惊喜。可是，见面后才发现，尊祖和当年那位壮士高矮身材都不符。再问年龄，这才理会到至少差着十几岁。老朽失望至极，终致旧病复发，当场晕厥……"

祢清握住老人发颤的手说："秦老先生知恩图报，诚心可嘉。"

秦怡斋眼含热泪："受人滴水，还当涌泉相报，何况是救命之恩呢。只是老朽福浅，总也不能如愿，想到来日无多，以致整天郁郁寡欢，成了心病。"

"请老先生放心，我这几年走南闯北，认识了一些人。我可以托朋友各方打听，说句俗话，老天不负有心人，功夫到家，兴许就有回音了。"祢清连忙安慰他。

秦怡斋摇摇头："祢先生啊，经过这一场，我也想开了，事情已经过去了半个多世纪，恩人是否在世亦不敢保证，我决定不再继续寻找了。"

祢清："哦?"

秦怡斋："只是有个愿望，想请祢先生满足我。"

祢清："老先生尽管讲，只要我能办到的……"

秦怡斋："自从我承继家业之后，每年便以'鲍恩宽'（报恩款）的名义存款一万美元，以备将来有机会寻到恩人后一并酬谢。时至如今，这款已有五十多万美元。我想，就将这五十多万赠给尊祖所在的敬老院，也算圆了秦某的报恩梦。务请应允。"

祢清："这，我可做不了主啦。这样吧，我请示一下市领导，明天咱们见面再谈，好吗?"

秦怡斋："可以。但秦某决心已定，务请答应。"

市长办公室里，祢清坐在宽大的沙发上，市长林克恭端着一杯茶在室内踱来踱去。突然，林市长侧转身停住脚步："小祢啊，你的建议很好，收下秦老先生的捐款，在郊区建一所敬老中心，以秦老先生的名字命名，就叫'怡斋园'。"

祢清："就这么决定了?"

林市长："决定吧。我再和市委宁书记汇报一下，等秦老先生康复之后，由市里出面，设宴给秦老先生压惊。当然，对老先生的义举还要表示感谢。"

这天晚上，市招待所的餐厅里，一张圆桌摆在正中，秦怡斋、秦娜、林市长、祢清、小程还有临时赶来的平南县委书记老艾等围桌而坐。一旁橱柜上，摆着几样本地名酒。服务员端上六个冷盘、一盘扒鸡。另一位服务员开启瓶盖，将酒斟上。

林市长举杯："为秦老先生康复干杯!"

秦娜："我代表爷爷，敬各位领导和朋友一杯。谢谢，谢谢对我们的多方照顾。谢谢！"秦怡斋因为康复不久，只是坐着合掌道："谢谢，谢谢！"

随后，服务员再次布上菜：烤鸭、油淋鲈鱼、姜汁明虾、蒜爆羊肉、薄饼腊牛肉、腰果青瓜、蒜茸黄花菜、锅子鸡块。然后，轻声道："菜齐了，请各位慢用。"

林市长执筷："秦老先生，请用菜。"

宴席简单而实惠，秦怡斋举箸犹豫，面显疑惑之色。

祢清笑着说："秦老先生，请原谅，酒菜简单了些，这是我们本地的规定，上至中央下至地方，无论从哪里来的客人都是这种规格。我们，是不敢破例的。啊？哈哈……"

秦怡斋："理解，理解。"

林市长："希望秦老先生和秦娜小姐各处走走看看，他日回到台湾，还请劳神费心，多往我们这里介绍几位投资者。"

秦怡斋："各位请放心，秦某此次来此旅游，感触颇深，介绍来此投资者事，自是责无旁贷，责无旁贷。"

林市长："听说秦娜小姐在台北攻读管理学博士，近水楼台先得月，还请将学问知识多传些给我们小程，也算帮助我们培养人才吧。"

秦娜："正如爷爷所言，这也是责无旁贷，只要他愿意，我们自然是惺惺相惜了。"

席间爆起一阵愉快的笑声……

回到平南的第二天早晨，秦怡斋和秦娜都起得很早，他们要跟随小程到街边小摊上吃早餐，这是昨晚就说好了的。来在早市上时，却见已是人头攒动，熙熙攘攘。鸡鸭鱼鸟，争鸣斗唱，瓜果桃梨，鲜活诱人，芹椒茄藕，各样菜蔬应有尽有。吆喝声、叫卖声、讨价还价声，嗡嗡嘤嘤，混成一片。生熟糕点，风味小吃，香气弥漫，引人垂涎。

小程、秦娜、秦怡斋从市场入口处走进来。秦怡斋嘱咐着说："小程啊，找一处风味小吃店，我们换换口味。"

小程笑呵呵地点着头，继续往前走。

一处小店，门前横陈一条白漆案板，许多人分别坐在案板两侧的矮凳上，一手持烧饼，一手舀食碗里的老豆腐。两个年轻姑娘进进出出，给客人们端豆腐、送烧饼。

店内一角，一位中年妇女在簸箩前收钱卖烧饼，另一位中年妇女在瓷缸处舀豆腐加佐料。两人配合默契，行止间有章有法。店内也有桌凳，但里面客人不多。小程领着秦怡斋爷孙俩走进店里。卖烧饼的中年妇女发现了小程："咦，小程，你来了？"

小程应道："哦，大姨，忙呢？不光我，还有老先生爷儿俩，都来吃你们家的老豆腐呢。"

"欢迎，欢迎，快坐，快坐！"

中年妇女将三人让到一张餐桌前，用抹布把餐桌仔细擦抹了一遍问道："这两位是外地客人吧？"

小程："我介绍一下，这位是秦怡斋老先生，这位是娜娜小姐。"

中年妇女莞尔一笑："娜娜，真好听，名字和人一样，又俊俏又洋气。瞧这脸面，水洗了多少遍似的，又干净又白爽。哎？有对象了吗？"

秦娜瞥一眼小程咯咯笑："说有呢，就有。说没有呢，还没有。"

中年妇女偷眼瞧瞧小程，哦一声也笑了。

"我再介绍一下，这是我们县里艾书记的表妹，我的康秀英大姨。"小程指着中年妇女说。

秦怡斋和秦娜站起来躬躬身，秦怡斋盯一眼康秀英，点点头没说话。

店里店外又来了客人，康秀英吩咐那俩姑娘给小程他们端来豆腐，取来烧饼，打个招呼又去忙自己的了。

秦怡斋咬一口香酥烧饼，吃一勺又鲜又嫩的老豆腐，酸辣香咸，甚是合口。他惬意地咂咂嘴，抬头看看店里店外，目光又在康秀英身上停了一会儿，之后转头对小程说："街头小吃，是我国的一大饮食特色，也是我的一大嗜好。酒楼饭店，山珍海味，虽则肥口，却无论如何没得

249

这种随意享受。"

小程："在江城我就听娜娜说，您老人家专好这一口。"

秦怡斋点点头，目光再次转向康秀英那里。少顷，又低下头。秦娜看出了蹊跷，马上问道："爷爷，您已经注视人家那位大姨好几次了，想什么呢？"

秦怡斋："哦，是的，有句话我想问问小程，这位妇人真是艾书记的妹妹吗？"

小程笑了："您老人家真逗，难道还有假的？"

秦怡斋："按咱们大陆的说法，艾书记他是什么级别？"

小程："正县级呀，就像以前的知县。"

秦怡斋："这就是了，我在想，一个县级官员的妹妹，怎会在贸易市场上卖小吃呢？所以呢，我就想邪了。"

小程："哦？你说这呀。其实它真难为了艾书记，康姨她是下岗待业的工人，平南现有两三千这样下岗待业的工人，正在等着开发区上项目做安排呢。艾书记和祢县长光天天应付这些事就不少耗费精力。开发区各单位各部门凡是能安排的，差不多是一个萝卜顶一个坑了。本来招商局传达室需要一个临时工，祢县长也已经许了康姨了，可艾书记硬是拧着安排了一个到县委找了多次并且有残疾的下岗工人。这种情况下，康姨她不来卖豆腐，家里的日子怎么过呀？"

秦怡斋："原来如此！"

小程："为了发展地方经济，也为了安排这些下岗待业工人，这两位才没黑没白地走南串北招商引资。多拉进一个项目就多一份发展的希望，多一处安排下岗工人的地方。也是正因如此，祢县长才再到江城，费尽心思地想争取把丰华房地产开发公司的投资项目谈成……"

秦怡斋："公而忘私，舍己为人，可敬可佩。此地有如此高素质的带头人，何愁事业不成？"

早餐后回到平南宾馆的房间里，秦怡斋仰靠在沙发上，喝一口茶水，眯上眼睛思考一阵儿。秦娜在一边仔细欣赏着一对雕花瓷瓶，小程则从热水器里往茶杯里注满水。这时，秦怡斋轻声唤道："小程，请过来，坐下。"

小程走过来坐到对侧。

秦怡斋："我决定，将准备投资到韩国的两亿美元转投你们平南。我同时宣布，委托你和祢先生为秦氏财团在平南的临时代理人。"

小程和秦娜同时惊呼："这是真的?"

秦怡斋："当然是真的。秦某是高雄秦氏财团的董事长，家族式企业组合，我的话就是决定嘛。"

小程："太突然了，太突然了!"

秦怡斋："突然吗? 不，这叫水到渠成。你马上和祢先生联系，并让财务上写明开发区的银行账号转告娜娜。娜娜，小程将账号转给你后，你马上以我的名义电话通知在高雄的项目经理，让他立即汇款一千万美元到平南开发区作为'定金'。"

小程："太突然了，太让人不可思议了。我简直不敢相信自己的耳朵。"

秦娜挖苦地指指小程的脑门："你呀……"

办公室里，祢清正俯身写字台上专注地看着文件，小程走进来坐到他对面："祢县长，有个好消息。"

祢清不解地抬眼看着他："哦?"

小程："秦老先生一次投资我们平南两亿美元。"

祢清把文件推到旁边，好半天才试探地问："真的?"

小程："千真万确，秦老先生亲口所说。这可真是'无心插柳柳成荫'了。"

祢清："也可以说是功到自然成。既然秦老先生慷慨投资，我们更要对得起人家。马上着手组织一个秦氏集团投资项目协调小组，由我亲任组长，把这件事尽快安排妥善。一石激起千层浪，秦老先生之为，随之就可能有紧步后尘者，我看这个蛋糕可能要做大了。"

几天后的上午，一辆轿车开到平南宾馆门口停下，小程、秦娜提手提箱，艾书记和祢清陪同秦怡斋走出门来，酒店工作人员在门口列队相送。

老艾走到秦怡斋跟前说："秦老先生请见谅，我们市里李书记和林市长原定也要赶来亲自为你送行呢，因主持一个会议脱不开身，特意委托我向秦老先生致意。"

秦怡斋："谢谢，谢谢。如此礼遇，实不敢当。"

祢清："秦老先生的投资项目，我们已有了详尽的建筑施工计划。我可以很负责任地说，明年下半年就能初具规模了。"

秦怡斋："平南领导人的所作所为，秦某已是眼见耳闻。如此优秀的带头人，如此好的投资环境，让人鼓舞，更让人放心。"

汽车发动前，老艾和祢清分别上前与秦怡斋和秦娜握手道别："欢迎秦老先生和秦娜小姐再来平南。"

秦怡斋："一定，一定。"

小程亲自驾驶着汽车，秦娜坐在副驾驶座上。小程打开音响，车内响起二胡独奏曲《万马奔腾》。远处，绿茵盖地，阳光如锦。后排座位上，秦怡斋兴致勃勃地望着车窗外的景色："多么广阔的大平原啊，真可谓'坦途好纵马'呀！"

三个小时后，汽车开到了省城机场。走进候机厅，秦怡斋坐在椅上看当天的报纸，娜娜和小程则躲在不远处的柱子后边相互依偎着。

秦娜："今天要走了，我才更感到，确实有些离不开你了。"

小程："那就尽快回来吧。"

秦娜："总得要等我博士毕业哟。"

小程："又得两年？"

秦娜："两年时间，快得很。"

小程："今后，我们会不会有度日如年的感觉？"

秦娜笑笑："想开些，亲爱的。搂紧我，搂紧一些。"

两人紧紧地抱在一起，一旁有人羡慕地看着他们。小程情急难捺，将娜娜拥进怀里："快点儿回来啊！"秦娜也将他搂得更紧："取得学位后，我马上回来找你。在此期间，你千万把爷爷委托的业务搞好。老人家做事人情味很浓，但事业心更强，你务必要让他高兴。这样，你我就能平南相会，相亲相爱，共同干一番大事业。"

小程说："你放心，我一定不负爷爷所托，把投资项目中的各项事宜办好办妥。特别是项目内容中的前期准备工作，我知道哪儿是关键，哪里需要先做。"

秦娜把脸贴紧在小程的怀里，喘着粗气说："很好。还有一条，你不许再找别的女人，更不许变心。否则，我就雇人回来暗杀你。"

小程一笑："好狠的娜娜，可是，你舍得吗？"

秦娜笑了。

这时，扩音器里一个柔和的声音："乘客们请注意，通往香港的××号客机乘客现在准备登机……"两人只好恋恋不舍地松开对方，回到爷爷跟前。恰在此刻，秦怡斋老人的手机响了，秦娜忙说："爷爷，快看是谁打来的电话？"

秦怡斋掏出手机戴上花镜："哦，是祢先生发来的短信。"

短信是这样说的：感谢秦怡斋老人，感谢秦娜小姐，祝你们一路顺风。祢清。

秦娜看完后说："爷爷，您应该回信。"

"是的，是要回信。"秦怡斋说，"来，我口授，由你代发。"

秦怡斋口授，秦娜代发"——两岸联合，大业可成。齐心协力，无往不胜……"

一条短信通过卫星电波传出去，传到几百公里外的平南城……

半小时后，一架客机从机场起飞，直插蓝天而去。一直在窗口翘首眺望的小程眼含热泪喃喃自语："娜娜，快快回来呀！"

49

旷野深处冒起一股浓烟，浓烟下，一个圆锥形的烟囱拔地而起。它高大，挺拔，像指向太空的火箭点火待发，又如描绘万水千山的巨型画笔，那顶部吐出的烟雾，就是画笔装点蓝天时的泼墨。

这是邻乡的砖瓦厂，早冬时节，砖瓦厂生意正旺，前来买砖购瓦的农人络绎不绝。离它不远的公路边上，梁云正支了自行车对它行着注目礼。梁云当了村主任，梁家庙又被划成重点特贫村，梁云带领村民脱贫的手段早已确定，也建一座这样规模的砖瓦厂。建砖瓦厂是一本万利的好生意，眼下，各地大搞小城镇建设，砖瓦的需求量和价格就像今年汛期的青牛河水，越涨越大。梁家庙以东有处苹果园，也不知是管理不善还是品种的问题，产果量是一年不如一年了。所以每到果园承包期，前任村委会主任梁金远总免不了和承包人打撕咬。也就是因为这处苹果园，弄得梁金远判刑六年。梁云深知这果园后患无穷，决定砍倒果树立起烟囱。

梁云也的确动了脑筋，这地方从交通位置到土壤成分，天然适合搞砖瓦生产。梁云纳闷，梁金远那么精明的一个人，这些年咋就没想到在此处建座砖瓦厂呢？要是早建砖瓦厂的话，既解决了承包中的许多矛盾，又开辟了滚滚财源，以他梁金远的家族势力，恐怕早成一方霸主了。其实道理很简单，人在逼，马在骑，若非今年水灾成患，若非梁家庙也在扶贫之列，他梁云是否能想到在这里建砖瓦厂，难说。

建座砖瓦厂需砖量相当大，梁云未雨绸缪，特地跑到这家砖瓦厂，在人声哄哄的办公室里找到砖厂老板套近乎，说他们是乡邻地邻亲连亲，虎口不如手掌近，能否将砖集中留存，以备他们建厂一用。同时，看在他们是贫困村用量大的分儿上，照顾一下压压价。老板龇着二鬼把门的金牙听他述说完毕，弹去手指间的半截烟灰轻声告诉他，要是在冬至以前将款一次交齐，可以如数供货。冬至以后交款不光不能供货，还得提价。理由很简单，冬至砖瓦厂要停火，所余砖瓦照例卖大价，这是行情，这是规律，是个人就懂得。梁云听后翻翻眼，想再说却不知应该说什么，他只好讪讪告退。走出办公室听到身后传来刺耳的笑骂，一个尖声尖气的嗓音说："娘希匹，同行是冤家，争饭吃还让我压价，嘁，想好事想到我老婆奶头儿上来了。"

梁云苦笑着走出砖瓦厂，他没有闲心跟人犟嘴，因为他必须在春节前备好料，来年天暖才可筑窑。迟了得等到砖瓦厂重新点火，重新烧砖，如此延期，至少得推迟半年。如果不幸赶上夏季雨勤，那可什么都误了。他只好四处张罗，集资、借钱、跑扶贫款。扶贫款更是大头，听说第一期就给梁家庙二十万元。为了这二十万元，梁云往扶贫办公室跑了一百趟，嘴皮子都几乎磨得起茧了。可是，赵恒只是借故推托，说什么计划正在制订中，还没最后开会通过。为了尽快得到这笔款，梁云特地请人从东海边上捎来十个大对虾，他瞅个晚上给赵恒送去，赵恒看在老熟人的分儿上，收下了。收下对虾还是没给钱，梁云就急了，他让赵恒给开信，说要自己到上边去申请专款。赵恒嘿嘿一笑："梁云，你念书念成呆子了。"

今天梁云又去找赵恒，赵恒先是目光炯炯地审视了他半天，之后又眯起眼睛抻他。抻够了忽然神秘兮兮躲躲闪闪地告诉他，款是早批了，只是，只是让祢县长给挪用了。梁云大惊，问挪用到何处。赵恒待梁云打保票不外传时才告诉他："祢县长将这笔款挪用到朋友刘玉振扩大豆沙生产上去了。当然，扶贫款丢不了，只是得等些日子才能下发。"梁云问等多少日子，赵恒说："这就难讲了，如今这年月，钱到了手谁还轻易放回来吗？总得用到最后一分钟才撒手的吧。"赵恒说着拍拍梁云的肩膀，嘱咐他要有耐心："这款早晚有你们梁家庙的，急什么呢，今年给不了，明年一定会给的。别急，急了容易将母狗。"

母狗继续将母狗，就拖下去没法收拾了。这是句只能意会不能言传的乡下土话，梁云很明白其中道理。梁云很明白也很憋气，没在城里过于停留就赶了回来。既然扶贫款一时半天到不了位，已经支起了锅又不能不烧水，就得另找门路想办法呀，活人能让尿憋死吗？他打算先托人贷款，心中有几个目标，他要先回去准备点儿礼物。

梁云来到距青牛河两公里的拐弯处，远远就看见了这座砖瓦厂的大烟囱。他不由自主地跳下自行车，眼红嘴馋心急火燎地朝那里望着，十分专注地望着。也不知望了多长时间，直到北风刮来一阵雪粒，他才犹如梦中惊醒，打个激灵跺跺脚，想起再过十天半月就冬至了。他猛地将自行车提起又蹾了一下，车胎碰着硬地咚地弹起来，车子上的某个零件也跟着稀里哗啦响了几下。梁云狠狠地拍了车座一把，一蹿身跳上车子，嘴里骂骂咧咧地嚷道："狗攮的，这不是成心作践老百姓吗？"

好像是老天有意和祢清为难，从马来西亚划过来的那笔款子，在兑换人民币时出了点儿小麻烦。刘玉振赶紧和对方联系，对方又赶紧找银行核对，这一拖，又得半个月。屋漏偏逢连阴雨嘛，有什么办法，只好破罐子破摔了。

不摔也得摔了。有人得到了消息，已经义愤填膺地将一封群众来信投到省电视台的关注栏目里，说平南县将国家的扶贫款随意扣留支配，县长把扶贫资金拨给自己的私营好友赚大钱了。这种伤天害理的行为政策难容，纪律难容，法理难容，天理难容。此信文笔犀利，措辞激烈，稍有正义感的人看了都会无名火起、怒发冲冠的。由于平南县曾有"前科"，省电视台十分重视这封群众来信，开了特别会议做出决定，关注节目要对平南特别关注，马上一竿子插到底，派得力人手到平南去，专人专机对这封信所反映的问题进行核实，一俟证据确凿，立即将材料上报省委并把整个核证过程在各个新闻节目里同时播发。

台长说，他们胆子也忒大了。

祢清是从办公室齐主任那里得到消息的。齐主任那天下午五点来向他报告，说省电视台今天上午来了个调查组，有四五个人，只给办公室打了个招呼，不住招待所也不接受县里的招待，住在一家旅馆里叽咕了半天，下午才向县委那边提出，要找扶贫办公室的人配合他们落实些什么。县委办公室的人只好答应，便安排他们照着名单上的人逐个调查。刚才县委那边打来了电话，原来省台是来落实什么扶贫资金挪用问题的。"咱们什么时候挪用过他们的资金呢？"主任眨巴着眼，一脸的委屈，一脸的愠怒，一脸的惊奇，一脸的欣悦，表情复杂多变，让人不好捉摸。

祢清静静地听着，不说话也不动身，脸上木木的没有表情，好像早已预料到事情就要发生似的。齐主任说完后，他仍没动窝，只是咬着下嘴唇想了想，便起身拿起自己的公文包。在他走出办公室的前一秒钟里，像自言自语又向对齐主任说："娄子捅大了！"

晚上，小程找到祢清家里，告诉他近几天外边传闻很多。传得最盛的当然是县长挪用扶贫款的事，另外有人说前些日子在市里见到林以得了，也不知是真是假。祢清没有表情，口气淡淡地说，假作真来真亦假，暂时先不理他。小程说他担心有人想趁此机会搞掉县长，这不，子虚乌有的事都造出来了，说祢县长害怕染上艾滋病，浪费数万元，把小轿车里凡是进口的瓤子又重新换上了国产货。"什么？"祢清这回有点儿动容了，但也只是一闪而过，随即就平静下来，取过纸笔一字一字地写道：壮志未酬，身败名裂，苍天有知，我当如何？

小程一下伏在祢清的肩上，喊了声祢哥，就呜呜地哭起来了。

50

目的明确的调查核证很简单，也很直接。先从扶贫办公室的银行账户查起，果然有二百万元的存款不翼而飞——但又飞回。不过，毕竟是"飞"过，仅此一项也就够了。电视台的核证人员从扶贫办公室得到了一份重点扶贫村的名单，随之就将这些村的负责人找来，先问他们的脱贫计划，又问他们的计划实施如何。负责人们大眼瞪小眼，说："资金还没到位，我们实施个蛋啊！"问他们知不知道资金何时到位，七嘴八舌地回答，快批下来了，快批下来了。

返回头来说，不管是顺藤摸瓜，还是说按图索骥，核证人员很自然地就到了利源集团。总经理刘玉振已经失了昔日的潇洒镇静，坐在椅子上冒虚汗，一脸愧对世人的神色。没有争辩的可能，也没有争辩的余地，事情已经做下了，勇敢地承担吧。刘玉振知道此事责任重大，很有良心地说这扶贫款是他逼宫逼出来的。是他再三要求告急，领导无奈才暂时借给的。是他大意失算出了差错才迟迟未还的。他还表示，自己今后将以双倍的努力、真挚的情感、力所能及的财力帮助因为这件事而耽误了脱贫计划及时实施的村子，他一定会对得起他们的。刘玉振又特别指出，那笔款已于近日汇到了扶贫办公室的账户上，已经不存在什么漏账了。那位采访人员很客气地冲他笑笑打断他的话，说核证的目的要的是过程，过程之外的东西说得再多也无用。刘玉振听罢，非常让人意外地吹了个口哨："他娘个姥姥的，早知今日，何必当初！"

核证组又找到赵恒，问他知不知道扶贫资金是专款专用。老赵试图装迷糊，想一想不妥，扶贫办公室主任能不知道扶贫金专款专用吗？于是硬着头皮说知道。既然知道，干吗还敢挪用，胆子是不是忒大了。采访者一追问，赵恒脸色骤变："你客气一点好不好，这事是我说了能算吗？"他出示了县长的批示签字。水到渠成，万流归宗，责任就在祢清身上了。

电视台在完成了任务之后解释，说这叫剥皮露芯，一种核实取证的采访办法。

老艾把祢清叫了去，训他："我说小祢，你是浑呢傻呢还是少心眼呢？这么大的事，咋就不和我商量一下，我好歹可给你拿个主意呀！这下好了，授人以柄，心血算是白费了，白费了。"祢清知他所说心血为何，心中不免有点儿难过。可是，做过的事他从来不后悔。因为凡是发生的，都是必然的，尽管不一定正确。老艾不紧不慢地发了一会儿牢骚，见祢清一声不吭，又有点儿心疼，凑上来问他咋会想到要挪用这笔款的。祢清迟疑片时告诉他，是赵恒最先提出来的。"赵恒？你了解赵恒有多少？"老艾皱着眉头唉了一下，像看一个少不更事的孩子似的看了他两眼，转身盯着墙上的一幅字画出神。

摊子再烂，总得收拾。失了火，就得灭火。县里的几位领导想来想去，还是老艾老姜辣，他想出一招，让本来不需要做广告的利源集团到省电视台给平南豆沙做广告，广告费照付，另赠平南豆沙若干箱。刘玉振自然不会说什么，心甘情愿出广告费又如数献出豆沙。回过头自己又哭笑不得，平南豆沙惹的祸，又要平南豆沙去"灭火"，这本身就让人觉得怪怪的。怎么，这世界上的一切还真是由圆圈组成的？

老艾亲自点将，指派宣传部那位巧舌如簧的耿副部长担任"灭火队"队长。耿副部长的同学在省台新闻部里负点儿小责，秃子当和尚，正好用上。耿副部长欣然领命，会同刘玉振携现金带豆沙直赴省城而去。闲了多年平日里只能写写新闻稿的耿副部长终于有了用武之地，他马不停蹄在省城跑了两三天，不辱使命，达到了预期目的。"灭火"行动初见成效，电视台说这个县属于欠发达地区，人很老实，近乎愚，人

259

一愚，办点儿瞎头子事就在所难免。于是，原定上报省委的材料撤销，原定十分钟的专题改作五分钟的"实地采访"播发了。为了答谢省台对平南扶贫工作的批评帮助，也为了不至于将事情弄到《焦点访谈》上去，县里又送去了豆沙若干箱。

电视台要播发"实地采访"的消息，祢清是无意中知道的。那天晚上他正坐在家里和刘洁逗趣，电话铃响了，他接过电话，却是于副市长打来的。于副市长的口气挺焦急也挺生气，说自己从电视节目里看到平南扶贫资金出了大问题，事情既然发生了，那就提前跟他告知才对。无论怎么说，祢清也是他的老部下，以他的资历和威望，在省城里上下跑跑，说什么也不能让电视台曝光啊。这下可好，他祢清不光彩，自己作为祢清的老上级也丢了人了。祢清很感激，就说了许多感激的话。他放下电话问刘洁在电视上看没看到这则消息。刘洁摇摇头说没有的事，因为今天全天的新闻节目她都看了。这是他们的非常时期，她能不关注这个"热点"吗？

祢清纳闷，打电话问耿副部长，耿副部长告诉他，刚跟同学通了电话，那件事明天晚上才播放呢。祢清若有所思地哦了一声，在放下电话的同时，脑子里显现出许多一连串大小不等的问号。

第二天晚上，祢清早早打开了电视机。他要看电视剧《郑板桥》的最终结局——潍县县令郑板桥当年和他此时一样，只因蓄着一把胡子，看起来年龄比他大。郑板桥身为一县父母官，却没有能力违拗上意保护子民。他叹天叹地叹自己。无可奈何，只好骑着毛驴回江南——卖字卖画做他的"扬州八怪"去了。看着毛驴屁股渐渐消逝在荧屏上，祢清突然感同身受，下意识地苦笑了一下。接下来就是"实地采访"节目，祢清是喝着茅台酒看完"实地采访"的。这茅台酒是请赵恒时赵恒顺便捎来的，祢清喝了一口就尝出是假的。假的也要喝，总不能因为是假酒便倒进下水道里吧。他看完节目，放下酒杯，这霎电话铃响了，是赵恒打来的。赵恒在电话里向他诉苦，说老艾和市扶贫办公室要整他，因为他的提议，害了祢清，也给平南县惹了祸。祢清支吾了几句，未置可否。大约赵恒没得到安慰，感到无趣，也就放下了电话。

祢清并非有意轻慢赵恒，而是假酒喝得过多。酒醉使他暂时抛却了人间的烦恼，由反应迟钝到意识蒙眬，终于又返回到也算真实也算虚幻的少年时光中去了。

那时还集体种地。

……寒假里，生产队长让他和几位社员到邻村买青草。那年大旱，青草特别贵。贵也得买，十几头牲口张嘴等着呢。临行前队长特别嘱咐他："清清，你是识文断字的人，到那里记账之外，要紧的是看好秤，有些人坏良心，卖草时惯用小秤砣大秤杆日弄人。"祢清暗自好笑，这也值得嘱咐？小事一桩嘛。

卖主是个五十几岁的小老头，话不多，挺和善的。大秤找来了，是那种一秤能称二百斤的。那时农村除了供销社，谁都没有磅秤。祢清双眼盯着老头定好定盘星，大伙开始忙着捆草、搬草、大杠抬起草捆过大秤。这当儿，老头的老伴直瞪着眼睛瞅这儿，老头几次呵斥她，让她去烧水沏茶，她就是不动窝。老头子急了，摘下秤砣掷过去，嘴里骂："奶奶个×，你在这里挺尸吗？"秤砣落在老婆儿的脚旁，差一点儿就砸了她。老婆儿恼怒了，就手从脚下拾起秤砣掷回来，嘴里也是一连串的骂："老不死的，这草我从地里一把水一把汗地扛回来，驴似的，容易吗？你大大咧咧的，要是给我走了秤怎么办。啊，啊？"说着，蹲下身子呜咽起来。老头子勃然大怒，赶过来要打，大伙赶紧劝住。老婆儿见事情闹大，自动退让，起身捂着胸口哭哭泣泣回屋里去了。

买草回来后，队长眯着钩子眼左瞅右瞅，说这车草不够斤秤。祢清有些着急，说是亲眼盯着秤，一斤都不少。青草又不是油条，大伙在路上拽着吃了，不信可以重新过秤嘛。队长是个犟眼，还真的扛来大秤重新称。妈的，怪了，少了二百多斤哪。可是，当面银子对面钱的，自己看着老头定的定盘星，自己盯着过的秤，一笔一笔记下来，这错可出在了哪里呀！有什么可说的，难道回去找人家？不可能了。弄好了，人家说你泥蛋子眼。弄不好，挨那老婆儿一顿臭骂。队长歪头想了许久，一跺脚说："旋风钻进腔眼子，邪气入里了，娘的……"

事后人们左思右想，终于悟出了其中玄妙处：是小老头和他老婆在里边做了手脚。老婆儿的脚下，早有一个小秤砣，她站在那里明是监视，实是等着，等着老头子假作愤怒向她掷秤砣。秤砣按照程序掷了过去，于是，老婆儿偷天换日掷回了小秤砣。然后，老头子佯装大怒伸手要打，趁大伙劝架分神之际，她便捡起大秤砣溜之乎也。整个过程天衣无缝，除了神仙，有谁会想到这一招呢？手段真高，真绝！祢清懊悔了许多天，堂堂中学生，硬是让个小老头算计了。

"我让人算计了！"终于有一天，祢清憋得难受，跑到野外仰脸朝天一声大喝。

"醒醒，醒醒！嚷什么？"祢清睁开眼，面前一片明亮。刘洁扳着他的肩头，正用手巾给他擦脸。灯光下，一只盛醋的大碗放在床头柜上，味道酸酸的。刘洁见他烂醉，打算用醋灌他。

51

　　很有戏剧性。几个月前，祢清曾经组织调查组进驻工业联合厂调查林以得。现在，由市纪委、市扶贫办公室组成的调查组又进驻平南调查他。一报一还，扯平了。

　　调查组本来只是为了调查处理挪用扶贫款一事的，可是进驻平南后，却发现事情并不那么简单。工作人员刚刚站稳脚，来告状来上访的人便接踵而至，揭发材料证明材料也像雨后的狗尿苔，呼啦啦全冒出来了。当然，大多数是告祢清的，包括他的生活作风问题、经济问题、越权问题。调查组被搞得手足失措，赶紧电话请示市领导，市领导唏嘘半晌做出决定，扶贫款问题以外的揭发材料由市纪委的同志负责，分门别类整理好，落实好，然后带回市里交常委会处理。

　　几天后，有关祢清的问题便归纳总结出来了，大致说来有四条：挪用扶贫款，接受刘玉振的巨额贿赂，和小芮的不正当男女关系，越权。

　　挪用扶贫款已是不争的事实，这没有回旋的余地。其他项目在落实中可就麻烦了。越权是说他超越县长的权限，经常代行县委书记的职权。调查组去问老艾，老艾阴沉着脸说："放屁。"调查组的同志笑了笑，就把这一条抹掉了。接受刘玉振的贿赂并非子虚乌有，刘玉振确实给他送过五万元，祢清也确实收下了，当时除他们两人外，赵恒也在场。一核实，又出差错了，刘玉振给祢清的五万元是借给祢清买房的。刘玉振那里有祢清的借据，两年中偿还，另加利息。这是个人间的筹借问题，不属纪检部门过问的范围。最复杂也最让人感兴趣的当是和小芮上床的问题。纪检委的一位小个子科长找来小芮，乜斜着眼睛问她事情的经过。小芮笑嘻嘻地反问科长有什么根据，科长愣了愣，把那份揭发材料摆到小芮面前。小芮看也不看推过一边："就凭这个吗？"科长说："还能凭什么呢？"小芮收起笑容板起脸说："要是有人写一份材料检举，证明你曾在这里强暴我，你怎么说？你说我承认好呢还是不承认好呢？"科长从来没审过案子，一听这话脸就白了，忙说："可别，可别！"他喘了口气，往远处坐了坐，说，"材料归材料，还得重事实才对。"

小芮的眼里溢出了泪，她说她巴不得能和祢清上床呢，可是办不到，那个人的心就像铁。自己几次努力，都白搭了。后来想明白了，人家一县之长，哪能看得上咱一个小干部呀！所以，这回祢清出了事，她打心眼里高兴。因为祢清犯了错误就得下台，下了台就和自己的距离拉近了。那样，自己再一鼓作气攻上去，兴许就能得到他了。科长听小芮一席痴情话，禁不住啧啧连声："真是痴心女子负心汉呀，要是我有这么个红颜知己，早和老婆离婚了。"

弄来弄去，仍是只有挪用扶贫款这一项算作事实。这一项也就够了，谁都明白，这一项是最致命的。

调查组将调查结果形成材料上报之后，于书诠再次来到平南，他先到县委找到老艾，又把赵恒唤来陪着，晚上径直找到祢清家。祢清有些意外，他明白，在林以得、梁金远一事的处理上，他和于书诠之间已经有了隔子。以于书诠的经历、脾性和地位，不会轻易忍下去。他之所以不露声色，源于投鼠之忌。如今自己出了事，难保他不来旁敲侧击。祢清做好了思想准备，不争一日之长短，要忍，一定要忍到底。

于书诠他们进屋时，祢清心中虽然疑影重重，面上仍旧显得若无其事。寒暄、让座、递烟、沏茶，一切客套程序过后，祢清选了个位置，坐在于书诠的斜对过，不无疑虑地含笑注视着他。于书诠说了一番天南地北日短月长之后，终于把话扯到正题上。同样出乎祢清的意料，于书诠的口气没有责备，没有施压，没有揶揄，没有刻薄，甚至没有丝毫的幸灾乐祸。有的只是叹息、惋惜，有的只是安慰、宽解和作为高级干部来说轻易不能公开讲的知心话。于书诠说他此行的目的只有一个，就是要问清事实后回到市里说服领导们，不要在挪用扶贫金一事上过分追究祢清的责任，尽量做到不声张、不处分。在这点上，他可以代表扶贫办公室明确表态，不通报，不上报，只作为一个偶然事件对待。因为祢清是风华正茂的青年干部，是不可多得的人才，从爱惜人才出发，也得竭尽全力保住他。平南县需要他，平南县的人民需要他……

于书诠说得慷慨激昂，情真意切。屋里的人都被打动了，赵恒在悄悄抹泪，刘洁在低头饮泣。祢清由警惕到放松，由戒备到感激，整个身心沉浸到了一种改正错误、同舟共济、报效祖国的气氛里。

于书诠第二天一早就走了，说是和市里领导们电话约定的，今天上午就此事凑一块儿拉拉。临走时，他想了想，让赵恒以第二责任人的身份陪着他。赵恒犹豫了一下，还是答应了。

于书诠走后，老艾告诉祢清，他昨天晚上和市纪委陈书记通了电话，陈书记直截了当地告诉他，市委对祢清这件事很重视，已经开了常委会，今天上午召开第二次会议，情况怕是不妙，让祢清有个心理准备。祢清的脸红了一下，说听天由命吧。既然做下了，就别存侥幸心理。

中午，艾书记把祢清叫到自己家里，他从一个小橱子里找出几瓶二两装的"酒鬼"，又搞了几个时兴小菜，两人开始举杯对酌。老艾不大喝酒，却存有好酒，祢清是知道的。在老艾这里，他也从不说什么客气话，对于这里的好酒，更是求之不得了。

两人边喝边拉，祢清发现，艾书记喝酒不多，却挺能吃菜。他知道老书记血压高，心脏有毛病，吃盐过多是有害的。他想提醒一下，又不好开口，没准人家是近日口淡，要偏食贪咸呢。可他哪里知道，老书记饭后午睡的习惯是很重的，今天为了改变这个习惯，对付饭后的阴升阳降，他便午饭贪咸，以便待会儿多喝茶水，兴奋神经，赶走困神。他有自己的打算，在时间有限的岁月里，要尽量利用自己的位置和威望，多做些对老百姓有好处的工作。唉！当今世界，谁不知道预防疾病，谁不明白珍惜生命？然而，越是真正珍惜生命的人，越是珍惜生命结束之前的宝贵时间。具有这种情操的人，对于自己所能做到的总是分秒必争地去做，好像自己不久就要远离尘世，如果将自己应予承担的责任留给后人，在良心上就欠了债了。

饭后，艾书记泡了一壶上好的酽茶，一遍又一遍地擦着茶杯，似乎在等待什么。就在他有点儿百无聊赖般擦拭茶盘时，电话铃响了，他一把抓起听筒，用急不可耐的语气问："是你吗，老伙计？"对方嗯了一声，隐隐传过一种同样急不可耐的口气："老伙计，小祢的事砸了。那个茬子顶得很硬，我是尽到力了。我看，这事还得你出山，按我们的既定方针办。"往下再说什么，听不太清了。一直侧着耳朵的老艾黑脸发青，忽然骂了句与他身份不相称的且又让人惊骇的脏话："×他祖宗，笑里藏刀，这个王八日的！"

艾书记放下电话后，双手有点儿哆嗦，他平静了一会儿，勉强笑着说："不出所料，你祢清停职检查，等候进一步的处理。"老艾嗓音有些沙哑，像自言自语，又像对祢清说："树欲静而风不止，又用到这句话了。看来，有些事情是不能迁就的。当今就是有这么些人，贪得无厌到不可容忍的地步。你给他吃了心室，他还要啃你的心房。你给他吃了心房，他还想吞你的整个儿心脏。这是些社会的蠹贼、人间的豺狼，别说在如今的年代，就是在旧社会里人们也是不会允许这种人存在的呀。要斗，坚决地斗。"

祢清明白老艾所言为何，便劝他说："艾书记，我看你就不要惹火上身了。"

"这是什么话，我就不相信，世上会有推不倒的墙、建不成的塔。当然，如今有人站在了塔顶上，已经忘记这塔是怎么一层一层建起来的了。有这种人，就有这种人，考虑自己的利益比他人多，考虑家庭比集体多，考虑个人前途比国家大业多。他们以自己的职位、权力作为政治交易和经济攫取的资本。许多事情，就是让这一类的蠹贼弄乱套的。"

艾书记气咻咻的样子，让一旁的祢清感到惊讶。在以往的岁月里，他几乎从没见过老艾这么激动，根本没见过。听着老艾的这番话，祢清心里清亮了些。是啊，老书记说得对，当前，就有这么一种人，像白蚁一样拱食着社会这座大厦。这些人根本没有信义可言，当然更谈不上什么原则。甚至他们在一些共同的场合里也相互敷衍吹捧，借此施展诡计从中获利。这些形形色色的东西，是社会的赘生物、人类的渣滓，他们的存在，直接的受害者则是广大老百姓。对这些东西不剔除、不扫荡，国家没有希望，人类没有希望。自己本来想在仕途上展宏图、酬壮志，成为安民治国的栋梁。然而，义气和幼稚却使自己意外地跌了跟头，闯了大祸，到如今，把本应安度晚年的老书记也给逼出来了。望着怒气渐息的艾书记，祢清想说几句认错道歉的话，心中鼓涌了数次，终于没有说出来。对于艾书记，他是太了解了，一切的客套和虚情，都会招来他的反感。既然是心息相通，又当何苦呢？

艾书记冲祢清摆摆手说："小祢你的事，如今还不是既成事实，我看还有机会。我决定以县委、县政府的名义上报，要求把平南以往的那些事情弄清、落实，其中特别要把林以得的问题提出来，再把这次挪用扶贫款的前前后后写明白。我主动承认错误，承担责任。但是，要指明其中的阴谋所在。"艾书记说到这里，敲着桌子道，"就如你前几天所分析的，赵恒他明知这是严重的违纪事件，干吗还主动向你祢清建议呢？这第一责任人，应该是他。我看赵恒这个人城府极深，背地里他们之间一定有过默契，我马上通知办公室想办法把底细弄清，今晚或明天形成材料交给我。"

"您要干什么？"祢清忽然觉得问题严重。

"我自有妙用。"

"如今……"

"我要到省里去一趟，老艾不才，可也有'后门'呀！"

"您是说笑话。"

"怎么，你以为这天下'后门'的台阶都是黑的？"

艾书记说完，朝祢清挥挥手，表示别再争辩了。祢清也最了解艾书记，他从不轻易表示什么，一旦表明了，那就是经过了深思熟虑，行动起来不折不扣，谁也别想阻止他。

祢清停职检查等候处理的消息，是刘玉振打电话告诉祢磊的。祢磊惊得汗毛竖起来，不知这位仁兄在平南惹了什么塌天大祸。他是个急性子，沉不住气，又怕祢清想不开出现意外，也没打声招呼，当天就乘班车赶到平南来了。

那天上午，祢清憋在家里，闭门谢客。他和老艾说要考虑写检查的提纲，真事是在家里和刘洁趴在床上玩扑克。丈夫出了事，刘洁心情也不好，就向局里请了几天假。两人玩了一会儿"撒谎"，刘洁"撒"不过祢清，闹着要"牵驴"，祢清从床上跳起来说："你自个儿先'牵'着，我到外边换换气儿。"本是陪了丈夫寻开心的，以往很计较输赢的刘洁此次便不相强，由他去了。

祢清在院里看到了南墙根处的杠铃，便信步走过去。这是总共一百二十公斤的组合，以往他怕努着，只练一百公斤多一些。这霎，一个带有迷信色彩的意念忽然在脑子里一闪，他竟心血来潮地将全部一百二十公斤都装上了。他脱掉外衣，在零下七八摄氏度的天气里光着膀子，俯身抓杠，双腿下蹲，嘴里默默念着"成功与否在此一举"，就觉有一股刚劲之气生自胸间，下达丹田，倏忽返回，畅游全身。神静之下，心意相通，随之，超强的爆发力便产生了，只听他嗨地一吼，如凌空炸雷，一百二十公斤的铁家伙不甚费力，竟被他高高举起。

刘洁听到响动跑出屋时，祢清正举着杠铃在院子里转圈。刘洁知道丈夫此刻正憋着一股子气，便不敢说话，只是静静地站着。祢清转了两圈放下杠铃，她才埋怨说："你疯了？也不是小年龄了。""还行！"祢清挥了挥疙瘩肉的双臂，一脸的得意和兴奋。刘洁好像突然间意识到丈夫还光着膀子，赶忙拿起上衣给他披上，轻轻咬着牙说："你永远也长不大。"这当儿，有人敲门，祢清朝刘洁使了个怪怪的眼色，闪身跑进屋里去了。

几天来尽是出乎意料，这不，祢磊又出乎意料地进了门。进门就急咧咧地问："我那清哥，哥，你惹下什么事了？"祢清好像迷糊了一阵儿，然后所答非所问地说："没关系，百二十公斤的杠铃，我举起来了。"刘洁和祢磊同时傻住，弄不清他何以说出这么句话。祢磊傻了一会儿又如梦方醒，咋呼说："下意识，这叫下意识，没事，没事了！"气氛终于又活起来。

　　外边又有敲门声，一个带点儿沙哑的嗓音问："小祢是住这里吗？"哟，谁的口气这么大？刘洁有点儿听不惯，刚要出去质问，祢清跳起身说："三子，是梁三子来了。"

　　果然就是梁三子，穿着黄大衣，赶着驴车，车上盖着麻袋，麻袋下一车厢地瓜。三子见了祢清兴奋得直摇头，说今年大涝，他的地瓜因为种在高地方，反而大丰收了。早想给他送来，考虑到地瓜这玩意儿窖两个月才好吃，就挨到现在了。

　　可能是性情相投，也可能是别的因由，祢清见到三子，心情特别好。他几乎是蹦着高把三子拽进院里的，他说："三子我就知道你会来的。"三子说："是吗，我知道你知道我会来的。"这种绕口令似的对话又让祢清更开心，他说："三子你小子还挺会逗。"说着笑着，几个人已将地瓜卸进储藏间里去了。三子打扫车底的沙土撮进屋里，均匀地撒在地瓜上，嘱咐祢清和刘洁，说吃的时候挨着个儿地朝里取，这样，可保不冻不烂，吃到明年麦前都新鲜。刘洁生在城市长在城里，对这种储藏方法很感兴趣，以学生般的虔诚听三子讲解。祢清生在乡下长在乡下，储藏地瓜轻车熟路了，可他还是很认真地听三子白话。三子白话够了，祢清拣一块又长又粗的地瓜在手里掂了掂，一本正经转向妻子说："这块给你，你喜欢大的。"正在全神贯注的刘洁反应极快，照祢清手上打了一下说："贫嘴！"祢磊和三子听出了门道，都乐了。

　　祢磊说："清哥，无论遇到什么作难的事，我几乎从来没见你发过愁，总是那么满足、乐和、诙谐，也几乎没有别人能具备你这种性格。这让我想起了古人的一句话——胜不妄言，败不惶恐，胸有激雷而面如

269

平湖者，可拜上将军。"

祢清呵呵一笑："兄弟，你想想，咱们从小的伙伴和同学中，至今还有没说上媳妇来的呢，我们凭什么不满足，凭什么不乐和？"

刘洁呸了一口："别听他瞎白话，从来没句正经的。"

三子要回去，祢清哪能放他走？连驴加车弄到墙根处说："吃了午饭你再打道回府。"三子还要争辩，祢清拎小鸡似的将他提起放到屋门里说："你就给我进去吧。"三子给搞得蒙头蒙脑，他看看文质彬彬的祢清，又伸手攘攘他的胳膊，像不认识似的。祢清给三子舀水洗手，顺口问起村里的情况。三子说："哟嗬，村里现今可热闹了，你们县里的干部们给曝了光挨了治，扶贫款发下去，俺云哥先弄出几万买了辆大发，整天风风光光坐着四处搞联络、跑资金、建设砖瓦厂呢。""买了大发？"祢清的心一沉，脸一紧，不再往下问了。

午饭仍然要喝酒，祢磊说把刘玉振也找来。祢清指指电话机，意思是让祢磊打电话。祢磊拨通了利源集团，一个娇滴滴的声音问他是谁、找谁，祢磊自报家门并说找刘玉振，电话机里沉默片刻回了话，说刘总昨天出发了。问去了哪里，回答说她也不清楚。祢磊说这好办，打他的手机。手机拨了两遍，也是一个女人的回音："你所拨打的用户已关机，请稍后再拨。"祢清笑着说："咱们四个喝吧。"

官宦人家无醇醪，知县囊中常羞涩。

话虽这么说，祢清还是拿出了十年前的一瓶茅台酒。这瓶酒藏在柜子里，跟随他转了两县三地。一瓶茅台当然不够，又随便拽出了一瓶五粮液，这是一位同事最近送来的。祢清、刘洁齐下手，几个家常菜很快就整好了。酒席宴上，梁三子只瞅酒瓶不看菜，哦，原来茅台就是这成色呀。祢清斟满四杯酒，自己首先端起说："为世界人民大团结干杯！"刘洁和祢磊嘻嘻哈哈，几乎是同时干杯。三子嗅了嗅，尝了尝，这才细水长流喝下去，看看酒瓶又咂咂嘴说："这就是茅台呀？这辈子我可是头一回喝。"祢清问他感觉如何，他说还行，只是味道冲了些。三子又喝了一杯，咧咧嘴似有嫌意。祢磊恍然醒悟，他告诉祢清，这是酱香型，三子不服，快换五粮液。祢清给三子斟上五粮液，三子呷了一口品品味，很深沉地点点头："嗯，比茅台强，快赶上城南老店的地瓜烧了。"

一屋子笑声，一屋子欢乐。笑声中欢乐中，斟一杯，喝一杯，干一瓶，空一瓶，不知不觉，都带醉意了。这时，院中的毛驴吃着干草嚼着香料，犹不满足，四腿八叉撒了一泡黄黄的尿，仰起脖子开始"嗷儿啊嗷儿啊"大叫。是撒欢儿，还是为屋里的人们助兴？哦，想它的主人了。梁三子听到驴叫走出屋，祢清、刘洁和祢磊在后边跟出来。毛驴见有人来，不再叫唤，打几个响鼻，大眼睛冲着他们忽闪忽闪的。"怪不得有人说驴眼睛好看，确实漂亮。"祢清说着走上前，问正在扑拉驴毛的三子说，"我骑骑行吗？"三子说："你想骑就上去吧。"祢清双手按着驴前身，双腿一甩纵上驴背。毛驴一时不堪重负，腰脊下塌，四蹄乱动，却迈不开步。三子说："你太沉了，往驴腔上挪挪。"祢清很听话地朝后挪了一下，毛驴果然直起腰来，腿脚活泛了。三子领了一圈把缰绳递给祢清，祢清攥住绳头一抖，毛驴撒个小欢儿跑起碎步，院子里立刻响起节奏分明的嘚嘚声。祢清骑在驴背上，微眯醉眼脸露欣悦，优哉游哉，如神仙般自由幸福。他轻声咕哝着："我会骑驴了，我会骑驴了！"

三子笑了。刘洁蒙了。祢磊哭了。

三子看看刘洁，他蒙了；刘洁看看祢磊，她也哭了；祢磊看看三子，他又笑了。

"醉后乾坤大，壶中日月长。可能，他想起郑板桥了。"祢磊抹掉脸上的泪说。

饭后，艾书记坐在沙发上看常务副县长袁铁岭转给他的一封小程写给上级领导的信——于书诠一伙是些社会的蠹贼、人间的豺狼，别说在当今，就是在旧社会里人们也是不会允许这种人存在的呀。这种人，考虑自己的利益比他人多，考虑家庭比集体多，考虑个人前途比国家大业

271

多。他们以自己的职位、权力作为政治交易和经济攫取的资本。许多事情，就是让这一类的蟊贼弄乱套的……

窗外传来驴叫声，艾书记起身走到窗前。他从窗口看到祢清院子里有一头毛驴，看到祢清等人走出屋，看到祢清骑上毛驴……

艾书记老眼盈泪。

艾书记回到沙发前抓起电话："办公室吗，通知小车班，下午我要出发。"

52

通往 D 市的公路上，一辆轿车飞驰着。艾书记坐在车内神色凝重，迎面中间路上开来一辆大卡车，司机灵活地转动着方向盘，轿车擦着卡车从右边驰过。司机说："这个驾驶员可能喝酒了。"艾书记叮嘱司机不必太快，下午赶到市里即可。

艾书记说完，看了看夹在腋下的文件包，仰靠在后排座上，刚要闭目养神，忽听司机惊呼："不好，怎么车速慢不下来呀！"艾书记让司机停车下去检查一下，司机说："刹车失灵，紧急制动也不行。"

司机满头大汗，极力稳定车速。司机说："艾书记啊，您千万坐好了，可能我们的车让人做了手脚。我是二十多年的老司机，感觉不会错。您坐稳了，务必坐稳了，用双手撑住前边的靠座。"艾书记感觉险情已现，只好照司机的吩咐做。车外不时有车辆飞快地闪过，间或听到对方车窗里传出惊呼：这个人肯定疯了！

司机极力控制着车，前行两三公里后，左侧出现一片荆草地，地面有积水，司机说："艾书记坐稳了，我们碰碰运气吧。"艾书记明白情况危急，以命令的口气叮嘱司机，万一他出现了意外，千万把这个文件包交给袁副县长。

司机未及回答，眼前已是荆草地。他猛地左转方向盘，小车唰地冲向左侧路边，一头冲进荆草地里。小车在荆草地里颠簸着，趔趄着，终于翻倒在泥水里。驾驶座上的气囊救了司机的命。司机爬出车门，奋力将艾书记拖出来，立即拨打了120。

不大会儿，急救车飞驰而来。救护人员将腿部骨折的艾书记抬上急救车，以最快的速度返回城里。

艾书记被送进平南县医院外科病房，医护人员在对艾书记做了紧急处理后，紧接着就送进手术室。手术室外站着闻讯赶来的县委、县政府人员，人们轻声叹息，议论。

艾书记手术的同时，赵恒正坐在扶贫办公室和于书诠通电话，他告诉于书诠，老艾出了车祸，眼下正躺在手术室里呢。于书诠说他已经知道老艾出了车祸，并告诉他对于祢清的处分下午就要下发上报。总之，老艾现在来不了，见不到宁书记，也就没了回旋的余地。于书诠口气似笑非笑，说："老艾咋就那么巧偏偏今天出了车祸呢？"赵恒犹豫了一下，说："估计是县委小车班的周师傅做了手脚。"

于书诠："听说刹车失灵，说来也怪，咋就出了城才刹车失灵呢？"

赵恒："老领导，这你就外行了，对刹车系统做些缓处理，先让司机感觉只是点儿小毛病，车子开出十公里才会出事故，这样任谁也不会怀疑。"

于书诠："处处是学问。你介入了吗？"

赵恒："没有，我又不傻，哪能自己出面呢。"

于书诠："和周师傅联系的是谁？"

赵恒说没人和他联系，"周师傅和往豆沙里掺东西的那个黑小子都是林以得的同伙，多次对我提起，说要为林以得报仇雪恨。"

于书诠感到奇怪，"这个周师傅怎么知道老艾到市里来是为祢清求情呢？"

赵恒迟疑半晌回答说："下午一上班我就到县委那边去，被周师傅拦住了，说他们村里的人找他和我联系，看能不能追加点儿扶贫款。我说这事得研究一下，县长出了事，艾书记也害了怕，通知凡是有关扶贫款的问题都要向他汇报。周师傅说：'你要汇报就赶紧去，艾书记下午要出发去市里。'我顺口说了句艾书记这是要去市里为县长求情吧。当时，看到周师傅脸一黑……"

于书诠："呵呵，小赵啊，没想到你还这么成熟。"

赵恒："于市长，这可不是我的阴谋。"

于书诠："是不是你的阴谋已不重要，关键是老艾已经不能来到市里。"

外科病房里，艾夫人带着外孙女坐在艾书记的病床前，秘书小李站在一侧。艾书记抚摸着外孙女的小脸蛋，问她怎么不和爸爸妈妈一块儿回去？外孙女说爸爸妈妈工作忙，看到姥爷已经脱离危险就赶紧回工作单位了，自己惦着姥爷的伤势，所以就留了下来。艾书记和艾夫人都笑了，小小年纪，嘴巴倒挺甜的。

艾书记继续抚摸着小姑娘的脸蛋，让老伴带孩子回家，因为这是医院，孩子在这里多有不便。艾夫人点点头："也好，回去给你煲个汤，中午送过来。"

李秘书要开车把艾夫人送回去。艾夫人婉言谢绝。李秘书笑了，说："怎么也得把您送到楼下吧。"李秘书陪着，艾夫人领着外孙女慢慢走出病房。

躺在病床上的艾书记见病房门关上，挣扎着够到床头柜上的电话机线，把电话机拽到跟前，费力地拨着电话号码。电话拨通，艾书记提出要找宁书记，办公室秘书告诉老艾，宁书记正在开会，电话暂时不能接听。

艾书记的手颤抖着，又拨了一个手机号码。手机通了，艾书记声音颤抖着："喂，老梁吗，我是老艾啊！"

那边传来省纪检委梁书记的声音，他问老艾在哪里，艾书记告诉梁书记，自己出了车祸，现躺在平南县医院里。"如果你有空，请马上来一趟，我有非常情况需要当面对你说。老同学，我，我……"艾书记发出哽咽声。

梁书记："老艾你别激动，我了解你的性子，不是火烧着屁股你也不找我。坚持住，我两个小时内到达你的病床前。啊？听到了吗，坚持住！"

艾书记感到一阵眩晕，手中的话筒脱手。话筒掉在病床下，李秘书恰好回到病房，见状大惊："医生，医生，快来呀！"

医生护士们听到李秘书的叫喊，飞奔进病房……

梁书记果然在两个小时内走进了艾书记的病房。艾书记躺在病床上，吊瓶里的药液有规律地往下滴着。梁书记双眼发红，坐在床前，紧紧握着老同学的手。

艾书记两眼含泪，声音微弱："老同学，知道你忙，但你终于还是来了。"

梁书记："你轻易不找我，找我肯定事关重大。再说，你是躺在病床上给我打电话，出了这种意外，我再忙也得来呀。"

艾书记："老梁，从大处说，事关党的事业。从一般意义上讲，事关平南县的几十万百姓。这个问题再不解决，我就枉为几十年党龄的老党员了。"

梁书记："很原则吗？"

艾书记点点头。

梁书记朝秘书摆摆手，让他和小李坐到门外椅子上，无论医护还是熟人，一小时内不许进这个病房。秘书答应着，和小李走出去。梁书记把凳子朝床前挪了挪："老伙计，有话尽管讲。"

艾书记讲述，梁书记不时地在本子上记下几笔。

艾书记讲到动情处流了泪，梁书记取出纸巾给他擦眼泪。艾书记越讲越激动，试着要从床上坐起来，梁书记一把按住，将艾书记的脑袋慢慢放到枕头上。艾书记喘气变粗，梁书记赶紧给他倒了杯开水端到面前。艾书记喝了几口水，重又开始述说……

时间随着两位老同学的谈话慢慢逝去……

艾书记把话说完，长长地舒了口气："老同学，我心里终于不那么堵了。"

梁书记合上笔记本："这么严重的问题，你为何不早和我通通

276

气呢?"

艾书记:"这些问题,差不多都是小祢上任后才整出来的。"

梁书记:"你以前就没有察觉或观察到吗?"

艾书记:"曾有所察觉,没想到会这么严重。"

梁书记:"你身为县委书记,负有全县人民的责任,老伙计,你失职呀!"

艾书记:"私心,还是私心。"

梁书记:"私心害了你自己,也让党的事业和百姓利益受损,你应该检查。"

艾书记:"等事情水落石出后,我一定深刻检查,并请组织给我处分。"

梁书记:"那是后话,眼下你有什么打算?"

艾书记:"借着你在这里,我打算把宁书记也请过来,把问题彻底摊开。"

梁书记点点头:"老艾,这些问题你和老宁反映过没有?"

艾书记说祢清出事后,自己和老衷去找过他,他说等祢清挪用扶贫款这事过去以后,让我们把于书诠的问题形成书面材料交给他。看样子已经引起他的注意了。梁书记点点头,因为他和宁书记曾经一同在省直机关共过事,他知道老宁还是有原则的。

梁书记拿起床头上的电话拨了一个号码。对方回应说这里是 D 市市委办公室,问他找谁。梁书记说找宁书记。对方嘿嘿笑起来:"先生,市委书记是您随便呼唤的吗?"

梁书记也笑了:"可也是,我有点儿冒昧,这样,你就说有位姓梁的老朋友找他。"

对方:"您是他的朋友?"

梁书记:"是啊,要不敢这么大口气吗?"

对方:"那好,请稍等,我给您转过去。"

53

距 D 市不远的一个县城里，街上车辆不断，人流如织。几个年轻人走进一家旅馆，走到旅馆柜台前。其中一位大个子掏出工作证朝柜台服务员亮了亮，服务员一惊，连忙问："有什么需要帮助的吗？"大个子压低声音问她："是不是有个叫林方君的住在这家旅馆？"服务员点点头："肯定是有啊，住宿旅客的信息你们公安每晚都能收到。没有准确消息，你们能找到这里来吗？"

大个子点点头："聪明。这两个人没出去吧？"

服务员说："你们不是只找林方君吗，怎么说是两个人？"大个子口气肯定，说他房间里还有另外一个人。服务员点点头，低声告诉他们："是还有一个五十来岁的，一个人登记，两个人住宿。"大个子问明房间号，让两个人守在电梯出口处，其他人顺着楼梯迅速跑上去。服务员伸伸舌头："妈呀，没想到收了两个逃犯。"

在当地公安机关的配合下，林以得和林方君终于落网。

就在李队长他们抓捕林以得和林方君归案后，平南县委小会议室里，省纪检委梁书记、D 市市委宁书记、D 市纪检委陈书记已经坐在正面沙发上，副县长袁铁岭和县纪检委曹书记坐在两边沙发上，共同研究讨论平南最近出现的问题。袁铁岭站起来，从文件包里取出几份材料分别送到各位领导人面前。这些材料是昨天夜里公安局突审林以得的笔录摘要。出于案情考虑，公安局的同志做了些技术处理，今天一上班叶局长就派人给袁铁岭送了来，说是呈给各位领导看一看。

梁书记看完林以得的笔录摘要，低头沉思着。

宁书记："真是出乎意料啊！"

少顷，梁书记抬起头："我这是第二次来平南了。第一次是从省里主动前来看望老艾上任，这第二次却是老艾打电话把我召来的。而这次来到平南，除了看望住院治疗的老艾，顺便了解一下平南以往和近来发生的一系列情况。从老艾和几位同志所反映的情况来看，平南的问题很复杂、很重要。刚才看了林以得的供词，更让我认定，平南的问题是严重的。这些问题不仅仅是本地的问题，有许多重要问题还牵扯到市里的个别人员……"梁书记在讲话，会议室里其他人在记录。

梁书记讲完了，宁书记忽然插进话来："祢清在哪里？"

袁铁岭怔了一下："祢清？哦，他在家里写检查呢。"

宁书记性格内敛，本来说话不多。梁书记看看他。他点点头却打开了话匣子："会议就到这里吧，总之，平南的问题很严重，我回去后就上报省委和中央巡视组，对平南的某些人和与这些人有牵连的县、市人员立案调查。再强调一次，这次会议属于保密，泄露者要负纪律甚至法律责任。但是，这次会议对祢清不保密，袁副县长，你去办公室给他打个电话，由平南县纪检委曹书记负责，去找他谈谈话。"

袁铁岭答应着，起身走了出去。

还真让袁铁岭说对了，祢清此刻果然坐在书房电脑前打字。电脑屏幕上现出一行字：关于前段工作的总结与教训……

客厅里电话响了，祢清走到客厅接电话。电话中是齐主任那熟悉的声音："祢县长啊，几天没见你，好想啊！"

祢清口气轻缓，他告诉齐主任说自己已经停职检查，现在不是县长了。齐主任呵呵笑了几声，说："祢县长不要开玩笑了，机关上的人都认为你仍然是县长。"祢清仍旧谦虚，问齐主任有何指示。电话里齐主任打了个哏，说："祢县长何时也忘不了开玩笑，我还指示呢，卡得上级吗？是这样，祢县长，市纪委刚才来电话，说是为落实什么问题，要专门找您谈谈。"

祢清嘻嘻一乐："怎么，还要将我押送到市里吗？"

齐主任："祢县长言重了，言重了。市纪委的人要来平南，不是让你去市里。"

祢清："是这样啊，那我随时恭候。"

齐主任："纪委的同志来到后，是去您家还是您来机关？"

祢清："来我家吧，我正写检查呢，不愿意耽搁时间。"

齐主任干笑了几声："那好吧，直接领到您家去。再见祢县长！"

祢清放下电话："还落实，落实什么，不就是这些事吗，我都认了。"

半小时后，平南县纪检委曹书记和两位市纪检员走进祢清家。曹书记一进门就口气亲热："祢县长，我们这次来……"

祢清指头顶着手心做了个停的动作，说："曹书记，我正在停职检查，不要县长县长的，就称呼我小祢吧。"

两位市纪检员笑了，他们和祢清很熟悉，因为祢清在市机关时是出名的大才子，潇洒倜傥，出口成章。于是和祢清开起了玩笑："大才子，受此小小挫折，怎么就拿捏起来了。我们现在还是称呼你祢县长，以后仍然称呼你祢县长。"

祢清还要说什么，两位纪检员摆摆手："祢县长，我们进入正题吧。第一条，请问祢县长，你是不是接受过利源集团董事长刘玉振的五万元贿赂？"

祢清说的确是有这么回事，但那是借债，不是受贿。因为父母买房子，自己借了刘玉振五万元，打了借条，而且打借条时有扶贫办主任赵恒在场为证。

两位纪检员相互对视，点点头：与调查组所记相符。

纪检员："第二条，请问祢县长，你到任以来是否有越权行为？"

祢清："越权，我越什么权？"

纪检员："你身为县长，主要工作在县政府这边，可听说你连县委的工作也包揽。如果属实，这应该算是越权。"

祢清皱皱眉："这一条你们得去问艾书记，他说我越权我就是越权。"

纪检员："艾书记已经说了。"

祢清："他怎么说?"

纪检员："艾书记说讲这话的人是放屁。"

几个人同时笑起来。

另一纪检员在这个问题下面打了个叉。

纪检员："第三条，你为什么擅自将二百万元扶贫款借给好友刘玉振?"

祢清："这一条我无可辩解，事情已经做下了，责任当然我要承担。"

纪检员问祢清知不知道中央有通知，扶贫款专款专用，任何挪借都是严重的责任问题，要受到严肃的纪律处分。祢清摇摇头，说这通知是后来才知道的，但不想找借口推脱。纪检员问他怎么想起要把这笔扶贫款挪借给刘玉振呢? 祢清想了想，说记得当时刘玉振急需资金扩大平南豆沙的生产，在场的扶贫办主任赵恒提了个醒，说这二百万元在账上趴着也是白趴着，不如借给刘玉振以解燃眉之急。在得到刘玉振两个月归账的保证后，自己脑子一热就签了字。

一纪检员看看曹书记："听了没，这才是事件的症结所在。"

曹书记点点头说："我们已经意识到，正在调查那个人。估计时间不长，就会有让所有人大吃一惊的结论。"

祢清奇怪地望着他们："你几位说话怎么这么奇怪?"

曹书记和两位纪检员都给逗笑了。

纪检员问祢清最后一条，是不是真和开发区办公室主任小芮有男女作风问题。祢清哈哈大笑，说："这样吧，我不争辩，你们去找小芮，做通她的思想工作，让她去医院检查，如果确定她不是处女了，事情就是我做下的。"曹书记和两位纪检员大吃一惊复又大笑不止。

曹书记："祢县长，这世上恐怕也只有你才能想出这种证明清白的办法。"

一纪检员："这世上恐怕也只有你才有这个胆量。"

祢清："我怎么会没有这个胆量，小芮明明就是个好孩子嘛。"

曹书记："啊哟，祢县长你这么说可真有失偏颇。"

一纪检员："我们也不能这么做呀，因为这明显是在侮辱女性人格。"

另一纪检员说："算了算了，闹不好祢县长是在捉弄我们。因为话一出口，那个小芮大嘴巴子扇过来你也没话可说。"祢清笑笑："我可不是居心叵测。"

另一纪检员在这个问题下面又打了个叉。

纪检员看看曹书记："本县纪检委还有问题要问吗?"

曹书记摇摇头："问什么问，祢县长摊上这事的原因，是秃头上的虱子明摆着的。经省、市、县三级纪检部门的调查，真相不是越来越清楚了吗?"

省纪检委梁书记亲临平南，在听取了艾书记的汇报之后，成立专门班子与省检察院联合秘密调查平南的问题。市委领导也积极配合，组织精干力量对平南的问题进行彻查。林以得的归案，关键证人的到来，使得案情迅速明朗化。在省纪检委和省检察院的支持下，终于查明一直影响平南社会治安的正是那两股黑恶势力，黑恶势力的后台就是只顾交情丧失原则性的平南县扶贫办主任赵恒和D市副市长于书诠。

在省、市、县三级纪检部门和三级检察院的压力下，面对确凿证据，涉案当事人只好承认他们构陷祢清，意图长期在平南境内作威作福。三级检察院迅速启动立案、批捕、公诉程序，一个上下勾结合伙作案的犯罪团伙就此覆灭。祢清被宣布无罪，撤销所有处分。

祢清"恢复自由"后，他第一个想去的地方就是医院。他去医院不是检查身体，而是看望日夜惦记着的艾书记。可是，他还没来得及去，艾书记已从医院打来电话。

晚上，祢清坐在客厅里看电视，电话铃声响了。祢清从兴奋中惊醒，抓起电话："喂，您好！哪位？哦，艾书记呀，我正盘算明天去看望您呢。嗯，停职检查撤销了。对对，市纪检委的人前些天来过了。他们告诉我，你的车祸因我而起，老书记哎，对于你，我用不着说客套话了。"

艾书记在电话里告诉祢清，市纪检委陈书记和组织部张部长来看他，谈起这件事时虽然说得比较含糊，但完全可以听得出，那个人这次肯定是逃不脱惩罚了。

祢清声音颤抖："艾书记，我真没想到一直待我不薄的于副市长会干出这些令人齿寒的勾当。痛心啊，实在太让人痛心了。"

艾书记说："这正应了一句俗话，不怕没好事，就怕没好人；不怕真坏人，就怕假好人。他说起话来冠冕堂皇，如果你不到平南来当这个县长伤害到他的利益，恐怕一时半会儿仍旧看不透他。"

也许是天缘巧合，也许是作茧自缚，于副市长压根没想到，把一个所谓的心腹推荐到老家平南，非但没有给他撑了架子长了脸，反而弄得他们鸡飞狗跳墙。但真的假不了，假的真不了。即使这次他侥幸逃过去，以后还会挣扎，还会暴露，还会被党纪国法所惩处。这就是规律，这就是天理。天理难违，似乎也是个哲学命题。

54

祢清恢复工作后马上召开了政府工作会议，经与政府各位负责人商议之后，决定青牛河下游的水闸不再重修了。这意见同志们都表示赞同，全国一盘棋嘛，都要快速发展经济，我们不能再像多少年前那样搞地方保护主义了。今后，无论河里水涨水落，我们都得与邻县祸福与共。

会上，袁铁岭说到来平南投资的人越来越多，现有的开发区地盘眼看就要装不下。祢清说："这不要紧，我们继续落实中央指示，来一个双城共建，把开发区周围的村落纳入开发区，让多少年来只在土里刨食吃的农民也过上城市生活。"会议室里响起掌声，兼任开发区管委会主任的副县长康明要求县里下一个文，这样他们开发区也好有章可循。祢清看看袁铁岭。袁铁岭说："可以啊，散会后老康咱们一块儿商量，定出原则，让办公室起草文件。文件草案形成后送祢县长审阅批准，然后再转给你们开发区就是了。"康明点点头，心想老县长仍旧老作风，丁是丁，卯是卯，一切按程序。

会议开了不到一小时。散会后祢清叫上小程，和康明一块儿到了开发区。此时的开发区里人来车往，建筑工地上的机械设备和施工人员在忙碌着。最北边的一幢住宅楼已经拔地而起，靠近住宅楼不远正在建一所开发区中学。

汽车开到开发区管理委员会门前，几个人先后下了车。说来也巧，恰逢小芮走下管委会台阶。小芮妩媚依旧，精神依旧，说起话来莺声燕语，那嗓音就像唱歌似的。小芮仍旧以着迷般的眼光看着祢清，走上前笑嘻嘻地说："祢县长，你来开发区视察了？"

祢清看着这个面上俏丽、心中大喇的姑娘直想笑，遭遇了如此风波，她竟然就跟没事人似的。这世间人的性格真是千奇百怪了。他和小芮握握手，不紧不慢地说："谈什么视察，只不过走走看看罢了。"

几个人说着话，小芮在前，领着他们顺着铺好不久的柏油路信步向西。祢清问这条新建街道是不是通往城外城，康明点头说是。小芮转过身告诉祢清，如今开发区和城外城已经连接起来，开发区是创业人、生意人发展事业的好环境，而城外城又是打拼之余放松身心的好所在。两边互补共赢，平南的经济形势必将越来越好，平南的县区环境必将越来越繁荣。祢清称赞小芮很会总结，小芮停下脚步，望着正在兴建中的开发区长长地叹了口气，口中喃喃道："祢县长冤情大白，我们开发区的发展越来越红火。"

前边路西是清源服装厂的建设工地，祢清提议到那里看看。清源服装厂是一幢综合性大楼，此时大楼主体已经完成，工人们在设计人员的指导下，正在有条不紊地安装内外水电设备。祢清等人在楼前站住，小芮指指楼前广场上的大批物资，说："这都是从总部运来的机械设备，一旦主体工程完成，这些设备就可装机运行。到时，我们平南就可成为江北第一大服装基地了。主体楼北侧的那一片建筑是新增设的，准备辟作服装批发市场。估计三个月后，开发区即可形成以清源服装厂为龙头，产、批、销一条龙的经济发展链条。"

祢清兴奋得直晃脑袋："太好了，不过，这么大的服装公司，总得修座仓库啊。"

小芮笑着领他们走进大楼，祢清走到楼里一看，第一层空间阔大，各种形式的空间次第排列。小芮指着那些次第排列的空间说："你看看这是做什么用的？"

祢清恍然大悟："我明白了，第一层就是仓库，产品不必出楼即可批发外销。"

小芮开了个玩笑："县长真聪明。"

祢清笑了笑："哎，老康，清源总部张董事长那里有消息吗？"

康明："前几天和他们联系，说是正在做丰华的工作，一旦有成，随时会告诉我们。张董事长的秘书说，丰华公司的人很滑，让我们要有耐心。"

祢清点点头："强化内部管理，创造良好投资环境。扩大本地消费，加大招商力度，仍是我们平南今后一段时间的工作重点。"

康明："好的祢县长，我们记下了。"

祢清等人从清源服装厂工地返回到南北大街继续往前走，前边是一家台资企业"兴达实业有限公司"。小芮告诉祢清，说在他停职检查时，那位从浙江来的投资人李老板说平南地面上局面不稳而撤资停建。恰在这时，台湾来的吴先生到此考察，我们把本地情况以实相告，吴先生对那时平南发生的一切并不介意，在平南待了十几天便做出决定，要在这里投资一家实业公司。我们见是机会，便把李老板购买的开发权转给了吴老板。吴老板是个今日事今日毕的人，毫不犹豫地立即接收，在李老板建了半截的原址上继续扩展，两个多月就开始投产。这不，才半年多的时间，兴达已经颇具规模了。祢清告诉康明和小芮，曾听小程说过，那时自己出了事，小程也给冷处理，艾书记就派他到开发区协助工作，吴老板的公司还是小程帮助开拓的。

康明尴尬一笑："对对，当时我也正停职检查，碍于面子，整天躲在办公室里不出门。小程是个实干家，吴老板的公司有事就找他。兴达建成后，他就和吴老板成了好朋友。"

祢清笑笑："这叫逆袭。"

祢清在开发区转了一圈，并没过多停留。辞别康明和小芮，直奔刘玉振的利源集团。此时的刘玉振正坐在利源集团办公室里，和自己的部下商议一件大事。

刘玉振坐在办公室的写字台后，几个分厂厂长坐在两边沙发上。刘玉振说："我们利源集团必须收购原工联厂的全部家业，这是好事，也是累赘。本来我只想收购一部分，但县里做出决定，要收全收，不收就退出。而我们必须执行这个决定，否则，政府就会招外商来经营。"一分厂冯厂长问他从哪里得来这消息，刘玉振说这消息假不了，是经发局的朋友告诉他的。冯厂长说："既然是经发局这么说，袁县长肯定知道。既然袁县长知道，那么这意见肯定是祢县长的决定。这个摊子，还真不能不接。"

刘玉振皱了下眉头："是啊，祢县长目光如炬，处事果决，他的厉害我早已领教过。只要是县委、县政府通过的决定，说行便行，说做就做。如果我们迟疑不决，他肯定指使经发局向我们发出最后通牒。到那时，豆沙分厂要搬出，刚到手的织布分厂也要停工再建，那损失简直无法估量。"

冯厂长说："从去冬开始，县委、县政府就做出决定，建设开发区，发展县域工业；建设新农村，重点扶持畜牧养殖业。我家是李家集的，我们那里梁家庙村主任梁云是个办大事的人，建了一座窑场，又办起了奶牛饲养场。接着又有人提供消息，城东、城西和城北几个大村也办起了奶牛场。"

刘玉振惊奇地问："这与我们有什么关系？"

冯厂长说："你想啊董事长，工联厂总共五个分厂，我们豆沙厂现在占了两个分厂车间，织布厂占了一个分厂车间，另外还有两个分厂，对吧。"

刘玉振："这没错，傻子也能算得出来，是还剩两个分厂。可那两个分厂一个是农机修配，一个是铸造锻件，如今大工业时代了，谁还用得着？有钱不买半年闲，我们收购后，这两个分厂不是半年闲的问题，而是年年闲着。"

冯厂长说："窍门满街跑，看你找不找。我们何不把两个分厂一个办成家禽、家畜饲料厂，一个办成牛奶加工厂。然后与奶牛场搞联合，我们卖给他们饲料，回收他们那里的牛奶搞再加工。"

刘玉振先是一怔，随之拍拍写字台站起来，冲冯厂长竖起大拇指：

"这点子高，实在是高！现在人们生活水平普遍提高，牛奶需求量直线上升，如今开发区快和城外城连成一片了，将来只这一片地区，用奶量就可想而知。而本县大多数奶牛场都是卖生奶。我们利源资金充足，可以购进现代化牛奶加工设备，再和这些奶牛场搞联合，卖给他们饲料，回收他们的牛奶搞再加工。妙，实在是妙。"

冯厂长很得意："那您还犹豫什么，答应经发局全部收购工联厂啊。"

刘玉振一拳砸在写字台上："敲定！"

外边响起汽车喇叭声，办公室人员进来报告，说祢县长来了。刘玉振吓了一跳。这个县长，前来视察怎么连招呼也不提前打呀。他急忙往外跑，把刚站起来的冯厂长撞了个趔趄。冯厂长站稳身子嗔道："媚上欺下呀，平时见了我们带搭不理，听说县长来了，屁股上就像安了发动机，砰一声就弹出去了。"

室内响起一片笑声。

笑声中，刘玉振引着祢清和小程走进来，冯厂长第一个蹿上去握住祢清的手："祢县长，全县都知道你是共产党的好干部，前些时咋也遭了暗算呢？唉唉唉！"

祢清应付了几句，坐在沙发上。刘玉振吩咐沏茶，祢清摆摆手："我站不住，看看就走。屋里这么多人，你们是不是在开会呀？"

刘玉振坐在祢清对面，一副信心十足的样子和口气："祢县长，正准备去向您报告呢，我们刚刚研究决定，接受政府的意见，收购工联厂的全部家当。然后，再把两个分厂一个办成家禽、家畜饲料厂，一个办成牛奶加工厂。饮料分厂与下面各乡的奶牛场搞联合，我们卖给他们饲料，回收他们那里的牛奶搞再加工。你看……"

祢清隔着沙发和刘玉振紧紧握手："玉振，好想法，有远见。"

冯厂长想凑过来说什么，被刘玉振一眼瞪回去。

祢清问刘玉振是否还需要县里的帮助。刘玉振迟疑半晌提出要求："祢县长，我们的产业做大了，可这税金也是水涨船高，县里能不能在

288

税收上照顾我们一下。"

祢清心想，这果然是个填不满的坑，不能再让他钻空子。他眨眨眼睛做沉思状，刘玉振俯身向前，眼里满是无限希望。岂料祢清想了一会儿，忽然冒出一句让刘玉振大失所望的话："这事嘛，关系国家的税法。如果有能耐，你去找国家税务总局吧。"

刘玉振身子往后一靠叹口气："娘哎，没吊死，松死了！"

一屋子人开怀大笑。

祢清在人们的笑声中站起身："就这样吧，我还有事，先走了。"

祢清和在场的人一一握手，和小程快步走出利源集团办公室。

汽车开出利源集团大门，小程询问去哪里。祢清笑笑说："昨天你买的礼物还在后备厢里呢。"小程恍然大悟："对，得去梁家庙啊。"司机方向盘一打，汽车拐上通往李庄乡的公路。早春时节，远处四季常青的零星松柏继续焕发着盎然生机，去冬枯萎凋谢的柳树也渐渐冒出了新芽。轿车行驶在公路上，车窗开着，可以看到坐在车内的祢清注目远近田野上的景色。车子开到梁家庙前，祢清凭窗西眺，梁明远的菜地前前后后新建起五六座塑料大棚，村民们在大棚旁边忙活着。

梁二别古的修车铺仍在路旁矗立，他倒背着手在附近溜达。祢清的车子停下来，梁二别古马上凑过来。祢清见了，拍拍司机的肩膀："你下车问问那老人，梁明远在家呢还是在菜棚里。"

小程说："我去问吧，和这老头是一回生两回熟了。"

祢清迟疑了一下："也行，可能他会认出你。"

小程："认出就认出呗，当年不怕，如今又怕什么？"

祢清笑着点点头。

祢清从车窗里看到——小程下车走到梁二别古跟前，和梁二别古握手交谈。梁二别古指指村里，小程向梁二别古点头致谢。小程快步回到车内说："真巧了，那老头说梁明远刚从西边菜棚里回家取肥料。"祢清："走，我们赶紧去找他。"

车子往南开去，祢清从车里看到，梁二别古哈着腰朝车里瞅。

车子开到南边往东去的路上，梁二别古仍旧立在路旁。看到祢清的车子朝村内开去，梁二别古咕哝："梁明远？这黑小子有来头啊！"

按照村民的指点，祢清的车子三拐两拐停在梁明远的门前。祢清他们刚下车，只见梁明远扛着一袋肥料拉开大门往外走。梁明远看到一辆小车停在自己门前，反身跑回门洞就要关门。祢清赶紧喊："三子，三子，你跑什么，我来看你了。"

梁明远回过头，肩上仍旧扛着那袋肥料。看清是祢清，把肩上的肥料袋扔到地上蹿出来，一把搂住祢清："祢哥，没想到是你啊！"

祢清："怎么没想到?"

梁明远："你坐着小车来，我怎么会想到是你呢?"

祢清、小程和司机同时笑起来。

祢清："今天是礼拜天，我们……"

梁明远："我说呢，礼拜天你们县政府里小车有闲着的，要不……"

小程走上来："明远哥，我们是来喝你那瓶酒的。"

梁明远怔了怔："想起来了，去年夏天你和祢哥到菜园里找我玩，我说过买了一瓶大曲，留着呢，留着呢。走，快进院，中午咱们就喝那瓶酒。"

小程从车上提下一包礼物递给梁明远，梁明远万般推辞："哎哟，到我这里来你们怎么还买礼物?"

祢清说："你一车地瓜我都收下了，买这点儿东西还不应该吗?"

梁明远笑笑说："这这……"

小程接上话："这叫礼尚往来。"

四个人说说笑笑朝院里走。梁明远边走边问："祢哥，你是不是有个同胞兄弟?"

祢清："没有啊，我是独生子。"

梁明远："怪了!"

祢清："怎么?"

梁明远："前些日子看电视，那个在电视上讲话的县长跟你长得一模一样。"

小程和司机相视一笑。祢清解释，说："天下长得相似的人多了，要不有些大人物能找到替身吗？"梁明远连连点头说："可也是。"

利源集团大院里灯火通明，几辆卡车先后开进来，一套套牛奶加工设备从车上卸下来运进原来的铸造分厂车间。灯光下，铸造分厂车间装修得焕然一新，有十多个技术工人在紧张地安装设备。刘玉振走进来："一万年太久，只争朝夕。师傅们加快速度，如果十天的活你们八天干完，我给双倍的报酬。当然，前提是保证安装质量。"

一技术工人："这位董事长是个人精，说话办事滴水不漏。"

另一技术工人："那当然，否则年纪轻轻能操持这么大家业吗？"

刘玉振连忙解释，说："这些牛奶加工设备是人托人、脸托脸才购进来的，各位安装务必加心用意，要是损坏一件，就得重新进套新的。"

跟在后边的冯厂长接上话："师傅们听清了，责任不小啊。"

刘玉振和一直监督安装的冯厂长低语了几句转身走了。冯厂长说："刚才刘董事长吩咐，哪位师傅分工安装哪个部件要登记在册，到时根据安装质量高低，按登记簿上的相应分工进行奖罚。"果然，不大会儿，一名年轻人拿着登记簿走进来。

冯厂长："来来，师傅们填上表签上名再进行工作。"

安装工人面面相觑。

一安装工人叹口气："天啊，我们走了许多地方，安装了多少套设备，也没遇到过如此尖刻的。得，快赶上《半夜鸡叫》里的周扒皮了。"

就在同一天夜里，几辆卡车先后开进利源集团大院原来的农机分厂里。几套先进的饲料加工设备从汽车上卸下来，跟随设备进厂的安装工人随即投入了安装工作。卡车司机很奇怪："你们这些搞安装的，事先就在这里等着呢？"

一安装工人告诉司机们："我们董事长从来都是掐着钟表按点来，绝对不能浪费一星半点的时间。你们卡车距城二十里时，我们搞安装的就已提前到位。"卡车司机连说："了不得，你们董事长是个算死人的主。在他眼皮底下干事，死不了也得掉层皮。"

刘玉振从远处走过来。

安装工人赶紧低头干活。

55

平南开发区办公室里，康明趴在写字台上，认真复核着一份上报表。电话铃响了，一时腾不出手来的康明喊小芮来接电话，说自己报表看了一半，有些数字恐怕马虎了。

小芮从办公室内间走出来，拿起电话听筒："喂，您好！请问是哪里？"

听筒里传出一个熟悉的南方普通话："是平南开发区办公室吗？"

小芮："哦，您是不是清源服装工地上的丁师傅？"

对方口气兴奋："对对，您是小芮主任吧，听出我的口音来了，我是老丁啊。康主任在不在？"小芮刚要回答，丁师傅又说："和您讲也可以，是这样，小芮主任，我们的工地建设上出了点儿问题，你或康主任最好亲自来一趟。"

小芮说了声好的，放下电话，转身把丁师傅的要求和康明说了说。康明从报表上抬起头："好，我弄完这份表，咱们过去就是了。"

半小时后，康明和小芮来到平南开发区清源服装厂工地前，只见一辆辆汽车载着服装制作设备开到大楼前，工人们在紧张而小心地从车上卸下各种设备。康明和小芮站在工地上，不时地走到汽车跟前和卸载工人交谈。过了一会儿，一位身着花格西服的中年人从楼内走出来，康明和小芮走上去："您好，丁师傅！"

丁师傅走到康明跟前，一副焦急无奈的样子："康主任，芮主任，我刚才检查了一下电路，主机应该是三相电，可能电工师傅大意了，安装了两相的设备。"

康明："你没找工地负责人提出来吗？"

丁师傅："提了，施工负责人说这事得开发区负责人发话才行，我只好给你们打电话。因为少了一相电，主机难以启动，会直接影响到其他机械的运转。"

康明："好的，丁师傅，我马上通知工地负责人重新安装。"

康明站在原地掏出手机拨号……

利源集团办公室里，刘玉振坐在写字台后的老板椅上，梁云和几个中年人坐在对面沙发上。坐在沙发上的每个人手里捧着一份"生奶收购合同书"，几个人全神贯注地研究合同书上的条款。

刘玉振仰靠在老板椅上："几位可得睁大眼看好，签上字就受法律保护，到时可别翻脸不认账。你们奶牛场生产的生奶本集团全部收购，虽然价格比你们自己派人驮着奶桶到处叫卖便宜几毛，可整桶整桶去不损耗，里外里就找平了。"

一中年人："是这么个理，合同条款也基本公平，我签了。"

刘玉振："别别，话说到明处，什么基本公平啊，是绝对公平。"

中年人笑笑："就依你的话，绝对公平。"

中年人签了合同，另外几人也相继签了合同。双方盖章签字一番忙活后，各自把两份合同书放进包里。

梁云却始终坐在沙发上不动。

刘玉振看看梁云："你怎么着，签还是不签？"

梁云站起身："刘董事长，我的奶牛场最大，牛奶质量也是城乡公认的。我这里也有两份合同，如果你和我签了，我就和你签。否则……"

刘玉振："打住，否则怎么样，你还是派人驮着奶桶各处叫卖吗？"

梁云笑笑："不，我们已经购进了装载量十多吨的冷藏车，两天一趟市里，两天一趟省城，市里和省城的牛奶加工厂送多少收多少，还不压价。"

刘玉振吃惊地望着梁云好长时间："那我看看你的合同。"

梁云把两份合同送到刘玉振面前，刘玉振接过合同念出了声：关于利源集团和梁家庙饲料换砖瓦的合同；关于利源集团收购梁家庙大棚蔬菜的合同。

刘玉振看完两份合同内容抬起头："哦，原来阁下就是梁云啊，难怪你能使动风驾动云，还真是有头脑。"

梁云仍旧笑嘻嘻的："刘董事长此话怎讲？"

刘玉振："全县有几个不知道的，去年梁云两封群众来信让平南出了两次名，一次是梁家庙村委会主任打人曝光，一次让县长弄了个停职检查。特别是阁下的第二封信，让我刘玉振凭空搭上一吨豆沙。"

另几位养殖场场主同时把眼光盯向梁云。梁云笑笑："都是过去的事了，刘董事长还提它干吗？咱们今天倒了盆说盆，倒了碗说碗，我这两份合同您签还是不签？"

刘玉振沉吟良久："第一条可以签，反正咱们两家以物易物，谁也坑不了谁。这第二条嘛，收购梁家庙的蔬菜，你总不能让我开个菜市场吧？"

梁云说："不，董事长，旺季你不用收，只在淡季收。因为你们有容量很大的冷库，可以搞绿色保存。这样不光解决了你们集团公共食堂职工的吃菜问题，还可以送到市场上卖个大价。你想想，我说得有无道理？"

刘玉振听罢，起身走到梁云跟前："兄弟，你是个做生意的天才，若非你在梁家庙有那么大一摊子，我真要拉你来利源入伙。"

刘玉振麻利地在两份合同上签了字盖了章，转身递给梁云。梁云先签上自己的名字，随之从一只旧皮包里取出奶牛场的公章盖上："刘董事长，祝合作成功！"

刘玉振接过合同，良久说了一句话："兄弟，你是个人精。"

袁铁岭和康明坐在沙发上谈着开发区的情况。祢清敲门进来，袁铁岭和康明起身。祢清摆摆手，坐在他们一侧："二位，天这晚了还坐在办公室里，到底有什么要紧事？"

康明看看袁铁岭："袁县长你说吧。"

袁铁岭："事情是这样的，城外城那个南方老板要撤资，明天他先离开，留下公司的副总经理办理善后手续。我们放还是留？放呢，顺其自然；留呢，明天一上班就得赶到他那里做工作。我和老康商量半天拿不定主意，所以才请示你。"

祢清想了想："他什么时候提出来的？"

康明："前天。"

祢清："哦，前天提出明天走，这是要搞我们个措手不及呀。什么原因呢？"

康明："我昨天到他们公司去通融，也问了这个问题。老板没出面，只让副总见了我。听那意思，好像说我们地方政府侵犯了城外城的所有权，随意将城外城纳入开发区范围，随意在城外城周围不断开发扩大。言外之意，强龙不压地头蛇，也不和我们争辩交涉，干脆撤资了事。"

祢清沉吟半晌："怎么，他想把那三百亩的地方搞成自己的独立王国吗？这不行，我们正计划把开发区和城外城连起来后进一步扩大，搞一座平南新城，他这意思是要阻止我们进一步开发。侵犯了他的所有权？扯淡，土地国有，他只有经营权、使用权，哪来的所有权？我判断，不，我肯定，这是讹诈。放他走！"

康明："来时几百万，走时几千万，这老小子在咱们平南赚大了。"

祢清："不算小账，你要强留，以后还要遭他要挟。此人很精明也是小心眼，看到自己的后台都倒了，这是害怕我们挤对他。"

康明忽地站起来："也太以小人心度君子腹了，不强留更不乞求，放他走。不过有个现实问题，他要求这三百亩地以现在的价格支付给他。"

祢清："想得美，没追究他的行贿罪已经便宜了他，临走还想捞一把。别理他，既不和他交流，也不和他争辩，如果他要耍赖，那我们就起诉他。"

康明："这意思可以直接通知他们吗？"

祢清："可以。"

康明长长地舒了口气："这下有底气了。"

年底，艾书记因病退居二线，祢清接任平南县委书记一职。他带领全县人民继续奋发图强，高歌猛进，工业建设规模迅速发展壮大，解决了本县下岗工人的再就业，也带动了农民进城再创业。经济发展随之跃上一个新的台阶。短时间里，平南境内正气上扬，邪气隐遁，人心安定，风清弊绝。

越明年，在保证农民利益不受损害的前提下，耕地小片合拢、大片规划，极大地方便了机械化种植、收割和水利灌溉。随之，全县建起几个乡村小镇，房屋居住、娱乐设施、文化教育、党建思品配套完整。整个县域内，城乡没隔阂，工农无差别，境内政通人和，百姓安居乐业。这之后，在实现中国梦、全民奔小康的宽广大道上，祢清和全县干部群众勠力同心，再奏凯歌……

图书在版编目（CIP）数据

秉性 / 杨英国著. — 北京：中国文史出版社，
2020.1

（中国专业作家小说典藏文库·杨英国卷）
ISBN 978 - 7 - 5205 - 1472 - 9

Ⅰ. ①秉… Ⅱ. ①杨… Ⅲ. ①长篇小说 - 中国 - 当代
Ⅳ. ①I247.5

中国版本图书馆 CIP 数据核字（2019）第 248126 号

责任编辑：卢祥秋　薛未未

出版发行：**中国文史出版社**

社　　址：北京市海淀区西八里庄 69 号院　邮编：100142
电　　话：010 - 81136606　81136602　81136603（发行部）
传　　真：010 - 81136655
印　　装：廊坊市海涛印刷有限公司
经　　销：全国新华书店
开　　本：720 × 1020　1/16
印　　张：19　　　　字数：273 千字
版　　次：2020 年 1 月第 1 版
印　　次：2020 年 1 月第 1 次印刷
定　　价：66.00 元